La bande de l'abribus

Luce Michel

La bande de l'abribus

Du rififi en psychiatrie

BLACK LAB

Hélène Amalric présente

À Thomas
À Christophe
À ma Jeanne Chépère
À la bande de l'Abribus,
à celle du Papou's évidemment
et à tous ceux qui rendent un séjour aux Trois
N'y Touchent inoubliable

Toute ressemblance avec des faits, des lieux ou des personnes ayant réellement existé ne saurait qu'être fortuite.

"Reality", he whispered, "only exists in your mind. Things would be much more better for you if you understood that. It has no objective existence."

"Then where do I exist myself?" she asked.

Tove Ditlevsen, *The Faces*,
traduit du danois par Tiina Nunnally

C'est dans ce que votre nature a de sauvage que vous vous rétablissez le mieux de votre perversité, je veux dire de votre spiritualité...

Nietzsche, *Le Crépuscule des idoles*,
traduit de l'allemand par Henri Albert,
GF-Flammarion

Parmi les nombreuses libertés de l'écrivain, il y a également celle qui consiste à choisir à volonté le monde qu'il représente de telle manière que celui-ci coïncide avec la réalité qui nous est familière, ou qu'il s'en éloigne d'une façon ou d'une autre.

Freud, *L'Inquiétante Étrangeté et autres essais*,
traduit de l'allemand par Bertrand Féron,
Folio essais

Pif, paf, pouf.
Ploc, plic, pluc.
Glou, glou, glou.
Comme la pluie sur le toit de tuiles.
Comme l'eau qui goutte dans l'évier.
Comme une comptine enfantine.
Comme le début d'une histoire.
Comme la fin d'une autre.

Comme un glaçon qui se noie.

Prologue

La route file sous les roues de la Mini. Au volant, Jeanne, cheveux au vent. Les virages en lacet ne lui font pas peur. Le moteur geint, gronde, gémit. Jeanne rit. En elle-même. Son visage, lui, reste grave.

Sur le siège passager, Aurore regarde défiler la route. Cherche à fixer son regard sur un point, puis un autre. Peine perdue, Jeanne va trop vite. Ce ne sont que taches vertes de chênes-lièges, de buissons d'aubépine, sur lesquels tranchent des haies de lauriers-roses, et, par intermittence, à l'occasion d'une trouée dans les arbres, le bleu-vert d'un cours d'eau anémique.

Aurore ferme les yeux et les rouvre. Se tortille sur son siège. Tente de réguler son souffle. De s'accrocher à quelque chose. Mais à quoi ?

Le bruit du clignotant vient briser la ronde folle de ses pensées. Un dernier virage sur la droite. Un chemin qui monte dur. Jeanne rétrograde, ralentit enfin. Les chevaux de la voiture ahanent. Aurore ne respire plus.

La Mini s'immobilise. Le moteur est coupé. Le silence s'installe dans l'habitacle, rompu par de faibles cliquetis.

Jeanne se tourne vers sa passagère.

— Prête ?

— Prête.

Jour Un

« Située à la confluence des villages de Sainte-Agathe, Sainte-Lucie et Sainte-Anastasie, notre clinique offre tout le confort et les soins nécessaires au prompt rétablissement de nos patients. »

Aurore relève brusquement la tête.

— Mon Dieu, je n'y avais pas pensé, mais je vais être entourée de malades !

Jeanne rirait si la situation s'y prêtait. Mais elle perçoit la détresse de son amie, sa fatigue, et sait ce qu'il lui en coûte de se faire hospitaliser.

— Y a des chances, oui, reconnaît-elle.

Comme de bien entendu, c'est à ce moment précis, alors que les deux femmes attendent patiemment de se livrer aux formalités d'admission, qu'un homme traverse le hall de la clinique. Jeanne réprime un frisson. On dirait un zombie. À ses côtés, Aurore marmonne. Jeanne croit distinguer un « Bordel, j'en suis pas encore là… », mais préfère ne pas la faire répéter. Ses propres repères sont brouillés. Son cerveau lui indique que les patients d'un hôpital sont généralement vêtus d'une chemise de nuit ouverte dans le dos permettant à leur fessier de prendre le frais. Pour compléter leur tenue facilement identifiable, une perfusion, à laquelle ils s'accrochent comme à une ligne de vie. Or, ici, elle sait bien que les gens sont fatigués, comme on dit pudiquement dans la région quand on veut évoquer aussi bien un lendemain de cuite qu'un désir de mettre fin à sa vie ; pour autant, ils déambulent en habits de ville et sans être reliés à quoi que ce soit. Il lui faudra donc indiquer à son cerveau qu'il travaille à partir de présupposés et de projections qui n'ont pas cours dans une clinique psychiatrique. En tout cas, pas celle-ci.

Elle jette un rapide coup d'œil à son amie. Chaque fois, elle est frappée de ne pas la reconnaître, d'avoir besoin d'un temps d'adaptation entre l'image intemporelle qu'elle a d'elle et la réalité de ce qu'est devenue Aurore aujourd'hui.

En trois mois, elle a perdu plus de dix kilos. Ses traits sont tirés. Ses cheveux ont blanchi. Des rides dures ont creusé leurs sillons autour de sa bouche qui n'est plus qu'une ligne mince empreinte de réprobation.

Depuis trois mois, Aurore lutte contre les crises d'angoisse, les insomnies, la perte d'appétit, les cauchemars. Et s'accroche comme elle le peut.

Jeanne, tout comme leurs amis, a assisté impuissante à cette chute si lente et si rapide à la fois. Jusqu'au jour où Aurore n'a tout simplement plus réussi à se lever.

L'hospitalisation n'est alors pas un choix, mais une nécessité. Dépression, burn-out, qu'importe le terme choisi, le résultat est le même : la machine refuse d'avancer. Ne veut plus jouer. Et tout ça à cause d'une dernière goutte d'eau dans un vase prêt à déborder, une goutte d'eau minuscule et ridicule, de celles qu'on ne remarque pas les jours où les lendemains chantent. Quand la coupe est pleine, en revanche, il en faut vraiment peu pour qu'elle se renverse et se brise.

Aurore se replonge dans la plaquette de présentation de l'établissement. Évitant ainsi de voir passer Zombie numéro 2. Jeanne se ronge un ongle. Finalement, laisser Aurore ici, est-ce une si bonne idée ? Une thalasso sympa ne serait-elle pas suffisante ? Bon, plus d'un week-end, d'accord, mais si elle s'arrange avec Bruno pour qu'il garde Julien, elle devrait pouvoir fermer son atelier de poterie une semaine et embarquer Aurore avec elle.

Elle est à un *swipe* de déverrouiller son écran de portable quand on les appelle.

— Madame Aurore Blancas ?

Les deux femmes se lèvent comme un seul homme. Opinent. Et rejoignent l'infirmière qui leur fait signe d'avancer.

Jeanne a repris sa voiture, redégringolé le long de la colline pour rejoindre la ville proche, son boulot, son amant, son chat capricieux, son fils qui l'est tout autant, les courses à l'hypermarché, les tours de quartier pour trouver une place après 18 heures, les apéros copines, le cours de yoga du vendredi soir, le longe-côte le dimanche matin à l'heure de la messe.

Aurore, elle, cherche à s'acclimater à son nouvel environnement.

Accompagnée de Jeanne, elle a rempli les formulaires avec application. Oui, elle a bien une mutuelle, un psy en ville, un médecin traitant. Oui, il lui faut un arrêt de travail. Oui, elle prendra la TV et la chambre individuelle, merci. Oui, Jeanne Chépère est bien la personne référente. Là, elles ont ri. Un peu jaune, mais ri quand même. Avoir comme « personne de confiance » une Chépère alors qu'on entre chez les dingues, y a qu'à Aurore que ça arrive ces choses-là. Jeanne lui a tapoté la main, lui rappelant leur cri de ralliement dès le collège : « Une Chépère, c'est perché, à nous la liberté. » Aurore a retenu ses larmes. Tu parles d'une liberté ! Enfermée chez les fous. Certes, volontairement, mais quand même. On lui explique maintenant les règles : visites les après-midi, en extérieur, Covid oblige. Fouille des bagages. Pas de sorties ponctuelles sans avis médical et feu vert du service. Souhaite-t-elle être anonyme ?

Oui, elle aimerait bien, Aurore, être anonyme. Voire changer de peau, de sexe, d'identité. Mais ce n'est pas un bracelet de couleur qui créera autour d'elle comme une bulle infranchissable. Elle a répondu d'un haussement d'épaules.

Voilà. Plus qu'une porte à franchir et elle sera définitivement, lui semble-t-il, du côté des malades. Plus qu'une dizaine de jours à dormir, dormir, dormir, pense-t-elle, et elle ressortira de là rajeunie, pimpante, en pleine forme.

Jeanne l'a embrassée une dernière fois. Aurore a évité de la regarder s'éloigner.

Marie-Isabelle, l'infirmière en chef, lui fait maintenant visiter l'établissement au pas de charge.

— Là, vous avez le tableau d'affichage avec toutes les activités de la semaine. Vous voyez ? Sport, relaxation, art-thérapie, motricité fonctionnelle, atelier d'écriture, loisirs créatifs, relaxation guidée…

Aurore est déjà perdue. Le sport ? Plutôt mourir, quand l'idée d'une simple douche requiert déjà une énergie folle. Se détendre ? Bonjour l'angoisse. Elle, faut-il le répéter, elle veut juste dormir. Passer de l'état de veille à l'inconscience aussi facilement qu'on appuie sur un interrupteur. Les ateliers d'écriture ? Elle en a suffisamment animé pour ne pas se frapper ceux des autres. Non, Aurore, tout ce dont elle rêve, c'est d'un bon gros somnifère et de se réveiller dans un autre monde, une autre décennie, une autre vie. Tout simplement. Oui, elle tourne en boucle sur ce sujet, mais il n'y a que cela qui la motive.

Tout en trottinant derrière une Marie-Isabelle boulotte qui n'en est pas à sa première dépressive et a ce matin-là d'autres chats à fouetter, elle tente de se repérer.

— À droite, l'aile gauche du rez-de-chaussée. Votre chambre est située dans l'aile droite, je vous y conduirai ensuite. Prenons l'escalier. (Bruits de pas, les Crocs de l'infirmière couinent sur le carrelage.) Comme vous l'avez constaté, l'accueil est au rez-de-chaussée, mais le sous-sol est aussi un étage à part entière qui ouvre sur une partie du parc. Nous avons donc quatre niveaux et deux étages. Vous suivez ?

Pas du tout. Trop d'informations et un sens de l'orientation déjà défaillant en temps normal n'aident pas. Aurore se contente d'opiner. Pas le courage de faire répéter cette logorrhée à une Marie-Isabelle qui semble se délester d'une corvée dont elle se serait bien passée.

— Là, vous avez la salle commune, puis le réfectoire. Les repas sont servis à midi et 18 h 30. Ici, les salles pour les activités de groupe. Sur votre droite, la salle de sport, je vous présenterai la prof tout à l'heure, puis cette porte ouvre sur l'extérieur.

Marie-Isabelle pousse cette dernière, histoire de prouver qu'elle ne ment pas. Instaurer un climat de confiance avec les patients dès les premières minutes de leur séjour sur place est primordial, on ne le répétera jamais assez.

Dehors, un terrain de pétanque cabossé, deux Abribus, une table en fer un peu plus loin. Et quelques zombies en grappe dans des états de prostration plus ou moins avancés. De vieilles boîtes de chicorée servent de cendriers. Elles débordent. Il a pris cher, l'ami Ricoré.

La porte se referme dans un gémissement. La visite continue. Aurore est définitivement perdue.

— **T'as vu**, y a une nouvelle.

— Oui, elle est dans la chambre à côté de la mienne.

— Une prof, encore ?

— Faut espérer ! Que l'aile Jules Ferry porte bien son nom !

Les deux femmes pouffent.

— Ça fait beaucoup d'actu pour une seule journée, souffle Valérie, la plus jeune, toute trace de gaieté disparue.

Sa compagne se renferme à son tour. Elle n'a pas besoin qu'on lui rappelle le drame qui agite leur petite communauté depuis potron-minet.

Les deux femmes sont installées sur le banc en fer vert posé de guingois sous l'Abribus qu'elles se sont approprié depuis quelques jours.

Valérie fume, le visage offert au soleil, les paupières closes, la lèvre inférieure agitée d'un tic. Ses boucles brunes teintées de mèches plus claires se soulèvent doucement sous la brise légère, ombrant son visage et lui donnant un air plus juvénile que ses trente-quatre ans dont plus de dix à boire jusqu'à plus soif.

Viviane, quant à elle, est occupée à dépiauter son premier Lion de la journée. On trouve un vrai réconfort à s'en tenir à ses habitudes, même quand elles sont mauvaises.

La poitrine opulente, le postérieur qui n'a rien à lui envier, la doyenne de leur petite bande est arrivée une dizaine de jours plus tôt. Valérie, pour sa part, entame sa troisième semaine de séjour. Avec Yves, ils forment un groupe soudé. Tous trois travaillent pour l'Éducation nationale. On pourrait les croire en vacances, si on les observait de loin, rapidement. Mais en se rapprochant, on note que la main de Valérie tremble. Et que Viviane est plus blanche qu'un spectre.

Yves s'en fait la remarque tout en avançant vers elles. Certes, elles vont mieux. Lui aussi d'ailleurs. Mais tout cela reste si fragile ! Et puis, avec les événements de la matinée…

Il se secoue. Pas la peine d'alimenter le moulin à ragots et angoisses. Si Valérie souhaite revenir dessus, elle le fera, non ? Elle sait qu'elle peut compter sur eux. Pour le moment, il semble qu'elle ait tout dit sur la question et préfère parler d'autre chose. On la comprend. Yves se prend à espérer qu'elle parvienne à effacer de son esprit les atroces images qui risquent de ne plus cesser de la hanter. Vœu pieux.

Il aimerait tellement l'aider plus. Un rictus qui pourrait passer pour un sourire en d'autres circonstances étire ses lèvres. Pour cela, il faudrait déjà qu'il soit capable de tenir debout sans trop chanceler. Car tendre la main aux autres quand soi-même on vacille au point de ne pas savoir à quoi on ressemble vraiment… Et ce n'est pas le miroir en Plexiglas de la salle de bains qui lui apportera la réponse. Même avec la meilleure volonté du monde, il lui est impossible de s'y reconnaître. Pourtant, il lui arrive encore d'essayer. Du regard, il fouille alors le visage qui lui fait face. Des lèvres fines, un teint buriné en toutes saisons, des rides de tristesse plus que d'expression et des yeux bleus qui conviendraient mieux à un enfant innocent qu'à un quinqua revenu de tout : voilà ce qu'il voit. Un ensemble qui lui semble disparate, qui raconte mal son histoire. Un ensemble terni, surtout, dont les contours s'effacent, comme sur ces photos jaunies des albums de famille qui mettent en scène des gens dont on a tout oublié.

— Tu sors demain ? s'enquiert Valérie quand il approche.

— Oui, j'ai l'autorisation. Tu as besoin de quelque chose ?

— Une bouteille de gin mise à part ? s'esclaffe-t-elle.

Son rire sonne faux. Viviane grimace en l'entendant. Yves ne relève pas. Il l'aime bien, Valérie. Malheureusement, ce n'est pas la première qu'il voit s'écrouler ainsi.

Lui, le lycée, il le balaye. En long, en large et en travers. Il a derrière lui plus de trente ans de ramassage de mégots, de Kleenex et, plus récemment, de masques usagés. Il a nettoyé dans de nombreuses toilettes des « Suce ma bite » et des vengeurs « Nick la police ». Il a essuyé des tables de cantine grasses, des tables de salle de classe où des graffitis obscènes ont été gravés à coups de compas dans le contreplaqué moche. Il a décollé des milliers de chewing-gums de milliers de pieds de chaise. Moins depuis la mode des appareils dentaires, il faut bien le reconnaître. Il a assisté à des prises de la Bastille par des jeunes de quinze ans luttant pour leur droit à la retraite. Il a été traité comme une ombre par des petits cons qui s'imaginaient que le monde n'attendait qu'eux. Il en a ensuite retrouvé certains, voûtés derrière un balai ressemblant au sien. Il n'en a tiré aucune joie, n'a assouvi aucun sentiment de vengeance de classe. Il a pensé que c'était un peu triste, une vie qui casse les grandes espérances de ces gosses. Agent d'entretien, ça n'a jamais fait rêver personne.

Il en aurait des choses à raconter. Et malgré tout ça, malgré ces années à vivre caché derrière ses serpillières, c'est la tristesse de Valérie qui l'anéantit. Comment un système parvient-il à broyer ainsi de jeunes profs pleins d'entrain, d'enthousiasme et de foi en leur métier ? La douleur de Valérie, il ne s'en remet pas, Yves.

La première concernée serait bien surprise de savoir que son alcoolisme pousse Yves au désespoir. Et qu'il l'impute entièrement à sa carrière professionnelle.

Collée à lui, elle pose sa tête sur son épaule. C'est terrible, mais ici, aux Trois N'y Touchent, comme ils ont rebaptisé sans trop d'originalité les Trois Saintes, elle se sent bien. Enfin, elle se *sentait* bien. Avec ce qui s'est passé ce matin… Elle réprime un frisson, refuse de laisser ses pensées revenir une fois encore à cette vision digne d'un mauvais film d'horreur de série B. Ses cauchemars s'autoalimentent, elle n'a pas besoin de leur fournir matière à terreur.

Elle se sentait bien, donc. Certes, les premiers jours ont été durs. Elle rêvait d'alcool. Elle passait ses nuits à se revoir courir de bar en bar pour descendre un dernier verre. Sa peau exsudait une odeur de vin rouge. Ou blanc. Ou rosé. Et elle tremblait tant.

Maintenant, ça va mieux. Elle suit les ateliers d'addictologie. Elle va à la salle de sport, pour le cours de danse du vendredi, notamment. Zumba. C'est sympa. On rit et on transpire. On oublie un peu tout pendant quarante-cinq minutes. Ça fait du bien. Elle a retrouvé l'appétit. En partie. Elle a moins mal aux jambes, aux reins, au dos. Elle a même repris un peu de poids. Sa peau n'est plus jaunâtre. Elle arrive de nouveau à lire. Quelques pages. De romans de gare. De polars faciles. De *cosy mystery*. Elle ne dormait plus, et maintenant, elle dort trop. Mais bon, rien de grave.

Et puis il y a Émeric. Bien sûr, on l'a mise en garde à la minute où elle a franchi les portes de l'établissement : il vaut mieux éviter de nouer des relations intimes avec les autres patients. À son arrivée, cette simple idée l'a fait rire. Elle, tomber amoureuse ? Et ici, de surcroît ? N'importe quoi ! Et puis…

Et puis, Émeric. Elle l'a repéré dès le premier jour. Il sortait d'un atelier, dépassant d'une bonne tête tous les autres membres du groupe. Ses cheveux reculaient légèrement sur sa ligne de front mais n'en restaient pas moins d'un blond cendré digne du Petit Prince. Elle avait eu le temps de noter les yeux bleu lagon, le regard volontaire, le port de tête conquérant. Les vêtements de marque, la démarche souple, la montre un peu trop grosse. Pour la première fois depuis ce qui lui semblait être des siècles, elle avait ressenti du désir. Pour autre chose qu'une bouteille d'alcool. Émeric avait poursuivi sa route en lui décochant un rapide sourire.

Elle l'a retrouvé le soir dans la queue du réfectoire. La table de Valérie est près des baies vitrées, celle du beau quadra non loin de la sortie. Ils se sont de nouveau souri. Pour, naturellement, se rejoindre sous un Abribus à l'issue du repas.

Depuis, chaque matin ils partagent leur premier café de la journée. Les portes permettant l'accès au parc ouvrent à 6 heures. Ils sont fidèles au rendez-vous. L'instant n'appartient qu'à eux et à quelques insomniaques chroniques qui tirent sur leur cigarette comme si c'était la dernière. Leur promenade les conduit à toujours suivre le même parcours. Ils prennent à droite, s'enfoncent sous l'ombre des chênes-lièges. Puis un petit sentier les attend sur la gauche. Ils y cheminent lentement côte à côte, le long de la clôture de l'établissement médical. Jusqu'au banc de pierre qui…

Et voilà, la boucle est bouclée, rien à faire, le mauvais film de la matinée s'impose de nouveau à son esprit. Valérie frissonne, lèvres pincées. C'est au pied du banc qu'ils sont tombés sur le cadavre. Les mouches, déjà, vrombissaient, se repaissaient de cette chair encore chaude. Valérie a eu le temps de remarquer l'œil vitreux de la victime, qui semblait la fixer avec hargne, l'accuser même.

Elle n'a pas envie d'en discuter encore avec les autres. Ils ont passé l'événement en revue après le petit déjeuner, elle a tout décrit en détail, pensant ainsi exorciser l'horreur. Le sang, ce regard assassin, l'odeur de la mort…

À ces souvenirs, la nausée lui monte à la gorge. Elle déglutit difficilement, se crispe.

Yves pose sa main en douceur sur son genou. La jeune femme se détend légèrement.

L'agent d'entretien connaît ces brusques montées d'angoisse, il en est malheureusement familier. Pas la peine d'interroger Valérie sur le pourquoi du comment. Et puis, qu'importe la cause – facile à deviner ce jour-là –, l'essentiel est de réussir à surmonter ces vagues de panique qui menacent, à chacun de leurs passages, de vous renverser, de vous emporter et de vous noyer.

Une sonnerie retentit.

— Allez, à table, soupire Viviane.

Son manque d'enthousiasme est partagé par ses amis. Le chef officiel est en congés. Depuis huit jours, ils mangent du quinoa tout sauf bio à chaque repas ou presque.

Viviane se lève, fouille ses poches. C'est bon, elle a de la monnaie pour s'offrir son Lion numéro 2 au distributeur. Tout à fait déconseillé par la Faculté, évidemment. Mais on ne peut pas vivre de poireaux vinaigrette et de poisson bouilli. En tout cas, c'est son avis. Elle pouffe nerveusement en pensant au distributeur. Ou plutôt à l'affichette qui est collée dessus et prévient : « Il est interdit de nourrir les cochons sauvages. » Mise en garde qu'elle n'a pu prendre que pour elle et les autres patients atteints de pathologies diverses et variées, la dernière de toutes n'étant pas l'obésité.

Yves lui jette un regard interrogateur.

— Les sangliers, souffle-t-elle en espérant que Valérie n'entende pas.

Car cette dernière n'a certainement pas besoin qu'on les évoque devant elle. Ici, tout ne tient qu'à un fil fragile : leur équilibre et la vie même.

Céline chantonne. Deux plateaux à distribuer, cinq à récupérer et elle aura terminé sa journée.

— C'est le déjeuner ! lance-t-elle en toquant à la porte de la chambre 31.

Pas de réponse. Elle entre.

La nouvelle patiente est allongée sur son lit, les yeux perdus au plafond. Céline toussote. Elle n'aime pas ça, Céline, quand les patients ne réagissent pas. Il lui est arrivé une fois de tomber sur un mort, elle ne souhaite vraiment pas renouveler l'expérience, merci bien.

— Bonjour ! tente-t-elle de nouveau, d'une voix plus forte.

Un visage se tourne enfin vers elle. La femme pleure. Ou plutôt, ses yeux pleurent. Elle, elle ne semble pas concernée.

— Je suis Céline, je vous apporte votre repas.

La patiente se redresse lentement.

— Déjà ?

— Eh oui, en chambre, vous déjeunez tôt. Mais vous verrez, d'ici demain, je suis sûre que vous serez autorisée à vous rendre au réfectoire. Vous vous y ferez des amis.

L'idée n'a pas l'air d'emballer plus que ça la 31. Une jolie femme, pense Céline. Le genre élancé, frôlant peut-être légèrement la maigreur, mais dotée de formes. Elle doit avoir autour de la cinquantaine. Quoique… Céline sait combien les femmes qui arrivent ici ont l'air beaucoup plus âgées qu'elles ne le sont en réalité. La 31 n'a peut-être même pas encore soufflé ses quarante bougies.

La femme se lève lentement, regarde autour d'elle, encore un peu perdue. Normal. La chambre a beau être agréable, avec sa vue sur la colline, sa table, son étagère d'angle, elle n'en reste pas moins une chambre d'hôpital. À lui seul, l'étroit lit médicalisé se charge de vous le rappeler.

Céline dépose le plateau d'une main experte.

— Je repasse le prendre tout à l'heure.

La 31 opine, ailleurs.

Céline referme sans bruit la porte derrière elle. Elle n'a pas manqué de remarquer la dizaine de romans et mangas installés sur l'étagère. Encore une intello, pense-t-elle en rejoignant son chariot. Comme quoi, apprendre des choses ne rend pas forcément heureux. Être beau non plus. Mais est-ce vraiment une consolation ?

Elle a bien conscience, Céline, que la frontière entre ces malades et les bien portants est une membrane fine et poreuse. Elle le sent à chaque porte ouverte et refermée. Un jour, ça pourrait être elle de l'autre côté. Elle fait tout pour que ça n'arrive pas. Se signer discrètement, croiser les doigts, manger sain. Tout.

Elle les plaint, ces malades. Et puis se force à oublier. Le soir, quand elle rejoint sa voiture à la fin de son service, quand la grille de l'établissement se referme derrière elle en grinçant, ses pensées sont tournées vers ailleurs. La dyslexie de son petit dernier. L'orthodontiste de son ado. Les factures. Encore et toujours. Vraiment pas le temps de s'offrir une petite dépression en chambre.

Elle a mal au dos, aussi. Car elle met du cœur à l'ouvrage. Les chambres rutilent mieux que dans un quatre-étoiles. Ça sent bon le propre. Elle s'assure de nettoyer à fond les douches, pour que le calcaire ne s'incruste pas dans les joints. C'est Cendrillon que sa mère aurait dû l'appeler, tiens. Ça commence pareil après tout. Et question attente du prince charmant, elle en connaît un rayon. De beaux chevaux blancs, elle n'en a pas croisé le sabot d'un.

Dans la buanderie, elle tombe sur Alex, la nouvelle. Une glandeuse, un peu méprisante envers les malades. Elle est d'ailleurs pendue au téléphone, sans aucun doute occupée à raconter à une de ses copines les événements dramatiques du matin. Céline lève intérieurement les yeux au ciel, ignore sa collègue et dépose les torchons sales dans le bac qui leur est dédié. Tant qu'on ne lui demande pas de déplacer le cadavre, elle ne veut rien savoir de tout ça, sans façon, merci et au revoir.

Sur cette oraison funèbre manquant cruellement d'empathie, elle repart récolter les plateaux-repas à l'autre bout de l'établissement.

Le docteur Amélie Bescotte relit ses notes. Une entrée, trois sorties. Elle fait la moue. Pas bon pour les affaires. Il faut faire du chiffre. Il faut rentabiliser la structure. Le directeur le leur a assez seriné à la dernière réunion hebdomadaire. Du-chiffre-du-chiffre-du-chiffre.

Le professeur Landrick, qui règne sur le premier étage, a ironisé :

« Vous voulez qu'on fidélise nos clients, c'est ça ? »

Le directeur lui a décoché une œillade froide.

« Tout à fait », a-t-il osé répondre.

Fidéliser les clients. Au lieu de soigner les patients. Le directeur est tout sauf idiot. Croire qu'il n'a pas prêté attention à la formulation de Landrick serait une erreur.

Amélie Bescotte soupire. Fidéliser, fidéliser… Pour les dépressifs, passe encore, ils rechutent vite. Et puis… Il suffirait de les faire sortir un chouïa trop tôt pour les voir redébarquer en courant moins de dix jours plus tard. Là, leur séjour se prolongerait. Ils auraient peur. Ils attendraient donc sagement, certains pendant des mois, qu'on leur permette enfin de recouvrer la liberté. Mais pour les autres pathologies, ce n'est pas si simple.

Elle se tapote la lèvre inférieure du bout de son crayon à papier. Un tic. Mais le parfum subtil du crayon lui rappelle l'enfance et des résultats scolaires exceptionnels. C'est régressif, ça fait du bien. Pourquoi s'en priver ? Surtout des jours comme celui-là. Elle s'ébroue. Autant continuer à jouer avec cette idée complètement folle de fidélisation des malades, ça lui évitera de penser au reste. Car il va bien falloir à un moment ou à un autre s'occuper du macchabée, on ne peut décemment pas le laisser planté là où on l'a trouvé. Ça ferait désordre. Et secouerait encore plus une population déjà fragilisée. Quoique… Serait-ce une option tombée du ciel pour voir les malades s'incruster aux Trois Saintes ?

Elle ravale son sourire cynique. Non mais, vraiment, il lui vient de ces idées par moments !

Bon, alors, comment parvenir, avec les pathologies autres que la dépression, à ce que les séjours se prolongent ? Son esprit brillant mouline à toute vitesse, établissant à la pelle quelques scénarios dignes des plus grandes théories du complot. Elle a lu *Shutter Island*. Elle en invente immédiatement une nouvelle version *made in Provence*, avec touches d'huile d'olive et nappage thym des collines. Petite, elle a toujours adoré les labyrinthes de fête foraine où l'on se perd, les miroirs déformants lui renvoyant son propre reflet démultiplié. Ces jeux de l'esprit ne lui font pas peur, au contraire. Elle sait décrypter les apparences, repérer les mensonges en un battement de cils. Elle sait aussi en concocter… Le mot – concocter, concoction – la ramène au livre de botanique de sa grand-mère qui répertorie les effets hallucinogènes ou toxiques de certaines plantes. Mamie l'avait abondamment annoté, d'ailleurs. Amélie se voit saupoudrer certains plateaux-repas de graines de je-ne-sais-quoi, de poudres magiques. Juger des conséquences sur les malades les plus médicamentés. S'assurer ainsi que son service soit toujours plein. Bien sûr, il lui faudrait bénéficier de la complicité d'une des filles de service. Et se montrer très rusée. Elle ne se fait aucune illusion : au premier problème, la direction la lâcherait.

Le film s'accélère alors. Les flics qui débarquent aux Trois Saintes, équipés comme pour un raid du GIGN mâtiné d'experts scientifiques aussi futés que ceux bossant à Miami avec Horacio qui-ne-transpire-jamais-dans-son-costume-malgré-le-climat.

Son arrestation, alors qu'elle se débat, écume aux lèvres (cette fois, c'est *L'Exorciste* qui s'impose à son imagination débordante). Le procès. Sa mère en larmes sur le banc réservé aux familles. Son ex-mari qui ne lui décoche pas un regard. Son chat persan rapatrié à la SPA. Son fils qui demande définitivement l'asile politique à Dubaï où il vit maintenant. Puis la prison. La dure. Avec des meufs tatouées qui n'hésitent pas à vous pointer sous les douches pour vous piquer votre crème hydratante bio aux extraits de papaye fraîche. Les menottes aux poignets et aux chevilles. Le cheveu qui ternit et s'effiloche. L'orange ne lui a jamais réussi au teint. Elle préfère le noir, désolée.

Sans même en prendre conscience, elle se tapote alors le crâne, histoire de s'assurer que sa belle chevelure auburn coiffée à la Jennifer Aniston est toujours là.

Un gloussement. Non mais, vraiment, comme si elle avait du temps à perdre à ces élucubrations ! Fini le temps où elle écrivait le soir, en cachette, avant l'adolescence, et se racontait des histoires à flanquer la chair de poule dans le noir, sous sa couverture. Elle est devenue quelqu'un, elle est une femme qui compte. Elle est membre du Rotary Club de Sainte-Anastasie depuis quinze ans. Quand même !

Elle secoue la tête, sentant que ses cheveux (encore eux) retrouvent naturellement leur bouffant et leur place. Puis elle se replonge dans ses tableaux, vérifie le taux d'occupation de son service, le nombre d'entrées prévues dans la semaine, de sorties. Les prescriptions médicales. Tiens, Viviane Champ s'est plainte d'effets secondaires à son traitement. À suivre. Peut-être que…

Une nouvelle idée germe, qu'elle repousse immédiatement. Quoi ? Jouer avec les posologies pour déclencher de nouveaux troubles ? de nouvelles addictions ? Mais enfin, et le serment d'Hippocrate, hein, on en fait quoi du serment d'Hippocrate ? C'est bien mignon de se voir en auteur de thrillers psychologiques, ça n'engage à rien. Mais passer à l'acte ? De la manière la plus simple qui soit ? Une pilule de plus par là, une de moins par ici, et hop, le tour est joué, même pas la peine de se pencher sur un vieux grimoire et d'écrabouiller des herbes cueillies un soir de pleine lune dans la lande après une incantation à une déité quelconque et malfaisante.

Son indignation est réelle. Elle ne plaisante plus. Certes le directeur sera furieux si le nombre de lits occupés n'augmente pas, mais ils sont là pour soigner, pas pour garder indéfiniment tous les inadaptés du département, voire de la région.

Elle repose son crayon à papier, se lève, lisse automatiquement sa stricte jupe droite d'un gris neutre.

Par la fenêtre, elle aperçoit la cour, les Abribus, des groupes de patients qui piétinent, attendant que sonne l'heure de leurs activités de l'après-midi. Le rire de Viviane monte jusqu'à elle. Elle grince des dents. Elle n'en supporte pas le bruit. À côté de l'enseignante, Valérie Kaouch. Inséparables ces deux-là, l'esprit de corps a de beaux jours devant lui.

La médecin, perdue dans ses pensées, regarde la prof d'anglais sans la voir. Sur sa rétine s'imprime le dossier médical de la jeune femme. C'est terrible cette faculté qu'elle a d'associer immédiatement un patient à son dossier. Comme si tout défilait dans son cerveau, en mode tableau informatique.

Valérie Kaouch, donc. Trente-quatre ans, divorcée, enseignante. Tension 12,8. Poids : 53 kilos. Deux fausses couches, une hystérectomie. Une fracture du tibia à l'âge de douze ans. Traitée pour : alcoolisme.

Se produit alors une opération mentale à laquelle Amélie n'a certainement pas demandé à ses neurones de procéder.

Un frisson la prend, elle quitte la fenêtre. Rabat le capot de l'ordinateur. Ferme les yeux. Mais derrière ses paupières closes, l'évidence s'inscrit en lettres d'or.

Elle étudie l'équation si simple qui lui est apparue, à la recherche de failles. Pour s'avouer qu'elle est tout simplement parfaite. Si, au lieu de soigner en profondeur un alcoolique, on lui permet d'alimenter sa dépendance entre ces murs, il n'aura aucune raison d'en sortir. CQFD.

Elle se reprend, bat des cils. Son regard vient se fixer sur les Post-it aux couleurs de l'arc-en-ciel qui ornent son téléphone. Une liste infinie de tâches à accomplir dans des délais plus ou moins courts. Des comptes rendus à faire parvenir à des médecins de ville qui s'imaginent être à même de prescrire anxiolytiques et autres antidépresseurs alors qu'ils n'y connaissent rien et suivent la mode du moment. Une commande de Stabilo de couleurs pour les ateliers d'écriture. Une invitation à participer à un colloque bidon organisé dans une université inconnue de tous et qui n'apparaît sûrement pas dans les vœux Parcoursup.

Un rageur « Appeler Michel » souligné trois fois attire son regard. Oui, voilà, elle va plutôt appeler Michel. Elle doit en savoir plus sur le décès du matin. Et ainsi passer ses nerfs sur cet idiot. Elle n'a jamais pu l'encaisser, elle lui trouve le regard fourbe. Elle est sûre que sous ses airs respectueux, il se fout de sa gueule. Tout ça parce que la mère de ce crétin a été l'institutrice de Bescotte à l'époque où elle était légèrement en surpoids et portait un appareil dentaire ! Quand la psy le regarde, c'est l'image de cette gamine mal fagotée, mal aimée et mal dans sa peau qu'elle voit. Une image qu'elle cherche encore à effacer définitivement de sa mémoire. Elle se secoue, renifle une dernière fois son crayon HB et compose rageusement le numéro de son subordonné. Ça, c'est du concret ; une bonne idée, même, contrairement à celle qui consiste à faire picoler des alcoolos en manque.

Viviane déguste son Lion, dos aux caméras de surveillance. Très vite, les patients apprennent à les repérer et à s'en cacher. Les failles du système sont nombreuses, ils y parviennent sans mal. Yves, à ses côtés, observe un groupe de malades plus jeunes. Dépendance, anorexie, tentative de suicide, diagnostique-t-il rapidement. Ils sont cinq et paraissent à peine sortis de l'adolescence. Triste. Une des filles porte encore des bandages à ses poignets. Elle se prénomme Astrid, mais exige qu'on l'appelle Lulu. Un prénom indéterminé, comme elle. Car si Lulu est intransigeante question nourriture (elle est végane et ne déroge pas à la règle, recouvrant tous ses plats de graines de blé germé), il n'en va pas de même quant à ses orientations sexuelles. Elle clame haut et fort que c'est le neutre qui la définit le mieux. Qu'on ne peut réduire un être humain à ses attributs sexuels. Qu'il lui arrive de se sentir femme, et puis homme le lendemain, et puis rien du tout le jour d'après. C'est comme ça. Elle développe une foule de théories sur la question qui donnent à Yves le sentiment d'être un vieux con ne comprenant rien à la complexité du monde. Un monde qui pour lui répond à des règles bien plus simples : on désire ou on ne désire pas.

Astrid-Lulu, que le petit groupe a surnommée Morticia Addams, n'est pas la seule ici à s'imposer et à imposer une nouvelle identité. Comme si changer de nom allait permettre à tous ces gens de sortir de leur peau, de leurs douleurs.

Yves n'y croit pas, mais s'incline. Après tout, chacun fait comme il peut.

Morticia a dix-huit ans à peine. Elle est là depuis six mois. Pleure beaucoup. Veut s'en aller, puis pas. A peur. Ne mange pas assez. Puis trop. Se fait vomir. Cherche à se scarifier avec une petite cuillère volée à la cantine. C'est Céline qui lui a raconté ça en nettoyant sa chambre hier. Elle sait tout ou presque sur tout le monde, Céline. Elle voit, elle entend. C'est une gentille, sous ses airs de fille dure. On ne la lui fait pas à Yves. Il a bien deviné que le sort des malades lui importait profondément.

Il l'a interrogée sur le deuxième étage. De là, personne ne sort jamais dans le parc ni pour des activités. Les chambres sont fermées de l'extérieur. Parfois, on voit arriver dans la salle commune un nouveau patient, plus hébété que les autres. Sa démarche est mal assurée, son teint blafard. Un frisson collectif s'empare des témoins de son avancée. Pitié, ne pas ressembler à ça. Pitié, qu'il s'en aille, qu'il arrête de nous jeter à la figure notre propre vulnérabilité. Pitié, remettez-le dans sa chambre ou offrez-lui une cagoule. Car il y a toutes les chances que le nouveau venu vienne du second, qu'on teste ainsi son degré de rémission. Schizophrènes en plein délire, paranoïaques en crise, accros à l'héroïne en sevrage… on se murmure que c'est là-haut qu'ils sont. On devine aux fenêtres leurs ombres. Des fenêtres, comme toutes celles de l'établissement, qu'il est impossible d'ouvrir de plus de dix centimètres. Pour que personne ne saute. Ça ferait désordre.

L'arrivée de Marco au réfectoire, quelques jours plus tôt, a déclenché une vague de panique de cet ordre. Il faut dire que l'homme est le sosie de Guy Georges, le tueur en série de l'Est parisien, ce qui n'aide pas à le rendre sympathique. Pourtant, si ça se trouve, il est accro aux vidéos de chatons, s'occupe de sa vieille mère et se confesse régulièrement. Allez savoir. L'habit ne fait pas le moine, et c'est encore plus vrai en clinique psychiatrique.

— Je vois Marguerite tout à l'heure, souffle Viviane avant de lécher sur ses doigts les dernières traces de chocolat, le sortant de ses pensées.

— Tu appréhendes ?

Marguerite est psychologue. Jeune et talentueuse. Jolie aussi. Mais on la quitte complètement rincé.

— Un peu, reconnaît Viviane. Elle trouve que je ne fais pas assez d'activités. En même temps, avec ce qui s'est passé ce matin, ça me fera sûrement du bien de parler avec elle.

Yves opine. Oui, ils ont besoin de se purger des événements de la matinée. Ne serait-ce que pour passer à autre chose. Et y trouver un sens, à supposer qu'il y en ait un. Il grimace. Une phrase le hante, sortie de nulle part : « La mort vous va si bien. »

— Tu sais, avoue Viviane dans un murmure, je ne peux pas m'empêcher d'avoir peur. Et s'il y avait une suite ? d'autres victimes ? des victimes… parmi nous ?

Yves ne répond pas. Il est choqué. Contrairement à Viviane, il a immédiatement pensé qu'il s'agissait là d'une mort étrange, mais sûrement d'origine naturelle. Comment pourrait-il en être autrement ? Qui s'amuserait à des choses pareilles ? Qui serait assez sadique pour s'en prendre à une victime innocente comme celle-là ? Et dans le parc de la clinique, qui plus est ! Il faudrait être complètement timbré !

Quoique, dans ce domaine-là, il y a de quoi faire entre ces murs… Timbrés, ils le sont tous. À des stades divers et variés, et c'est ce qui fait toute la différence.

Il dévisage sa voisine, à parts égales horrifié et affolé. Horrifié que l'un d'entre eux puisse être menacé. Affolé que de telles idées viennent germer dans le cerveau malade de sa compagne de banc.

Viviane, quant à elle, a fermé les yeux, concentrée en elle-même, repoussant la peur qui lui grignote les entrailles depuis la découverte du corps, avec le même entrain qu'elle met à planter ses canines dans ses Lion.

Pour juguler la panique, elle compte. Ses doigts. Qu'elle visualise un à un. Puis ses orteils, selon le même protocole. Car elle, ce qu'elle aime, ce sont les chiffres. Les cadres. Les bilans comptables. Qu'importe qu'ils aient eu sa peau, à enseigner à des Bac Pro décérébrés qui se foutaient de tout ça comme de leur premier joint. Et se foutaient d'elle. De son surpoids. De ses robes vieillottes. De ses lunettes premier prix Sécu. De son grain de beauté planté au beau milieu de sa joue gauche.

Elle a fini par craquer. Les codes couleurs des tableaux Excel n'ont pas suffi à lui maintenir la tête hors de l'eau.

Aujourd'hui, elle en est là. Hospitalisée mais refusant systématiquement, sans même en avoir conscience, tout ce qui l'aiderait à sortir une fois pour toutes de sa dépression. Le sport ? Pas son truc, et puis elle n'a pas pris de tenue adaptée pour une séance d'abdos-fessiers. Elle ne va quand même pas pratiquer avec sa jupe à fleurs, non !? Le dessin, peut-être ? Et pourquoi la renvoyer ainsi à ses échecs en primaire ? La relaxation, alors ? La seule fois où elle a accepté d'y aller, Chien Jaune – qui doit son surnom à son emploi sur le porte-avions *Charles-de-Gaulle*, où il agite les bras en tous sens pour indiquer aux avions de chasse où se poser – a ronflé tant et plus, bonjour la détente. Ça lui a rappelé Claude, son ex-mari, tu parles d'un souvenir agréable !

Bref, Viviane semble se contenter de son séjour aux Trois N'y Touchent pour manger à heures fixes, compter tout et n'importe quoi – ce qui la ramène inexorablement à sa vie de prof –, avaler ses cachets et ses Lion et prendre le soleil.

Valérie les rejoint.

— J'ai croisé la nouvelle.

Yves et Viviane se redressent.

— Alors ? demandent-ils d'une même voix.

— Elle a l'air sympa. Je pense qu'ils l'ont un peu shootée, et elle se tape les mêmes problèmes intestinaux que nous à l'arrivée, mais autrement ça va.

Aucun d'eux n'a jamais su expliquer pourquoi, mais tous les nouveaux arrivants pètent tant et plus durant les sept à dix premiers jours de leur hospitalisation. Si ni la Faculté ni le corps professoral n'a réponse à la question, les odorats sensibles sont soumis à rude épreuve. En passant devant les chambres, on entend des bruits plus ou moins écœurants selon leurs occupants et les heures du jour. La nuit, chacun est prié de rester chez lui à partir de 21 h 30. Ça fait tôt, mais on s'habitue, surtout quand on a fini de dîner à 19 heures.

— Tiens, la voilà.

Ils se tournent de concert vers la porte menant au bâtiment principal. Une femme vient de la franchir, visiblement mal à l'aise. Elle zyeute à droite à gauche, à la recherche d'une place où se tenir le temps d'une cigarette. Dans son hésitation, on sent de la timidité, mais aussi la crainte de commettre un impair. Faut-il se présenter à la ronde ? Expliquer les raisons de son séjour ici ? Passer tête basse en ignorant tout le monde ? Elle ne connaît pas encore les codes, mais apprendra vite.

Viviane l'interpelle, égayée par cette arrivée qui balaie ses craintes d'assassinat.

— Bonjour ! Viens, il reste une place sur le banc.

La femme esquisse un sourire et les rejoint lentement.

— Bonjour.

— Je crois qu'on est voisines non ? demande Valérie.

— Je ne sais pas. Je suis chambre 31.

— Alors, oui, c'est bien ça ! Je suis à la 30. Yves est à la 27 et Viviane à la 23. Au fait, je m'appelle Valérie. Et voici Viviane et Yves.

— Enchantée. Aurore.

Les trois compères opinent, comme si c'était là le nom qu'ils attendaient depuis toujours.

— Éduc nat ? s'enquiert Viviane, pleine d'espoir.

Aurore semble hésiter.

— On te demande ça, parce qu'on a rebaptisé notre couloir l'aile Jules Ferry. On y est majoritairement prof ou employé du mammouth, s'empresse d'expliquer la vétérante.

Aurore se détend.

— Oui, Éduc nat. Documentaliste, pour être précise.

— Agent d'entretien, se présente Yves.

— Prof de compta, lance Viviane.

— Prof d'anglais, renchérit Valérie.

Le silence tombe. Ils pourraient presque se croire en salle des profs à la pause médiane. Presque.

Aurore finit par accepter de s'asseoir et allume sa cigarette au briquet d'Yves.

— Merci.

Elle ne sait pas quoi ajouter et fume en silence. Les trois autres échangent un regard. Ce n'est pas le moment d'importuner la nouvelle. Elle est fraîche du matin, elle a bien le temps de découvrir les usages de l'établissement. Quant à lui parler du cadavre… Non, vraiment, non. Pas question. La petite n'a sûrement pas besoin de ça. Qu'elle se pose, qu'elle s'installe, qu'elle trouve ses marques. Ensuite, on verra. Et puis, ce n'est pas parce qu'elle aussi mène une existence scandée par des sonneries à heures fixes du lundi au vendredi qu'elle deviendra une amie. Il en faut quand même un peu plus pour s'apprécier.

Valérie annonce qu'elle va se préparer pour le cours de sport. Viviane grimace. Elle, elle fera ses comptes. Yves penche pour une sieste, même si on lui déconseille les trop longues. Aurore n'intervient pas. Elle fume.

Yves est le premier à quitter leur banc. Il se sent triste. Elle est jolie, Aurore. Elle a l'air douce. Ça le tue, Yves, que des femmes comme elle en soient là. Il sent l'angoisse monter, les hypothèses anxiogènes de Viviane lui reviennent brusquement à la mémoire. Le mieux est de passer par la salle des infirmières et demander un « si besoin », ces petits anxiolytiques qu'on leur distribue au compte-gouttes en plus de leur traitement si l'anxiété se fait trop forte et menace de les submerger. Généralement, il évite. Mais là…

Il entend les pas de Valérie dans l'escalier derrière lui. Il se dépêche. Il n'a pas envie que quiconque soit témoin de sa faiblesse. Mais la jeune femme le rattrape. Il se voit contraint de poursuivre dans le couloir avec elle. Tant pis, il attendra qu'elle soit dans sa chambre pour ressortir. Il peut bien tenir jusque-là.

Il s'est surestimé. Quand il pénètre dans sa chambre, les sanglots lui coupent le souffle. Et il s'écroule sur son lit, le visage baigné de larmes. C'est trop, il n'y arrive plus. La matinée a été bouleversante, et chercher à offrir un visage neutre pour ne pas plus émouvoir ses amies l'a épuisé. Il en a étouffé ses propres sentiments, ses peurs, qui remontent maintenant à la surface, détruisant tout sur leur passage.

La mort, sa violence, son caractère définitif, il ne s'y fera jamais.

Même quand il s'agit de celle d'un cochon sauvage.

Viviane C. Entretien n° 6

La patiente fait preuve d'une grande nervosité. Son regard volette en tous sens.

— Comment allez-vous, Viviane ?

— Bien, Marguerite, bien, merci.

Silence.

— Vous avez essayé la relaxation ? Surtout après ce qui s'est passé aujourd'hui, ça pourrait vous faire du bien.

Bruits de vêtements qu'on chiffonne.

— Ah ben oui, parlons-en de la relaxation ! Je ne vois pas comment qui que ce soit peut y parvenir ici. Déjà, la salle est toute petite, étouffante, et je plains le premier claustro qui y mettra les pieds…

— La question n'est pas de savoir comment réagissent les autres, mais vous.

Soupir.

— Oui, oui, bon ben, Chien Jaune…

— Chien Jaune ?

— Oui, le gars qui bosse sur le *Charles-de-Gaulle*, là ! Je n'arrive jamais à me souvenir de son nom. Vous voyez qui je veux dire ?

Un temps.

— Oui. Patrick. Poursuivons.

— Bon, il s'est mis à ronfler à peine la lumière éteinte ! Ça m'a rappelé Claude et, franchement, pour se détendre, y a mieux.

— Claude, votre ex-mari ?

Nouveaux bruits de vêtements.

— Oui.

— Il ronflait ?

— Il ronflait, il pétait, il criait. Lui son truc, c'était de faire du bruit, d'occuper tout l'espace, de nous pomper tout l'oxygène. Et quand ça ne suffisait pas…

Silence.

— Oui ?

Soupir.

— Quand ça ne suffisait pas, on jouait à « mes mains ont la parole ».

— …

— C'était le nom d'une émission télé, mais vous êtes trop jeune pour l'avoir connue.

— Expliquez-moi.

— Il ne mimait pas avec les doigts comme si on était sourds. Non, il tapait. Fort.

Silence.

Sanglots. Puis un cri :

— C'était un porc, un vrai ! Et c'est lui qui méritait de crever cette nuit, pas cette pauvre bestiole que Valérie a trouvée près du grillage ! Une femelle, en plus, comme par hasard, et au ventre bien bombé ! Pourquoi c'est toujours les femmes qui morflent, hein, pourquoi ?

— Viviane, je comprends votre émotion, mais nous ne connaissons pas la cause du décès de cette laie, car, oui, vous avez raison, il s'agit bien d'une laie, et grosse. Il y a en tout cas fort à parier que ce n'est pas son époux sanglier qui s'est chargé de la faire passer de vie à trépas. Je ne crois pas avoir jamais entendu parler d'assassinats chez les cochons, mais je peux me tromper. Revenons plutôt à vous.

Viviane est sortie requinquée de sa séance avec Marguerite. Pleurer fait toujours du bien, ça vidange. Il faut dire aussi que selon les heures de prise de médicaments, elle est pleine d'une énergie épuisante pour son entourage. Difficile de croire que cette femme en est à sa troisième tentative de suicide quand on la voit ainsi.

Elle a retrouvé Aurore par hasard et lui a mis le grappin dessus, ne comptant pas laisser échapper sa chance de disposer d'un auditoire rien que pour elle.

— Ils ont eu du mal à trouver le bon dosage, explique-t-elle maintenant à l'Aurore en question, qui trouve que tout ça fait beaucoup pour une seule journée. Au début, je riais tout le temps. Puis deux ou trois heures après la prise, je pleurais comme une vache. Insupportable ! Là, on m'a changé de molécule et ça se passe mieux, j'ai moins de sautes d'humeur. Tu es du coin ?

Aurore se dit que cette fois, le saut se fait du coq à l'âne. Tiens, elle racontera ça à Jeanne ce soir, quand elles s'appelleront.

— Oui, j'habite à vingt kilomètres. Dans la grande ville.

Vivian hoche la tête.

— Moi aussi.

Le silence retombe, pas longtemps.

— Au moins, en ville, on n'a pas les sangliers.

— Pourquoi ? Il y en a ici ? s'enquiert la documentaliste qui n'a pas encore eu l'occasion de passer par la machine à café.

— Tu n'es pas au courant ? s'étrangle Viviane, oubliant complètement que la pauvre Aurore n'est arrivée que le matin même. On en a retrouvé un – enfin, une, c'était une femelle, et enceinte en plus – près du grillage du parc, par là-bas, précise-t-elle d'un geste vague de la main. C'est Valérie qui est tombée dessus au réveil. Il paraît que la pauvre bête avait les yeux révulsés, la langue gonflée et pendante, et de la bave qui dégoulinait de partout. Infâme, conclut-elle, sans qu'on sache bien si elle parle de cette triste fin ou de la vision offerte par l'animal occis. Et puis, s'enflamme-t-elle, ce matin, c'était un sanglier, mais demain ? Hein, demain, qui sait si le dingue qui a osé massacrer cette pauvre bête ne s'en prendra pas à l'un de nous ! Je suis sûre que cette cochonne a été empoisonnée ! La bave, tout ça, tu comprends.

Aurore ne relève pas. Elle tente déjà d'assimiler l'information du décès de Mme Laie, probablement assassinée. Elle n'a pas l'énergie suffisante pour s'inquiéter de son propre sort. Elle se concentre donc sur l'essentiel et demande :

— Mais ça arrive souvent ?

— Non. Jamais. Enfin, pas que je sache. Ils entrent dans le parc de la clinique sans trop de difficultés, c'est pour ça qu'il y a les affiches nous mettant en garde sur le fait de les nourrir.

— Pas vu…

— Nan, parce qu'il y a quelques années, un malade a cru malin de tendre un morceau de pain à un sanglier et l'autre lui a arraché la main.

— Beurk.

— Carrément !

— Tu crois que c'est ce type qui s'est vengé sur cette pauvre mère en devenir ? suggère Aurore, dont l'imagination est aussi prompte à s'enflammer que celle de la comptable.

Viviane marque un temps. Drôle d'idée, mais pourquoi pas ?

— Peut-être… Quoi que je n'aie pas remarqué de manchot parmi les patients. En revanche, tu vois le groupe là-bas ?

D'un geste du menton, elle désigne quatre personnes. Installées autour de la seule table des lieux, elles discutent en riant.

— Oui.

— Bon, alors, la blonde, là, et le mec à côté d'elle, c'est Barbie et Ken.

Un sourire étire les lèvres d'Aurore. Les surnoms sont bien trouvés. Certes, ils ont pris un coup dans l'aile, les amoureux en plastique, mais ils ont encore de beaux restes. Sûrement les stars du lieu, avec leur physique athlétique, la blondeur de Barbie version MILF et le sourire à la *ultra-bright* du Ken local. Elle remarque aussi que Viviane a l'art de passer sans transition d'un sujet à l'autre. Quant à elle, elle préfère mille fois se concentrer sur les humains qui l'entourent plutôt que d'évoquer le cadavre d'une femme enceinte, même si c'est une cochonne.

— Attends, laisse-moi deviner pour les autres, s'entend-elle dire, se prenant au jeu. Là, c'est… Line Renaud ?

Viviane lui décoche un regard admiratif.

— Bingo ! T'es douée, dis donc.

Aurore rit.

— J'adore jouer à ça, donner des surnoms aux gens.

— Et le dernier ? Une suggestion ?

— Hum… j'hésite entre Porcinet et Potiron.

Viviane applaudit.

— Bravo, ma chère. On n'est pas loin. C'est Simplet.

Il est vrai que l'homme est rondouillard, voire grassouillet, et ne respire pas l'intelligence.

— Il s'est cramé le cerveau avec l'alcool, précise Viviane. Et figure-toi qu'il était chauffeur d'un amiral quelconque… Ça laisse songeur. Il s'appelle Philippe, pas méchant, mais quand même super limité intellectuellement, et rien qu'à l'écouter parler, tu finis ivre. Il ne fait qu'évoquer ses coups de gnôle au petit déjeuner…

Aurore grimace en écrasant sa clope.

— Et toi, tu es là pour quoi ? demande-t-elle à Viviane.

Cette dernière se renferme. On dirait qu'un nuage vient d'effacer toute trace de sourire sur son visage. Aurore se met à ronger l'ongle de son index droit nerveusement.

— Pardon, je n'aurais pas dû…

Viviane lui tapote le genou. Elle a retrouvé le sourire, mais son regard raconte une autre histoire.

— Ne t'excuse pas, tu viens d'arriver. Ici, on ne pose jamais ce genre de questions. J'en déduis pour ma part que c'est ton premier séjour. (Elle se lève.) Je te laisse, j'ai un coup de fil à passer. À plus tard.

— À plus tard.

Restée seule, Aurore laisse ses pensées divaguer. En moins de douze heures, elle a rencontré des collègues pas plus en forme qu'elle, mangé un plat dont elle serait bien en peine de dire à base de quelle viande il a été mitonné, et appris que la mort s'était invitée aux Trois Saintes. Pourquoi donc sa psy a-t-elle pensé qu'elle serait ici au calme ?

— **Vous** avez eu des selles ?

Aurore baisse la tête, mais la réponse de l'homme qui occupe la chambre 21 lui parvient très clairement, détaillant forme, poids et couleur des selles en question, ainsi que leur fréquence.

Elle poursuit dans le couloir en grimaçant. Elle n'a pour sa part aucune envie que l'aile entière soit au courant de l'état de son transit. Pudeur déplacée, peut-être, mais c'est ainsi.

Une fois dans ses appartements, elle se rallonge sur son lit, attendant que l'infirmière se présente. Il est 17 heures passées, bientôt l'heure du dîner. Quelle journée !

Après avoir quitté Viviane, elle est passée à la bibliothèque des lieux – on ne se refait pas. Elle a eu la surprise de découvrir des titres aussi variés qu'étonnants. Un Code du travail avoisinait un vieil Harlequin défraîchi. *Madame Bovary* s'appuyait, lasse, sur *Les Vacances d'Hercule Poirot*. Un Graham Greene soutenait sans trop y croire le dernier Gilles Legardinier. En un mot, il était impossible de deviner à quelles règles répondait le classement des ouvrages, à supposer qu'il y en ait eu un. Elle a souri. Chez elle non plus, personne ne comprend son rangement, qui lui semble pourtant tellement évident. En tout cas, elle en a été pour ses frais et n'a trouvé sur les étagères aucun ouvrage consacré à la faune locale. Dommage, elle se serait bien renseignée sur les us et coutumes des sangliers. Parce qu'à part savoir qu'ils font de plus en plus de dégâts dans les plaines, voire qu'ils se baignent à Pampelonne ou nagent jusqu'au Levant ou Port-Cros (faisant ainsi la une de la presse locale), elle ne connaît pas grand-chose à leurs habitudes. Et si elle doit en croiser lors de son séjour, elle préférerait être armée (enfin, façon de parler) avant la rencontre. C'est peut-être tout bêtement ce qui s'est produit le matin même, d'ailleurs ? La laie a cherché à mordre (ça mord, les sangliers ? Oui, puisqu'un généreux donateur de pain y a perdu la main) un patient qui s'est simplement défendu. Ou alors… Mais elle n'est pas allée plus loin dans ses réflexions. Le désir lui en manquait. La théorie du Manchot Vengeur était tombée à l'eau, tant pis. Elle ne s'échinerait pas à en élaborer d'autres.

Elle a prélevé quelques romans au hasard. Bien sûr, elle a sa pile personnelle qui l'attend. Mais elle qui pensait profiter de son séjour pour rattraper son retard en lectures découvre que son cerveau a choisi quant à lui de se reposer. L'essai sur le discours amoureux dans la littérature depuis le Moyen Âge attendra. Si elle réussit à terminer un Mary Higgins Clark, ça sera déjà pas mal.

Son butin déposé sur sa table de nuit, elle allume le téléviseur, découvrant des émissions dont elle n'a jamais entendu parler et que viennent émailler des pubs pour prothèse auditive, convention obsèques et cures thermales. Elle réussit tellement bien à se faire croire que tout cela est passionnant qu'elle s'endort.

C'est le passage de Marie-Thérèse qui la réveille. À croire que toutes les infirmières ici s'appellent Marie-quelque chose.

— Vous dormez ? l'interpelle cette Marie-là.

Aurore essaie de donner le change et de reprendre ses esprits, mais pas assez vite au goût de la soignante.

— Il ne faut pas trop dormir, madame Blancas, c'est une fuite le sommeil, vous savez. Enfin, aujourd'hui, je ne vous gronde pas, c'est votre premier jour. Vous avez pensé à vous hydrater ?

Face à cette avalanche de mots et de consignes, Aurore reste mutique. En elle, deux voix s'opposent violemment. Celle de la raison, qui lui ordonne de se plier aux diktats du corps médical, et celle de la rébellion, qui lui intime d'envoyer bouler Marie-Truc et ses conseils à deux balles. Elle est là pour se reposer. SE REPOSER, bordel. Elle ne souffre de rien. DE RIEN. Elle aimerait vraiment qu'on lui foute la paix.

Mais avant qu'elle puisse choisir son camp, Marie-Machin est partie tortionner un autre patient, non sans avoir déposé des masques propres et lui avoir fait avaler deux gélules d'elle ne sait quoi, l'observant d'un œil sévère pour s'assurer qu'elle prenne bien ses médicaments.

Aurore se laisse retomber sur l'oreiller, prête à reprendre sa sieste là où elle a été interrompue. Mais un nouveau coup à la porte met un terme définitif à ses plans.

— Toc, toc, toc, chantonne une voix. C'est moi, Céline, je vous apporte votre dîner.

Aurore se lève en soupirant.

— Déjà ? J'ai l'impression de ne pas avoir fini de digérer le déjeuner !

— Eh oui ! Déjà ! Vous verrez, on s'y fait, affirme la jeune femme avec gentillesse. Je repasse prendre le plateau dans une demi-heure, ça vous va ?

Aurore sourit, opine. Après tout, Céline n'y est pour rien si ces horaires sont ridicules.

Quittant ses carottes vinaigrette, son regard s'égare vers sa pile de livres. Les mangas, pour préparer la prochaine journée portes ouvertes au CDI. Les romans jeunesse qu'elle n'a jamais le temps de lire, pour les commandes de l'année prochaine. Les biographies d'auteurs. Pour choisir celles qui seront les plus à même d'intéresser les collégiens. C'est-à-dire, aucune. Quand elle leur conseillera tel ou tel ouvrage, ils lui rétorqueront qu'il y a Wikipédia. Et Siri. Les livres, ça sert à rien, c'est un truc de *ieuv*. Voilà ce qu'ils diront.

Tout en mâchant un bout de pain qui n'a de blanc que le nom, elle comprend alors une chose : il y aura un avant et un après. Ce séjour ne sera pas une parenthèse qu'on referme. Il sera une porte vers une autre manière de vivre, une manière qu'elle ne connaît pas encore. Et qu'elle espère meilleure.

Michel est formel : la laie n'est pas morte de mort naturelle. Viviane serait ravie d'apprendre qu'elle a vu juste.

— Je l'ai dit à Bescotte, raconte-t-il à Céline qui, avant de rentrer chez elle, partage une cigarette avec le jardinier. Mais elle a eu l'air de s'en foutre complètement.

L'homme ressemble à une version plus mince et plus élancée de Mario Bross. Comme le héros du jeu vidéo, il porte une moustache imposante, une salopette bleue et un sous-pull rouge en acrylique qui doit remonter aux années 1970. Et ce, en toutes saisons. Céline l'aime bien. Tous deux ont le goût du travail bien fait. Michel porte un soin maladif aux massifs et autres plantations de la clinique. Il anime même des ateliers jardinage avec quelques patients. Qui en sont toujours ravis.

Là, elle trouve qu'il va quand même trop loin. Elle-même se repaît en secret de toutes les émissions où apparaît le terme « criminel », telles qu'*Enquêtes criminelles*, *Affaires criminelles*, *Chroniques criminelles*, et reconnaît bien volontiers qu'on est prêt à beaucoup de choses pour échapper à l'ennui, mais de là à imaginer le meurtre d'un sanglier… Dubitative, elle l'interroge :

— Comment peux-tu en être sûr ?

— Cette bête a été victime d'un empoisonnement, crois-moi ! C'était pas joli à voir, je préfère t'épargner les détails.

— Pourquoi empoisonner un sanglier ? Encore, braconner, je peux comprendre, si tu as faim ou un truc du genre. Mais tuer pour rien ? Qui ferait une chose pareille ? Ça n'a aucun sens.

— Aucun, confirme Michel, le regard noir sous ses sourcils broussailleux.

— Et elle était où exactement, la victime ?

— C'est ça le plus inquiétant : elle était du mauvais côté du grillage ; le nôtre.

Céline frissonne. Et la disparition du soleil derrière un nuage n'y est pour rien. La présence de poison dans l'enceinte d'une clinique psychiatrique n'est jamais une bonne nouvelle.

Ploc, ploc, ploc.

Soulever la pipette. Stopper le goutte-à-goutte. Se pencher sur l'alambic. Fermer les yeux. Inspirer profondément. Laisser l'odeur envahir mes narines. M'en repaître. Identifier tous les composants. Vérifier d'une nouvelle inspiration les dosages. Ne pas goûter, surtout ne pas y goûter.

Rester les yeux fermés. Se souvenir… se souvenir d'avant, de ses mains parcheminées, de ses doigts tordus par l'arthrose, de la douceur de sa voix, de son accent chantant.

Ploc, encore une goutte.

Plic, une deuxième, plus mince.

Pluc, et une dernière, si légère.

Se souvenir des noms latins et des dosages à respecter.

Un convolvulus de nuit. Liseron, belle de nuit. Jolis sons pour une symbolique plus sombre. Convolvulus. Crime. Même lettre pour commencer. Et une fin qui diffère.

Dansez, dansez, jolies plantes, beaux liserons. Dansez main dans la main au son des fifres et des tambourins.

Et son chant résonne à mes oreilles, et son rire souffle dans ma nuque. Et elle guide ma main vers l'alambic, guide ma main d'une plante à l'autre.

Elle guide ma main quand elle m'apprend cette nouvelle danse. Au son des fifres et des tambourins. Des râles et des vomissements.

Oyez, oyez, gentes dames, oyez, oyez, damoiseaux tout beaux !

La fête ne fait que commencer !

Jour 2

« Nos différents services proposent des soins adaptés à de nombreuses pathologies et offrent les outils nécessaires pour une meilleure compréhension des maux dont souffrent nos patients. »

Un coup à la porte. On ouvre. Aurore bat des cils.

— Bonjour, madame Blancas, comment on va ce matin ?

Céline dépose le plateau du petit déjeuner et appuie sur la commande automatique du store. Un grognement lui répond du lit. Visiblement, la 31 n'aime pas être brutalement tirée du sommeil.

— Gromgd heure ? comprend Céline.

— Huit heures trente. Bon appétit.

Elle ressort de la chambre dans le bruit des couvertures qu'on repousse.

Aurore n'en revient pas. Depuis des semaines, elle a les yeux grands ouverts dès 5 heures. Parfois même avant. Huit heures trente ? Pas possible !

Elle tente de rassembler ses esprits et se lève doucement. Le soleil l'aveugle, entrant à flots dans la chambre. Malgré tout, elle frissonne. La climatisation, poussée à fond, rend l'endroit aussi charmant qu'un casier à la morgue.

Elle s'approche de la table. Un bol de café (probablement sans caféine, elle est encore trop secouée pour faire le lien avec les boîtes vides de Ricoré qui font office de cendriers, mais ça viendra), deux paquets de deux biscottes, une plaquette de beurre individuelle. Sans sel. Un couteau qui ne coupe rien, en tout cas pas les veines. Elle s'assied face à la vue. Les pins et les chênes oscillent doucement sous une brise matinale. Deux résidents se promènent déjà, clopes à la main.

Aurore a à peine fini de beurrer sa première tartine qu'on frappe à nouveau.

— Bonjour, madame Blancas. Comment on va ce matin ?

Aurore ne peut s'empêcher de penser que la phrase doit être inscrite dans le livret du personnel. Formulation neutre. Mise à distance des maux. Calme. Éviter tout débordement d'affect dès le réveil.

Elle se tourne vers la nouvelle venue. Une infirmière, sûrement, qu'elle ne connaît pas encore.

— Moi, c'est Margot. On ne s'est pas encore vues, se présente l'inconnue qui l'est déjà moins.

— Bonjour.

— Comment s'est passée votre nuit ?

Aurore fouille dans ses souvenirs pendant que Margot – adieu les Marie-Machin – lui prend la tension.

— Pas trop mal, je crois. Sauf que le réveil toutes les deux heures…

Car s'il lui prenait l'envie d'oublier qu'elle n'est pas en vacances avec Jeanne mais hospitalisée, les visites de contrôle nocturnes se chargeraient bien assez vite de le lui rappeler. Toutes les deux heures, donc, quelqu'un entre dans la chambre, s'approche du lit et repart. La porte grince, un rayon de lumière vient frapper le montant en alu de la fenêtre et semble ricocher jusqu'aux paupières d'Aurore. Même s'il ne lui a pas fallu beaucoup de temps chaque fois pour sombrer de nouveau dans un sommeil profond, l'interruption n'a rien eu d'agréable.

— Vous vous habituerez, affirme Margot avec un sourire.

Aurore l'observe tandis que l'infirmière marque un temps devant les étagères, dévorant avidement du regard les titres des ouvrages.

— Vous aimez la lecture ? lui demande Aurore, curieuse.

— Oui, beaucoup. Surtout la fantasy, j'avoue, reconnaît la jeune femme.

Aurore s'aperçoit alors qu'elle est jolie. Enfin, lui semble-t-il, la moitié de son visage étant dévorée par son masque. Si ça se trouve, se cache dessous un menton poilu en galoche, on ne peut pas savoir. Mais le regard est doux, franc. Aurore se fait la réflexion qu'il a la même bonté que celui des vaches. Ce que l'infirmière prendrait sûrement mal, vu la réputation de ces bêtes sur le plan intellectuel.

— Vous lisez de tout, vous, poursuit Margot, bien loin de se douter des réflexions qui traversent l'esprit de sa patiente.

— Oui. Avec une préférence pour la littérature étrangère.

— Ah !

La discussion tourne court.

— Bon, je vous laisse. Le légiste, pardon, le généraliste passera tout à l'heure, se reprend rapidement la jeune femme en rougissant, soyez dans votre chambre. Si vous avez besoin de quoi que ce soit, n'hésitez pas à sonner. Et la psychiatre vous rencontrera aussi dans la matinée pour établir votre traitement.

Sur ces mots, Margot tourne les talons, laissant Aurore seule face à son café tiédi et sa biscotte couverte d'un beurre mal étalé.

Amélie Bescotte a mal dormi. Sa nuit a été peuplée de rêves déroutants qu'elle a en grande partie oubliés. Un dernier, pourtant, se balade à l'orée de sa conscience et refuse d'abandonner complètement le terrain. Il la hante.

Le réfectoire des Trois Saintes était devenu une espèce de boîte à partouzes digne d'une zone commerciale en milieu rural hostile. Des patients, moitié nus, s'empilaient les uns sur les autres, se prenant, se léchant, jouissant. Depuis le plafond, une fontaine étrange déversait sur eux des litres d'un champagne très mousseux, au goût de fraises Tagada. Bizarrement (comme si le reste ne l'était pas déjà assez !), personne n'était mouillé.

Sur des tables, de grands bols étaient remplis non pas de bonbons mais de pilules diverses et variées, toutes dans des teintes fluo. Malgré ces coloris déplacés, la médecin y reconnaissait les traitements de base proposés aux patients. Certains gobaient des poignées entières de ces friandises dont, pourtant, tout le monde sait qu'elles sont proscrites à hautes doses.

Sur une table, le professeur Landrick se livrait à un strip-tease, encouragé par deux infirmières qu'Amélie Bescotte ne parvenait pas à identifier. Non loin de lui, une tête de sanglier reposait sur un plat en or. Des touffes de persil s'échappaient des narines de l'animal qui suivait pourtant le spectacle des yeux, une flopée de marcassins dansant la bourrée à ses côtés.

Cerise sur le gâteau, dans le rêve, Landrick était le fils naturel de Brad Pitt et Antonio Banderas, deux acteurs qui ont le don d'émoustiller durablement la psychiatre. Alors que dans la vraie vie, le médecin vieillissant a tout d'une vieille baderne se prenant pour un jeune beau au volant de sa Jaguar de collection qui hurle et tousse en grimpant la côte jusqu'à l'hôpital. De taille moyenne, le ventre rond, il tient plus d'un Franck Dubosc qui aurait mal vieilli que des deux stars hollywoodiennes. Et ses implants capillaires, pour lequel il a dépensé une fortune dans une clinique chic en Turquie, ont pris par touffes disparates sur le sommet de son crâne. On dirait un champ de mines balisé par Handicap International au fin fond d'une rizière cambodgienne.

Amélie s'est donc réveillée en nage, écœurée et excitée à parts égales, un solide mal de crâne venant couronner le tout.

La voilà maintenant installée à son bureau. La réunion de service s'est bien passée. Pas de problèmes à signaler durant la nuit. Valérie Kaouch a erré dans les couloirs jusqu'à minuit, comme souvent. Elle préfère parfois regarder la télévision au petit salon plutôt que dans sa chambre, allez savoir pourquoi. Mais là, d'après le rapport des infirmiers, la télé était éteinte. La prof aurait-elle mal dormi après sa découverte macabre ? Bescotte hausse un sourcil. Bien sûr, il n'est jamais agréable d'être confronté à la mort, mais on ne va pas non plus en faire tout un plat, non ? Pourvu que Michel garde sa théorie fumeuse pour lui ! Il est expert en empoisonnement, maintenant ? Il n'a pas intérêt à en discuter avec son groupe de jardinage, les patients n'ont pas besoin de ça. Quoique… ça reste un moyen comme un autre de retarder leur sortie, ces nouvelles angoisses. Sauf s'ils prennent la poudre d'escampette, craignant d'être les prochains sur la liste de l'Empoisonneur de Cochonne. Car il ne faut pas se leurrer, ces psychotiques sont capables de tout, même d'inventer des trucs aussi tordus.

Alors qu'elle… Elle glousse. Heureusement qu'elle ne consulte plus depuis des années, parce qu'un rêve pareil aurait été un régal pour son référent. Elle ne l'a pas remplacé quand il a pris sa retraite et rejoint sa Bretagne natale, marinière sur le dos et bottes jaunes aux pieds.

Reprenons. Le patient de la 22 sort ce matin. Les documents sont prêts. Sa femme vient le chercher. Il a libéré sa chambre, accompli les formalités. La 18 est vide depuis quarante-huit heures. Bescotte se raidit. Et dire que les médias n'arrêtent pas de tourner en boucle sur les méfaits du Covid sur le psychisme ! Mais où sont donc passés les dépressifs, bordel, fulmine-t-elle intérieurement une nouvelle fois avant d'attraper nerveusement son crayon à papier pour se mettre à le sniffer.

L'écran de son ordinateur passe en mode veille. Elle bouge sa souris, s'assurant d'avoir sous le nez son tableau Excel. Trente-deux chambres dans son service. Huit vides. C'est la cata.

Énervée, elle laisse tomber le crayon sur le bureau et se lève pour rejoindre la fenêtre. Dans la cour, quelques patients fument en attendant de se rendre à leur atelier du matin. Elle reconnaît Yves et cherche automatiquement du regard ses deux commères. Les femmes ne sont nulle part en vue. Probablement en train de finir de se préparer. Yves a la tête renversée en arrière, les yeux fermés. Il tape du pied à intervalles réguliers et semble ne pas entendre les cris poussés par Patrick dans son téléphone. Ce patient n'a toujours pas compris que les discussions menées sur haut-parleur permettaient à tout l'établissement d'en profiter. Elle-même parvient à saisir des bribes de la discussion en cours qui porte visiblement sur une intoxication à la suite de la consommation de produits offerts par une banque alimentaire. Au moins, il évite d'évoquer le dernier repas de la laie, c'est déjà ça. Patrick éructe, fustigeant notamment le manque de choix proposé aux bénéficiaires. C'est pas parce qu'on est pauvre qu'on a envie de bouffer des coquillettes à chaque repas, merde ! Du foie de veau, des calamars, bon, pas tous les jours, mais de temps à autre, ça serait sympa, non ? Ou des tripes. C'est bon les tripes, puis c'est nourrissant ! Un bruit très net évoquant sans aucun doute un haut-le-cœur se fait entendre en réponse.

Amélie en a assez vu. Et entendu.

Son téléphone sonne, la sortant de sa sombre méditation. Pourvu que ce soit une demande d'hospitalisation !

Yves rêvasse. Dans ses écouteurs, du Satie. Pas idéal, peut-être, pour soigner une dépression, mais il aime le compositeur. Pas tout, mais ce morceau-là l'emporte toujours très loin. Il a besoin de ces moments de calme, de fermeture au monde, d'évasion. Il a besoin d'oublier. Il cherche d'ailleurs à gommer de son esprit la mort du sanglier. Elle appartient au passé. C'était hier, c'est fini. Nous sommes aujourd'hui, rien d'autre ne compte.

Mais l'angoisse est là, diffuse, difficile à cerner, comme une brume de chaleur matinale sur la mer, un jour d'été. Il l'évite donc, la repousse comme il peut.

Cet après-midi, il sortira. Il descendra en ville, fera les courses que les uns et les autres lui ont demandées, évitera le quartier du lycée et passera chez lui prendre des vêtements propres. Il commence à faire frais le matin, un ou deux pulls ne seraient pas de trop. Il n'ouvrira pas la boîte aux lettres. Il n'est pas prêt pour les documents administratifs. D'ailleurs, il doit voir l'assistante sociale de l'établissement dans la semaine, pour son divorce.

Il revient à la musique. Essaie de se projeter dans le temps court. Mais son cerveau, retors, ne lui balance que des souvenirs abjects de sa future ex-femme, de leurs dernières prises de bec, des mots violents qu'elle lui a jetés à la tête. Yves sent son pouls s'emballer, sa mâchoire se contracter. Il cherche, de plus en plus frénétiquement, à appliquer les techniques respiratoires apprises récemment. À laisser l'air emplir son ventre. À faire le vide. Il sait que s'il attend trop, la vague de panique sera telle qu'il ne pourra même plus monter l'escalier jusqu'aux bureaux des infirmières pour un « si besoin ». En même temps, il veut se prouver qu'il ne perd pas son temps ici, qu'il va y parvenir sans l'aide de la chimie. Il serre les paupières, les dents. La nausée monte. Il a chaud, il a froid. Il n'entend plus la musique. Seulement le tambourinement de son cœur qui semble prêt à sortir de sa poitrine. Il a le sentiment que sa langue cherche à quitter sa bouche, l'image de celle de la laie lui vient à l'esprit. Il retient à grand-peine un haut-le-cœur, il ne veut pas mourir, non, il ne veut pas m…

Une main fraîche se pose sur son bras.

— Ça va ?

Il n'arrive pas à ouvrir les yeux. À comprendre ce qu'on lui demande. On le secoue légèrement. Un gémissement lui échappe. La main l'abandonne.

— Monsieur Vivesse ? Monsieur Vivesse ?

Le son lui parvient, étouffé.

— Ouvrez les yeux, monsieur Vivesse.

— Il a ses écouteurs, il ne vous entend peut-être pas.

Il reconnaît la voix de Valérie, les touches d'inquiétude qui la marbrent.

Soudain, les sons lui parviennent distinctement. Sous le coup de la surprise, il ouvre les yeux.

— Monsieur Vivesse, vous pouvez vous lever ?

Il est perdu, il ne sait pas. Dans le doute, il opine.

On le soulève. Il ne se souvient pas du nom de l'infirmier, s'accroche à lui comme un naufragé à une planche de bois. Valérie le soutient de l'autre côté.

— Yves, ça va aller. Tiens bon.

Viviane finit de lire *Les Échos* sur sa tablette. Elle a réussi à échapper à la vigilance de Marie-Thérèse, qui l'admoneste si elle ne la voit pas prendre le chemin des ateliers, et à se glisser en douce dans sa chambre. Les chiffres la rassurent toujours. Les nouvelles économiques un peu moins. Petite, elle a dévoré Zola. *Nana*, *L'Assommoir*… des destins de femmes qu'elle souhaitait à tout prix éviter. À côté d'elles, Emma Bovary passait pour une vraie boute-en-train ! Et puis, les conditions économiques de l'époque ! Mon Dieu, ces usines, ces grands magasins, ces blanchisseries, la vie de toutes ces petites gens… Le rouleau compresseur du capitalisme, déjà, qui écrasait tout sur son passage. On n'avait pas attendu Musk et ses petits potes pour écrabouiller les classes laborieuses, ça non !

Elle en a profité pour lancer une recherche sur les sangliers. Après tout, la laie s'est peut-être suicidée ? On n'y a pas pensé, mais ça fait sens, non ? N'y a-t-il pas des études sur le comportement de certaines espèces qui se laissent mourir ? Bon, des chiens, le plus souvent, sur la tombe de leur maître, mais allez savoir. Une laie dépressive a peut-être tenté de lancer ainsi un cri d'alerte : Soignez la Vie ! Soignez les Bêtes ! Et pas que les animaux pensants ! Votre avenir est notre avenir ! Nous sommes tous partie prenante du cycle de la nature !

Ça craint, quand même, cette histoire. Qu'on aime ou non les sangliers. Ça laisse une sensation diffuse de malaise, comme un grain de sable dans une chaussette. Or Viviane a besoin de sécurité. De croire en des lendemains qui chantent, et de préférence des airs guillerets. Cette mort… Et peut-être un empoisonneur en liberté ! Qui rôde…

Elle en sait maintenant bien plus sur ces bestioles, à l'intelligence redoutable. Ce qui rend peu plausible l'hypothèse que Pétula – c'est ainsi qu'elle a surnommé la laie pour elle-même – ait ingéré par inadvertance un produit nocif pour sa santé. La laie ne s'est sûrement pas trompée dans son goûter, se régalant de mort-aux-rats au lieu de fougères tartinées de pèbre d'aï.

Mais pourquoi l'avoir tuée ? Et est-ce un simple avertissement (mais pour avertir de quoi, bon sang ?) ou doit-on craindre une nouvelle victime ? Et si cette dernière était… humaine ? Et féminine ? En tout cas, si l'Empoisonneur de Cochonne en a après les femmes enceintes, elle ne risque rien. En revanche, si c'est la gent féminine qui est visée…

Malgré l'aspect sinistre de cette supposition, la prof de compta se sent soudain d'humeur guillerette et a envie de rire et de dire des blagues. Ses médicaments commencent à faire effet, elle compte bien en profiter. Franchement, c'est pas énorme d'avoir imaginé un suicide de sanglier ? C'est drôle, non ? Pourquoi pas une manif, tant qu'on y est, contre l'implantation de la nouvelle déchetterie à Sainte-Lucie, par exemple ? Des sangliers défileraient avec des pancartes posées sur leurs trucs, là, leurs défenses, leurs… grès ! Ça y est, le terme lui revient ! Trop contente !

Pour se féliciter de son bon fonctionnement cérébral, elle avale un Dragibus du paquet caché derrière une pile de serviettes hygiéniques (antifuites urinaires, ses règles sont déjà un lointain souvenir) et se rend à sa salle de bains en valsant sur un air de sa composition. Il lui reste tout un tas de culottes à laver, autant s'y mettre quand tout va bien et qu'elle en a l'énergie. Elle sait bien que, vers 11 heures, son humeur s'assombrira. Et que, après le déjeuner, elle luttera à parts égales contre le sommeil et les troubles digestifs. À cette pensée, elle grimace. Elle a préféré ne pas jeter un coup d'œil au menu du jour, pas la peine de déprimer. Imaginons qu'il y ait un civet ou une daube de… Non, ça suffit avec ce sanglier, bon sang ! Même si la daube, vraiment, elle adore ça. C'est bon ! Peu de chance qu'on leur en propose, et de plus un seul sanglier ne suffirait pas à sustenter la clinique entière. Si ça ne dépendait que d'elle… Mais Marguerite, la psy, le lui répète à l'envi : il ne sert à rien de se prendre la tête sur les choses qu'on ne peut pas contrôler. Or il n'est pas dans ses moyens de changer quoi que ce soit aux repas, si ?

Oui, mais…

Non, Viviane ! Il n'y a pas de « mais ». Vous allez vous mettre en cuisine ? Faire les courses ? Mitonner un bon petit plat pour tous les résidents ?

Non.

Bon, vous voyez ! Il ne sert donc à rien de se lamenter. Il faut apprendre à accepter ce sur quoi vous n'avez pas prise.

Évidemment, Marguerite a raison. Mais quand même…

Maintenant énervée, salivant à l'idée d'un repas, sinon gastronomique, du moins copieux et fortifiant, Viviane se venge sur la culotte qui n'a rien demandé et la frotte en y mettant plus que du cœur. Un premier fil pointe son nez. Puis un deuxième. Sur lequel elle tire… dévidant la bobinette.

La culotte pendouille, sans plus aucune tenue.

Viviane l'observe un instant, se regarde dans le miroir en Plexiglas, puis décide d'en rire. Là, elle avait la main. Et voilà le résultat. Un carnage.

Elle jette la culotte démembrée dans la poubelle, abandonne les autres dans la bassine, récupère ses cigarettes et quitte sa chambre. Elle ira compter les arbres qui bordent le terrain de pétanque, ça la calmera. D'ailleurs, tiens, elle va commencer par ses pas. Peut-être en faut-il moins au retour ? Ça serait intéressant de le savoir.

Un, deux, trois, quatre, cinq…

Bam ! Télescopage. Viviane est tellement concentrée qu'elle n'a pas fait attention où elle mettait les pieds. Aurore, de son côté, avançait le nez sur son portable.

— Oh pardon ! s'exclame-t-elle.

— Non, c'est ma faute, s'excuse Viviane en se massant le front.

— Tu vas bien ?

— Oui, oui, la rassure la prof, j'ai surtout été surprise. Tu retournes dans ta chambre ? Tu ne veux pas m'accompagner boire un café ?

Elle n'aime pas la solitude, Viviane. Puis elle discuterait bien de Pétula, quand même, et de ses connaissances nouvellement acquises sur *Sus scrofa*, nom scientifique du sanglier. Et comme elle n'est jamais sûre de trouver ses copains sous l'Abribus… Ils ont beau l'informer de leurs projets, elle s'y perd, ne retient pas tout. La faute aux médicaments ? à la dépression ? Difficile à dire. Dans son cerveau, tout s'embrouille, se mêle, les prénoms ne collent plus aux visages, les dates s'effacent, les titres de romans ou de films disparaissent quand on cherche à les évoquer. Ça l'énerve, mais renseignements pris auprès des uns et des autres, il semblerait que ce soit normal.

Aurore décline.

— Merci, mais je dois attendre la visite du généraliste et de la psychiatre. J'ai oublié son nom…

Viviane devrait se réjouir de cette preuve qu'elle n'est pas la seule à avoir la mémoire plus trouée qu'un égouttoir, mais elle est trop occupée à chercher le nom en question.

— Be… Bi… Biscotte ! C'est ça, Biscotte. Enfin, c'est son surnom.

— Pourquoi ? Elle ressemble à une biscotte ?

Aurore a du mal à se représenter la chose. En quoi peut-on bien évoquer une biscotte ? Le teint jaunâtre ? granuleux ? Les extrémités caramel, le reste poussin délavé ?

— Non, non, la détrompe Viviane, elle s'appelle Bescotte. Biscotte, c'est seulement un moyen mnémotechnique.

— Ah ! OK.

Un bruit de pas se fait entendre dans leur dos. Viviane jette un coup d'œil.

— Merde, Margot ! Je file, ou elle va encore me demander si je suis allée à la salle de sport. À plus tard !

Aurore la regarde partir. Viviane trottine, on dirait un caneton à la recherche de sa mère. La documentaliste sourit, puis se détourne pour rejoindre sa chambre.

Marguerite évalue Yves d'un regard songeur.

L'homme garde les yeux baissés, ses doigts tricotent et détricotent le même motif à une vitesse excessive. Voûté sur sa chaise, il semble plus épuisé que jamais. La psychologue s'inquiète. Yves devrait commencer à aller mieux. Mais il a tellement l'habitude de fonctionner, même quand en lui tout s'écroule, qu'il maintient cette attitude et ne s'autorise pas à aller plus mal pour enfin remonter la pente.

— Comment vous sentez-vous ce matin ? J'ai appris que vous aviez eu un malaise ?

Pas la peine de tourner autour du pot. Elle est aussi là pour confronter les patients à ce qu'ils ne veulent pas voir ni entendre. Ça ne marche pas avec tous, il faut rester vigilant lorsqu'ils s'écroulent, mais c'est indispensable.

Yves hausse les épaules. Puis relève la tête.

Marguerite est frappée par l'effondrement de ses traits. Ce relâchement le vieillit. Cet homme n'a pas soixante ans, mais on lui en donnerait, là, tout de suite, facilement dix de plus. Il n'y a que dans l'intimité de leurs rencontres qu'il se permet d'afficher ainsi sa détresse. Quand elle le croise dans les couloirs, il avance toujours d'un pas décidé, le menton dressé, l'allure fière.

— Oui, finit-il par répondre sans plus s'étaler.

— Rien à voir avec ce qui s'est passé hier ?

— Quoi ? Ah, vous voulez parler de cette pauvre bête retrouvée morte ? Non, rien, ment-il.

Pas question d'évoquer l'idée saugrenue de Viviane selon laquelle ils seraient les prochains visés.

— Vous avez une permission cet après-midi, n'est-ce pas ?

Un léger sourire effleure ses lèvres.

— Oui, effectivement.

— Vous pensez être capable de l'assumer ?

Cette fois, la réponse est franche et massive. Yves a le dos droit, le regard volontaire.

— Oui.

— Bien. Quel est votre programme ?

— Quelques courses, passer chez moi prendre des affaires et peut-être m'offrir une coupe chez le coiffeur si j'ai le temps.

— Celui de la clinique ne vous convient pas ? ose la psychologue.

Ils échangent un sourire de connivence.

— Non, pas vraiment.

Il n'a pas fallu longtemps à l'agent d'entretien pour repérer ceux qui en sortaient : Jean-Claude, le bipolaire qui partage sa table à la cantine, affichait un mulet très années 1980. Valentine, l'aide-soignante en burn-out, une permanente et une teinture tirant sur le violet vif effrayantes. Germaine, la doyenne des lieux, des tresses afro déstabilisantes… et la liste pourrait continuer encore.

— C'est faire preuve d'un bon instinct de survie capillaire, commente la psychologue.

Yves glousse. Son visage s'illumine, ses iris pétillent. Ce n'est plus le même homme.

— C'est très bien de maintenir votre sortie et de continuer à en faire régulièrement, reprend Marguerite, redevenue sérieuse. Vous savez qu'il est aussi important de construire un projet pour l'après hospitalisation, au-delà des soins que vous continuerez à suivre. Je ne vous demande pas de vous y mettre dès à présent, mais gardez ça dans un coin de votre tête. Ça aide, d'être capable de se projeter hors des murs de la clinique. Les sorties ponctuelles sont indispensables dans ce processus, mais n'oubliez pas pour autant le reste. Quelles sont les échéances qui vous attendent à l'extérieur ?

Yves se ratatine de nouveau.

— Le divorce, souffle-t-il. La reprise au lycée.

Marguerite reste silencieuse un moment.

— N'avez-vous pas d'autres choix ? demande-t-elle d'une voix douce.

Yves lui lance un regard interrogateur.

— Comme ?

— C'est à vous de me le dire, répond-elle sur un sourire.

Un, deux, trois, nous irons au bois,
Quatre, cinq, six, cueillir des pâquerettes,
Huit, neuf, dix, dans ma besace vieille,
Onze, douze, treize, elles seront toutes blanches !

Et de rouge tes urines se teinteront,
Et en te tenant le ventre tu danseras,
Et de mon élixir tu reprendras,

Un, deux, trois, je m'en vais au bois,
Quatre, cinq, six, cueillir les prémices,
Sept, huit, neuf, de tes tourments,
Dix, onze, douze, et récolter ton sang

Mamie adorerait cette comptine. Elle m'a tant appris. Elle serait si fière de moi. Elle me manque.

Un, deux, trois, nous irons au bois…

Valérie et Émeric avancent dans le parc, main dans la main, maintenant que les caméras de surveillance sont trop loin pour les surprendre. Instinctivement, ils se sont engagés sur le chemin en tournant le dos à leur balade habituelle. Aucun d'eux n'a envie de revenir sur le lieu du crime. Ni d'en parler. Et encore moins de penser qu'il ne s'agirait pas d'un acte isolé. Si Valérie ne peut s'empêcher de le craindre, d'imaginer que les patients sont peut-être en danger (merci Viviane), Émeric, quant à lui, a d'autres sujets de réflexion.

D'autant que le groupe d'addictologie a été difficile ce matin. Une femme, arrivée depuis peu, a eu une sorte de crise. Le psy était tétanisé, ne sachant comment réagir. C'est Émeric qui a pris les choses en main, aidant la femme à s'allonger par terre sur le côté, lui bloquant la langue et commandant aux autres participants d'aller chercher de l'aide. Valérie, tout comme le médecin, était incapable du moindre geste. Soudain, c'était comme si la scène se déroulait sur un écran géant, sans aucun rapport avec elle. Elle assistait au drame, retirée en elle-même.

La femme a été évacuée par deux infirmiers, mais l'atelier n'a pas repris, ses participants étant trop secoués. Phil, l'ancien chauffeur de l'amiral, est sorti de la pièce en marmonnant qu'il se serait bien envoyé une petite mirabelle. Valérie a plissé du nez. Elle n'a jamais aimé les digestifs. En revanche, elle n'aurait pas dit non à une bière blanche bien fraîche. Il lui a semblé en sentir le goût sur ses lèvres et sur sa langue. Elle s'est mise à transpirer, et des points noirs dansaient devant ses yeux.

Émeric, sosie de Clooney dans *Urgences*, est venu la soutenir.

Il lui parle maintenant d'une voix égale, calme, posée. Elle ne fait pas attention aux mots, mais s'accroche à la mélodie que ces derniers composent. Si le terrain n'était pas aussi accidenté, elle avancerait les yeux fermés, uniquement guidée par les intonations chantantes d'Émeric et la pression de ses doigts sur les siens.

Elle lui sourit. Émeric l'embrasse en réaction.

— Et si on demandait une permission, ma belle ? On pourrait s'offrir une journée à l'hôtel, en bord de mer.

Valérie se renferme. Au mot « permission », elle a immédiatement associé un bar, des parasols, du rosé, des cacahouètes et des légionnaires en goguette.

— Je ne sais pas…

Émeric soupire. Il a envie d'elle, vraiment. Il tente de guider la main de Valérie vers son sexe dur, mais elle se dérobe et se met à pleurer.

— Ma belle, qu'est-ce qui ne va pas ?

Il s'exprime avec tendresse, mais n'en éprouve aucune, ou pas assez. Son rôle de sauveur, il l'a rempli ce matin. Il est repu. Il lui arrive de se demander si sa conquête est aussi intelligente qu'il l'avait imaginé. Une prof, quand même, merde. Elle devrait avoir un cerveau. L'alcool lui a rongé les neurones ou quoi ? Elle a décroché un doctorat, tout de même ! D'études anglophones. Il est allé vérifier sur Internet. La fac, il n'en avait jamais entendu parler, on était loin de l'*Ivy League*, mais le titre, en revanche, lui a paru prometteur (pas au point, malgré tout, de commander un exemplaire de ladite thèse, faut pas déconner, en plus, l'anglais, lui, ça va hein, il maîtrise, mais surtout quand il s'agit d'annoncer l'addition à une table ou de déclarer sa flamme à une conquête d'un soir) : *Gender deconstruction : mythes and reality in the porn industry, USA, 1970'*. Il s'est peut-être un peu emballé en pensant que la prof savait de quoi elle parlait. Il l'avait imaginée en train de se trémousser sur un pool dance, alors qu'elle n'avait probablement travaillé qu'à partir d'archives et autres paperasses chiantes. Il en est pour ses frais, une fois de plus. Et après, on s'étonne qu'il picole !

Chez lui, la boisson a tout ravagé : son mariage, son boulot, tout ce qu'il avait patiemment construit ces vingt dernières années. Seule sa gueule a résisté. C'est Dorian Gray qu'on devrait le surnommer, tiens, et non pas Christian Grey, même si les nuances de gris, lui, il en connaît bien plus de cinquante. Ah ça, de la chair fraîche, à point ou mûre, il en aura consommé, Émeric. Il n'a pas à se plaindre, il aura goûté à tout. Mais ça aussi c'est derrière lui. Malgré sa petite gueule que rien n'abîme, il en est réduit à essayer de se faire tailler une pipe par une prof alcoolique, c'est dire, une prof dont en plus il a du mal à supporter la voix et les doigts moites. Un *winner*.

Et ce n'est pas leur découverte macabre de la veille qui aura réveillé la libido de Val, ça non ! Faut dire que c'était dégueulasse, cette grosse masse au regard vide, cette langue énorme et boursouflée et cette mousse d'une couleur indéfinissable sur les soies de l'animal. Proprement écœurant. Et pourtant, il était un gros mangeur de tête de veau, autant dire qu'il n'avait pas peur de regarder la mort dans les yeux. Mais là, entre les petits cris d'une Valoche proche de l'hyperventilation et le spectacle de la bête trépassée… Jamais il n'avait eu autant envie de boire un bon coup. Et quand, en déplaçant d'un pied circonspect le train arrière de la bête, il a découvert un joli flacon ouvragé à moitié renversé, il n'a pas hésité à s'en saisir. Discrétos. Pour en boire une gorgée tout aussi discrètement quelques heures plus tard.

Il n'est pas timbré, il a bien reniflé le truc avant de se le fourrer dans le bec. Mais franchement, y avait pas de quoi se méfier. Une fois qu'on a ajouté une ou deux gouttes d'eau à la mixture, c'est parfait. L'odeur dominante est celle de la vodka. Ou de l'alcool à brûler, et c'est parfois un peu la même chose. Le tout avec une petite pointe de menthe bien sympathique. Ça lui a fait un bien fou. Il ne regrette rien.

Un renvoi acide vient immédiatement contredire sa pensée. OK, ça brûle un peu ce truc, et jamais il n'aurait servi ça au restaurant, même en fin de service à des Russes aussi imbibés que des babas au rhum généreux.

Tiens, parlons-en, du restaurant. Liquidé. Tout comme son mariage. Lise l'a quitté. Ses enfants ne lui parlent plus. Il leur a servi de vache à lait pendant toute leur jeunesse, maintenant qu'il se soigne, on lui tourne le dos. Normal, ils ont de bonnes situations, plus besoin de lui. Parce que leurs discours « ça nous a fait trop mal, papa, tout ça », il n'y croit pas une seule seconde. Il n'a pas souvenir d'une seule plainte émise par ces petits cons quand l'argent coulait à flots, qu'ils invitaient leurs conquêtes au restaurant aux frais de la princesse, les gavant de champagne, de crus millésimés et de plats gastronomiques. Il en a financé des Saint-Valentin ! Si les gosses avaient eu leur mot à dire, ils l'auraient fêtée du 1er juin au 31 mai sans discontinuer ! Ingrats ! Ils s'en foutaient alors des cris à la maison, des claques un peu fortes, des filles qui appelaient un peu trop tard sur son portable. Tant qu'ils avaient de quoi aller à Dubaï, Miami, Bali, ils fermaient les yeux sur tout le reste, ces faux-culs. Qu'ils ne viennent pas maintenant lui raconter une autre histoire. Si quelqu'un en bave, c'est lui.

Valérie renifle. Ses larmes mouillent la chemise Ralph Lauren d'Émeric, survivance de sa grandeur passée. Il en prend un soin maladif, il ne lui en reste plus que quelques-unes ayant survécu au naufrage.

Il se recule légèrement. La morve l'a toujours dégoûté. Raison pour laquelle il n'y a jamais eu d'escargots à sa carte, ces bestioles lui rappelant un nez qui coule un jour de rhinopharyngite carabinée.

— Ça va aller, assure-t-il platement à sa conquête. Ça va aller.

Mais les sanglots de l'enseignante redoublent.

— Je ne m'en sortirai jamais, jamais, mugit-elle. J'ai trop envie de boire. Et puis, tu ne sais pas tout…

Tant mieux, a-t-il envie de lui répondre. Il ne tient vraiment pas à tout savoir.

Valérie K. Entretien n° 9

La patiente est nerveuse. On note un tremblement dans sa main droite. Sa jambe tressaute. Centre nerveux atteint par le traitement ? Effets du manque ?

— Lors de notre dernière entrevue, vous m'avez confié avoir des troubles du sommeil. Ça va mieux ?

— Oui, oui.

Silence.

— Comment avez-vous vécu la journée d'hier ? J'ai appris que vous aviez fait une découverte macabre ?

— On peut le dire ! Quelle horreur ! Cette pauvre bête…

— Qu'avez-vous ressenti, physiquement ?

— J'ai cru que j'allais me trouver mal. Heureusement, je n'étais pas seule.

— Et ensuite ?

— Ensuite ? J'aurais donné beaucoup pour un verre. Et ça m'a peut-être plus désespérée que la mort de cette laie.

Le docteur Bescotte observe Aurore. Cette dernière a l'air égaré de ceux qui débarquent dans un aéroport à l'autre bout du monde après un vol de quinze heures. Jet-laguée. Paumée. Nauséeuse. Réaction typique, pas de quoi s'inquiéter pour le moment.

— Bon, on vous a expliqué le fonctionnement de la clinique ?

— Oui, oui.

— Je vois que vous étiez sous anxiolytiques. On va essayer un traitement antidépresseur, et on maintient votre Lyxanxia, pour le moment. OK ?

— Je n'aime pas les antidépresseurs. Ça me donne des envies de suicide.

La psychiatre relève le nez de ses notes.

— Vous en avez déjà pris ? Quand ? Quelle molécule ?

Trop de questions pour Aurore qui bat des cils, un peu perdue.

— Heu… Oui, il y a quelques années. Après le décès de ma mère. Je ne sais plus. Mais j'avais envie de me jeter par la fenêtre, et en plus, j'ai pris dix kilos.

Bescotte opine et marmonne un truc inaudible dans sa barbe.

— Bien. Les infirmières vous donneront votre traitement, et j'en informe votre médecin traitant. Vous pourrez manger en salle à partir de ce midi.

Aurore s'affole.

— Quoi ? Déjà ? Si tôt ?

— Mais oui. Aucune contre-indication à cela. Il ne faut pas vous enfermer, vous savez.

Aurore en rirait si elle en avait le courage. Que fait-elle d'autre que s'enfermer en venant ici ? Que cherche-t-elle d'autre qu'à être extraite de sa réalité, de son quotidien ?

— Je vous ai placée à la table 18, vous verrez, vous vous ferez des amis, conclut la psychiatre, qui quitte la chambre en poussant le chariot sur lequel trône son ordinateur.

Aurore n'a même pas le temps de la saluer, de lui demander si elles se reverront ou l'heure du repas qu'elle a déjà oubliée, que la porte se referme en chuintant derrière la médecin.

La documentaliste se laisse retomber sur son oreiller. Elle n'a vraiment pas envie de déjeuner au réfectoire. Ça lui rappelle trop la cantine. Il va falloir parler, se présenter, expliquer, peut-être… Expliquer quoi ? Que parfois la vie devient trop lourde ? Que parfois on coule, tout simplement ? Ses problèmes lui suffisent, elle n'a pas besoin d'entendre ceux des autres. Vraiment pas besoin.

Valérie est remontée dans sa chambre, après une dernière étreinte. Elle est vidée. Elle dispose encore de quelques minutes avant de devoir rejoindre le réfectoire et ses compagnons d'infortune.

On frappe.

— Oui ?

Le docteur Bescotte entre.

— Bonjour, je venais voir comment vous alliez. Problèmes de sommeil ?

La prof se tend. Impossible de pisser tranquille dans cette turne ! Qui l'a encore balancée ? On n'a plus le droit de se balader dans les couloirs la nuit, maintenant ?

— Non.

Elle n'a pas envie de jouer à l'élève studieuse, aujourd'hui. Elle en a marre. Son armure de petite fille sage, assidue, qui travaille bien, qui sourit quand on le lui demande, qui s'incline et se tait, se fendille. Elle aimerait tout envoyer péter, descendre une bouteille de gin en dansant sur le terrain de pétanque, hurler à tous ces cons d'aller se faire foutre, comme dans un clip d'Eminem ou de n'importe quel rappeur, tiens. Elle tortillerait du popotin à la Beyoncé, et puis voilà. Elle craque. Elle est émotionnellement au bout du rouleau. Le sanglier, la crise de la patiente en addictologie, l'odeur d'Émeric, mélange d'assouplissant, de bois de senteur et d'un autre parfum qu'elle peine à identifier, le désir de ce dernier, ses larmes à elle… Elle n'en peut plus, la colère évite de s'écrouler complètement, elle le sait, c'est salvateur, ça fait du bien, surtout sur le moment, comme une apothéose lors d'un feu d'artifice avant le silence total.

Bescotte ne réagit pas au ton agressif. Rien ne semble l'atteindre.

Elle relève le nez de ses notes.

— J'avais envie de vous proposer un nouveau traitement. À prendre le soir, seulement. Vous seriez d'accord ?

Son regard perçant s'insère comme un tournevis électrique à puissance maximale dans les yeux de Valérie, la cloue sur place. Cette dernière sent instinctivement qu'il se passe quelque chose. Mais ne comprend pas quoi. Elle ne bouge plus, respire à peine.

— Traitement expérimental, précise la psychiatre d'un ton froid. Je repasserai cet après-midi vous expliquer le protocole.

Valérie opine lentement, toute trace de résistance disparue. Pourquoi pas ? Ça ne peut pas être pire, non ? Si ?

La médecin sort sans plus rien ajouter. Il ne reste comme preuve de son passage qu'un vague effluve de « La vie est belle », le Lancôme de Bescotte, mâtiné d'un relent de peur. Et cette peur-là, Valérie ne l'identifie pas comme étant la sienne.

Comme souvent, Yves est un peu perdu par les injonctions qu'on lui balance à longueur de journée et qui lui semblent contradictoires. Vivre dans l'instant présent avec la méditation de pleine conscience. Éviter de se projeter dans l'avenir (incertain) ou de revenir sur le passé (douloureux). Mais commencer à réfléchir à son futur.

Au volant de sa vieille R5 (pourquoi en changer ? elle roule encore très bien !), il soupire. Il a l'impression de devoir réconcilier l'irréconciliable : rester les pieds ancrés dans l'ici et maintenant ; mettre en place des projets pour le futur proche quand il rentrera chez lui, et le tout en claquant la porte au nez de son passé. Sur le papier, ça a l'air assez simple. Dans la vraie vie, sa crise du matin lui prouve qu'il ne maîtrise pas encore le truc. Ici et maintenant. Ici. Dans sa voiture. Maintenant. Sans cadavre de mariage raté ni de laie empoisonnée.

Tiens, d'ailleurs, il est arrivé. Il a conduit depuis la clinique dans une espèce d'état second qui n'est pas vraiment recommandé au volant. Non, assurément, le moment présent ne l'est pas toujours autant qu'on le voudrait.

L'appartement sent le renfermé, la poussière et autre chose. Il renifle, cherchant l'origine de l'odeur nauséabonde sans parvenir à l'identifier. La puanteur le ramène une fois encore à la victime de l'Empoisonneur de Cochonne. À son corps en putréfaction, qu'il n'a pas vu ; on a pris soin de le faire disparaître rapido, on n'allait pas le laisser traîner dans le parc comme une attraction de mauvais goût ! Mais avec la description détaillée fournie par Valérie, il n'a aucun mal à se représenter la chose, et même à la sentir. Le pouvoir de l'imagination. La création de dangers imaginaires pour aider à la survie en restant vigilant. Le stress salvateur ou tueur. Né dans l'hypothémusse ? Non, l'hypo… Il ne sait pas, se mélange les pinceaux entre le cerveau reptilien et l'autre, entre le *fight or fly* et l'adrénaline. Ou la sérotonine. Ou la mélatonine. Un truc en « ine », de ça, il est sûr, mais lequel ?

Avant d'en avoir des sueurs froides, il ouvre les fenêtres en grand. Le bruit de la circulation du boulevard l'agresse. Il les referme. Va à la salle de bains. Se lave longuement les mains. Puis se rend dans sa chambre.

L'appartement est petit, spartiate. Il l'a loué après l'une de ses engueulades avec Martine, sur un coup de tête, persuadé que sa femme s'amenderait et viendrait le supplier de reprendre la vie commune. Il n'en a rien été. Elle a vécu son départ comme un soulagement et il s'est retrouvé pris à son propre piège.

Devant les étagères où vivent en boule tee-shirts et pulls à des stades variés de vieillesse et de décrépitude, il repense à la grande penderie où tout était bien à sa place, dans le pavillon pompeusement doté du nom de « villa » que le couple avait réussi à acquérir au début des années 1990. Il adore ce pavillon. Il adore son jardin. Petit, mais dont il a toujours pris un soin maladif. Il ne l'a avoué à personne à l'hôpital, mais ses grandes passions étaient alors les citations latines, le jardinage et la philosophie. Il lisait avec autant de plaisir des recueils des grands penseurs de l'Antiquité que les magazines des pépiniéristes, passant de Platon à une pub pour Jardiland. Il ne comprenait souvent pas plus la plume de Marc Aurèle que celle du journaliste payé pour vanter les mérites des pois de senteur. Qu'importe. Les mots le berçaient, leur mélodie, leur orthographe étrange qui vous mène toujours à un doigt d'une prononciation défaillante. Il trouvait là un refuge bienvenu, quand ça criait trop au lycée, et pas assez à la maison. Mais ça, c'était avant. Aujourd'hui, il lui reste la philosophie et les citations que sa mémoire lui ressort de temps à autre, quand il s'y attend le moins. Le jardinage, en revanche, n'est plus qu'un lointain souvenir, douloureux. Ce qui explique pourquoi il a refusé d'intégrer le groupe animé par Michel à la clinique. Pas question de remettre les mains dans l'engrais.

Il finit par attraper au hasard deux sweats délavés, trois tee-shirts qui n'ont pas vu de fer à repasser depuis un bon moment, quelques chaussettes en espérant ne pas avoir séparé des couples, et referme les portes du placard.

Le lit est fait. Il serait tentant de s'y allonger un moment, de gober un « si besoin » et de s'endormir jusqu'au lendemain.

Yves rejoint la petite salle-à-manger-salon-cuisine-américaine avant de s'abandonner à cette pulsion qu'il sait néfaste à son rétablissement. Il soupire en observant les lieux. Il n'a pas le courage de les rendre plus douillets, plus agréables. La déco, c'était le boulot de Martine. Elle adorait ça. Elle collait des bouddhas partout, de toutes tailles et de toutes matières. Il avait refusé net qu'elle s'attaque au jardin et l'envahisse de ces tronches obèses et rigolardes. Elle n'avait pas apprécié, mais s'était rabattue sur la buanderie (à peine plus qu'un placard, mais ils étaient parvenus à y coincer une machine à laver, un séchoir à linge et un vieux portemanteau branlant) et leur chambre.

Il n'aime pas les bouddhas. Quand il a tenté une réflexion, en prenant des pincettes, bien sûr, Martine l'a renvoyé à son inculture. Il n'y connaissait rien, il n'y comprenait rien, et un peu d'élévation spirituelle ne lui ferait pas de mal. Y avait pas que les serpillières dans la vie, bordel. Et elle était partie en claquant la porte. Yves s'était fait la réflexion que cette attitude manquait de zénitude, mais n'avait eu personne avec qui la partager. Il l'avait donc gardée pour lui.

Ce n'est que bien plus tard qu'il a découvert que cette passion pour ces sumos miniatures s'accompagnait chez sa femme d'une autre, moins avouable, pour son prof de yoga.

Cela expliquant que Martine ne soit jamais venue le chercher dans ce deux-pièces terne et ait préféré installer son prof dans le pavillon. Ce dernier en a profité pour arracher les massifs d'Yves et les remplacer par des bambous, au grand dam de l'agent d'entretien. Si le maître zen jugeait l'environnement plus propice à la méditation, il avait oublié de prendre en compte un détail d'importance : les bambous sont des rhizomes. Impossibles à arracher. Envahissants. Incontrôlables. Yves en ricane à l'avance. Quand il faudra au gourou de banlieue parisienne (dans l'esprit d'Yves, seul un Parisien peut ignorer à ce point-là les règles de la nature) avancer à coups de machette dans le jardin pour en atteindre le portillon, on verra bien si la méditation l'aidera plus qu'un coupe-coupe. Sûrement que son karma prend cher à se repaître de telles pensées, mais Yves s'en fout et ne boude pas son plaisir. *In cauda venenum*, comme disaient les Romains. Ou se méfier de ce qui commence bien. La chute peut être très désagréable. Car dans la queue se trouve le venin. Ils étaient malins, les Romains. Et pourtant, ça ne les a pas empêchés de chuter eux aussi.

Yves se secoue, repart à la salle de bains, s'observe un instant dans le miroir. Il a entendu l'autre jour Marie-Thérèse conseiller à Viviane de se regarder chaque matin en déclarant à haute voix : je suis belle, je suis belle, je suis belle. Viviane a eu l'air dubitative. Yves partage son sentiment. En quoi se répéter ce mantra aiderait qui que ce soit à aller mieux ? Ça nourrirait la confiance en soi, affirme l'infirmière, elle-même sortie de dépression à coups d'huiles essentielles et de formules toutes faites. Depuis, tel un apôtre du mieux-être, elle sévit en clinique psychiatrique, trop heureuse de partager ses remèdes avec ceux qui souffrent. Elle a des airs de sainte prête à être immolée en place publique, trouve Yves. Mais il garde ses pensées pour lui. Une fois encore.

Dans le miroir, lui fait face un visage qu'il peine à regarder franchement. Le bilan, au bout du compte, n'est pas plus brillant que lorsqu'il tente le même exercice aux

Trois Saintes. On pourrait lui donner aussi bien une petite cinquantaine que vingt ans de plus, en fonction des efforts qu'il fournit pour sourire. L'état civil, de son côté, est formel : il a cinquante-trois ans. Pas d'enfant. Une blessure de plus.

Il aurait adoré être père. Il en rêvait. Mais voilà, sa première femme n'en voulait pas, et lui la voulait, elle. Puis, il y a eu Martine. Et leur incapacité de concevoir. Ils avaient cru avoir du temps devant eux, ils avaient effectivement l'éternité. Une éternité stérile.

Il soupire. Bien sûr que les choses ont commencé à se dégrader à ce moment-là. Quand il s'est avéré incapable de combler le besoin de maternité de sa femme. Peu à peu, il s'est senti eunuque. Un sentiment sur lequel Martine soufflait comme on souffle sur des braises. L'impuissance a fini par être totale. Leur couple s'est effrité, effiloché, fissuré et enfin écroulé. Et pourtant, il l'aime encore sa Martine, ou croit l'aimer, ce qui est bien souvent la même chose. Il aime son visage rond aux grands yeux verts. Il aime ses boucles blondes, son léger embonpoint, son goût pour la chicorée le matin et l'espresso à midi. Il aime ses petites mules à pompons roses. Ses minauderies et ses câlins de chatte. Sa compotée de rhubarbe et sa mousse au chocolat. Ses magazines féminins qui jonchent la table du salon et regarder *The Voice* avec elle. Ses conversations téléphoniques interminables avec sa mère, sa sœur, sa belle-sœur, sa meilleure amie. Il aime leurs vacances à l'étranger, une fois tous les deux ans. Ils ont fait Londres, San Francisco, Faro, Séville, Singapour, Berlin. En voyage organisé, bien sûr, autrement, c'est trop compliqué. Sans elle, il n'aurait jamais eu la curiosité d'aller aussi loin. Lui, il a grandi dans cette ville, vit et travaille dans cette ville et ça lui convient très bien ainsi.

Martine a élargi ses horizons, avec ses désirs, son ambition, avant de le réduire en miettes et de ne pas manquer de lui rappeler la place qu'il occupe sur l'échelle sociale : celle d'un raté. Elle, elle s'était hissée de son poste d'aide-soignante à celui de cheffe de service. Elle en voulait. Elle ne comptait pas se contenter de médiocrité.

Yves tente de nouveau de se regarder. Puis renonce. Il ne sait plus qui il est, voilà tout.

Il consulte sa montre. Il aurait le temps d'aller se faire couper les cheveux, mais l'idée de passer deux minutes de plus face à lui-même lui semble insurmontable.

Il revient dans le salon, ouvre de nouveau les fenêtres dont il agite les battants pour faire courant d'air, les referme, passe une nouvelle fois l'appartement en revue truffe au vent avant d'abandonner. Ça pue, mais, franchement, impossible de savoir d'où ça vient. Une sale odeur de vieille bête en putréfaction, mais compte tenu de la taille des lieux, il ne peut s'agir que d'un rat ou d'une souris.

Ses pensées reviennent au sanglier. Comme si Valérie avait besoin de ça. Elle est encore tellement fragile ! Il sait peu de choses d'elle, mais en a compris bien d'autres. Derrière ses silences, dans son lent suicide à l'alcool, il a flairé des blessures remontant à l'enfance, une solitude que rien n'est venu briser, et une perte dont elle ne s'est pas consolée. Il serait curieux d'en savoir plus, mais jamais il ne l'interrogerait. Elle est pudique, il sait être discret. Il a pour elle l'affection qu'on porte à une petite sœur, née trop tard dans un foyer dont on s'apprête à sortir.

Il agrippe ses vêtements en boule, ses clés, et claque la porte derrière lui sur ses pensées moroses, ses souvenirs, son passé.

Arrivé à sa voiture, il jette le tout sur la banquette arrière puis abandonne le véhicule.

Il remonte le boulevard mains dans les poches, cherchant à ne pas se retrouver submergé par les sensations de la ville et de la vie qui passe. Dès qu'il le peut, il s'engouffre dans une rue transversale qui débouche sur une placette plus calme. Un groupe de retraités joue aux boules sous les marronniers.

Il s'installe à une terrasse qui borde le terrain, commande un Perrier. Oui, avec glaçons et rondelle de citron, merci.

Il se ferme à tout ce qui l'entoure. Se concentre sur les courses à faire pour les autres. S'en récite la liste comme un poème doux, ces trucs japonais, là, personne n'y comprend rien mais tout le monde prend un air inspiré et hoche la tête dès qu'on en récite un. Comment ça s'appelle déjà ? Un Yakou ? Non ? Avec les courses, ça donne un truc comme :

Thé noir en sachets,
Sticks de café,
La journée a démarré.

Yves pouffe tout en se servant son Perrier.

Tiens, y aurait ça aussi :

Laie ensanglantée,
Lait empoisonné,
Décès achevé.

Moins drôle. Il se rembrunit et est tiré de ses pensées moroses par une voix enfantine.

— … tatie Aurore.

Aurore, comme la nouvelle. Il dresse l'oreille.

— Elle est dans un hôpital un peu particulier, tu sais, ça ressemble à un mélange de Club Med et d'Ehpad, tu vois.

— Un Ephmed ? suggère le garçon.

La mère glousse.

— Voilà, mon chéri, un Ephmed, c'est ça !

— Mais tatie Aurore, elle a pas l'âge pour être en Ephmed ! contre « mon chéri ».

La mère pousse un soupir. Yves aimerait reculer sa chaise discrètement pour mieux entendre. Il s'agit sûrement de « son » Aurore. Ce n'est pas tant qu'il espère apprendre des secrets croustillants sur la nouvelle patiente, non, plutôt qu'il aimerait la connaître un peu mieux, pour pouvoir l'aider, si c'est dans ses capacités.

— Tu sais, parfois, les adultes sont très fatigués et ils ont besoin de vacances un peu spéciales. Aurore, tu as raison, n'a pas l'âge d'être en maison de retraite, mais elle est très fatiguée, donc voilà. Elle reviendra bientôt chez elle, s'empresse de rassurer la mère.

Un silence. Le fils doit analyser les propos de la mère.

— Mais pourquoi elle est fatiguée comme ça, tatie Aurore ? finit par demander l'enfant.

C'est au tour de la mère de rester silencieuse. Yves tente un rapide coup d'œil. La femme n'a aucun trait commun avec Aurore, il n'aura jamais vu deux sœurs plus différentes l'une de l'autre.

— Ça arrive, mon poussin. Les gens ont du mal à surmonter certaines épreuves, ou tout simplement à continuer de vivre comme avant. Il n'y a pas toujours d'explications simples. C'est pour ça qu'ils vont dans ces endroits, pour tenter d'en trouver et de reprendre goût à certaines choses. Aurore, on l'aime tous beaucoup, hein ? Mais parfois, ça ne suffit pas.

— Tu crois que si elle était vraiment ma tante, ça irait mieux ? Ça existe les adoptions de tante ? Parce que, dans ce cas, on pourrait faire ça, non ? Je l'adopte officiellement, on fait une grosse fête sur la plage comme pour l'anniversaire

de Victoria, on rit et on mange des chips et on joue dans l'eau, et Aurore elle joue avec nous.

Ah ! Elles sont donc *ejusdem farinæ*, comme l'écrit le poète latin Perse. De la même farine. Semblables, mais pas sœurs. Yves a sa réponse. Il aimerait maintenant avoir le courage de se retourner, de rassurer l'enfant, de lui dire qu'il a vu Aurore le midi même et que tout ira bien. Mais ça serait se faire connaître, se présenter, et il n'y tient pas.

Il finit son Perrier. Derrière lui, on parle maintenant des devoirs du jour, du menu du soir. La mère confirme qu'elle ira bientôt voir Aurore et lui transmettra un dessin, promis. Et oui, peut-être Aurore en aura-t-elle fait un aussi pour lui.

Yves paie et part sans se retourner. Il est heureux qu'on se préoccupe ainsi de la nouvelle, qu'elle soit aimée quelque part. Ça lui met du baume au cœur, il se sent mieux, jusqu'à ce que vienne l'interrompre la voix de Marie-Thérèse, sortie de son imagination, lui intimant de penser d'abord à lui. *N'est-ce pas ? Vous d'abord, laissez les autres se débrouiller !*

Aurore voit sa sieste interrompue une nouvelle fois. Le temps qu'elle émerge, une infirmière est plantée au bout de son lit.

— Ça va, madame Blancas ? Vous avez des activités prévues aujourd'hui ? Vous venez jouer avec nous ?

Elle se redresse, essaie de faire le point, mais sa vision reste floue.

Au pif, elle répond une ribambelle de oui, non, non, oui, en espérant que, comme des boules de loto, elle forme un ensemble gagnant. Visiblement pas.

— Ah, mais vous ne pouvez pas rester toute la journée au lit comme ça, il faut faire un effort ! Allez, je vous attends. Et pensez à vous hydrater.

Aurore se lève et dès que l'infirmière passe sa porte – Margot, probablement, le regard lui a semblé assez doux –, elle se précipite sur le bout de papier où elle a noté les activités possibles. Là, elle a le choix entre relaxation guidée ou sport. Vu son état, autant aller en relaxation.

Elle passe le nez dans l'entrebâillement de la porte.

— Heu, pardon, je vais aller en relaxation en fait.

— Bon, très bien. Tant que vous ne restez pas seule dans votre chambre…

Les semelles en plastique de l'infirmière crissent sur le lino tandis qu'elle s'éloigne en quête d'autres patients qui auraient, on se demande bien pourquoi, choisi de se reposer.

Aurore réintègre sa chambre. En toute sincérité, elle essaie encore de se remettre de son premier déjeuner en salle. Comment Biscotte a-t-elle pu penser qu'elle nouerait des liens avec ses voisins de table ?

Quand elle est arrivée à sa place, son plateau l'attendait sagement. Mais délesté de son yaourt et de son morceau de pain. À l'air coupable d'un type qui avait déjà attaqué son repas, elle n'a pas eu à mener l'enquête bien longtemps pour deviner qui lui avait subtilisé tout ça.

Elle s'est assise en se présentant du bout des lèvres. Son vis-à-vis a marmonné un « Bonjour, moi c'est Marco » avant de replonger sa fourchette dans son plat. Elle a frémi : le type était le sosie craché de Guy Georges, le tueur de l'Est parisien. Peut-être même était-ce lui ? Elle a donc jugé plus prudent de baisser les yeux en marmonnant un « Enchantée » plutôt que de revendiquer son bien. Avec sa chance, le gars avait bénéficié d'une remise de peine et se reposait peinard aux Trois Saintes. Plus la peine de se demander qui était l'Empoisonneur de Cochonne, en a-t-elle conclu, en plein délit de faciès. Étonnant que les autres représentants du mammouth n'aient pas réussi à additionner deux plus deux. Elle préférait ne pas imaginer ce que cette pauvre laie avait subi avant de passer de vie à trépas.

Elle en était là de ses réflexions, partagée entre une terreur (qu'elle jugeait légitime) et une colère dont sa psy était l'objet (mais bordel, qu'est-ce qu'il lui avait pris de la faire soigner ici ??! Au milieu de tous ces malades mentaux !) quand l'ont rejointe deux jeunes femmes. À elles deux, elles ne devaient pas cumuler plus de cinquante printemps. La première pleurait. Elle s'est assise, les larmes lui glissant sur les joues, rondes et parfaites, traçant des sillons dans son maquillage. Ses cheveux noirs, comme coupés à la tronçonneuse, entouraient son visage pâle. Aurore l'a immédiatement identifiée. Morticia Addams.

« J'en peux plus, a-t-elle soufflé. Je veux mourir, juste mourir. »

L'autre lui a tapoté le bras. Aurore restait bouche bée. N'était-ce pas provoquer le tueur ? Lui désigner ainsi une proie consentante (ce serait bien la première !) ?

« Je sais, je comprends, a dit d'une voix douce la tapoteuse de bras avant de sourire tristement à Aurore. Bonjour, je suis Servane, s'est-elle présentée. Au premier étage. Service de Landrick. Et toi ? Nouvelle ?

— Oui. Aurore, rez-de-chaussée, service Bescotte. »

Servane a opiné avant d'attaquer son céleri rémoulade. Elle portait une multitude de colliers de perles autour du cou, des bracelets tout aussi nombreux, et une robe large qui dissimulait entièrement sa silhouette.

C'est elle qui a relancé la conversation.

« Alors, Marco, ça va ? »

Guy Georges a marmonné que oui, ça allait, merci. *In petto*, Aurore s'est fait la réflexion que s'il avait assouvi ses pulsions meurtrières la veille, il ne pouvait qu'aller bien, effectivement. Les craintes émises par Viviane étaient justifiées. À cent pour cent. L'Empoisonneur n'en resterait pas là, c'était l'évidence même. Quant à elle, elle ne toucherait pas à son repas. Sauf si son voisin goûtait aux plats avant elle. Comment l'y pousser ?

Servane, de son côté, était loin d'imaginer les pensées qui occupaient sa nouvelle compagne de table. Ni vexée qu'on ne lui demande pas de ses nouvelles, ni inquiète de savoir ce qui valait à Marco d'être en forme (toute relative), elle s'est de nouveau intéressée à Aurore.

« Premier séjour ? s'est-elle enquise.

— Oui.

— Ah, tu verras, c'est sympa, ici. Bien mieux que l'HP en ville, ou que le centre des Figuiers. Et je ne parle même pas de Valeron, là-bas, c'est la lose. Y a même pas de parc. En même temps, ça évite de tomber sur un cadavre de sanglier. Mais quand tu penses que… »

Aurore s'est sentie un peu étourdie par ce classement des hôpitaux et cliniques psychiatriques de la région. Un Trip

Advisor existait-il sur la question ? Chaque patient notant la qualité de la literie, des activités proposées, de la restauration, de la médication et de la faune locale ? Et, franchement, évoquer un cadavre, même de sanglier, même en HP, à table, lui semblait le comble de l'inconvenance. Surtout si son assassin partageait leur déjeuner. Elle n'était pourtant pas au bout de ses peines.

Servane a continué à énumérer d'autres centres de soin, comparant leurs médecins, les pathologies soignées, glissant au passage qu'elle en était à sa quatrième tentative de suicide, que son mari et ses enfants passeraient dans l'après-midi, mais que le lendemain elle s'offrait une permission avec Éric, le gars, là-bas, qui était son amant à la clinique.

Aurore en a eu le tournis. Trop, trop, trop d'informations, surtout quand Servane s'est mise à lui narrer les performances sexuelles du Éric en question, bien supérieures à celles de son mari, y a pas photo. D'ailleurs, lui aussi avait une autre amoureuse, avec qui elle s'entendait très bien.

Le repas a donc été ponctué par les grognements de Guy Georges dévorant l'ersatz de poulet, par les sanglots de Morticia Addams, et par les chroniques pornographiques
de Servane. Autant dire qu'Aurore ne s'est pas éternisée et a même renoncé à sa cigarette d'après repas de peur de devoir encore subir une conversation qu'elle ne souhaitait pas, mais vraiment pas, avoir.

De retour dans sa chambre, elle s'est écroulée comme une masse.

La voilà donc maintenant obligée de rejoindre le groupe de relaxation pour échapper à une séance de petits chevaux. Génial. Elle appellera Jeanne ce soir pour tout lui raconter, nul doute que son amie réussira à la faire rire avec tout ça ! Elle, même avec la meilleure volonté du monde, elle a du mal à trouver que c'est drôle. Vivement qu'on la shoote, bordel ! Ou qu'on la sorte de là.

En parlant de se shooter, tiens, elle trouve que Valérie est vraiment bizarre. Ce matin, quand elle l'a croisée, la prof n'a même pas paru la reconnaître. Certes, elles n'ont pas animé un atelier de prévention contre les violences scolaires ensemble, mais quand même ! Il y aurait de quoi se vexer. Enfin, elle n'est pas là pour se faire des amies, après tout, elle en a qui l'attendent dehors, conclut une Aurore qui découvre une queue longue comme un jour sans kétamine devant la salle de relaxation.

Elle sourit. Avec un peu de chance, il n'y aura plus de place pour elle. Et elle aura une bonne excuse pour retourner se relaxer dans sa chambre, dans son lit, devant sa télé. En sécurité.

Céline a fini sa journée. Installée derrière le local poubelles, elle fume une cigarette bien méritée tout en grattant distraitement un bouton de moustique sur son avant-bras droit. Celui où s'étale un tatouage : un cheval, crinière au vent, qui semble prendre son envol.

Elle n'y pense plus trop, à ce tatouage. Ce sont les patients, le plus souvent, qui, en s'extasiant, le lui rappellent. Lui et tous les rêves d'alors. Elle avait économisé pendant des mois pour se l'offrir le jour de ses dix-huit ans. Elle avait choisi ce dessin comme symbole de liberté. Une fois l'encre incrustée dans sa peau, elle s'était saisie de son léger sac de voyage et était partie sans plus se retourner, son CAP cuisine en poche.

Vingt ans plus tard, force est de constater qu'elle n'est pas allée bien loin. Ou en tout cas, moins loin qu'elle l'avait espéré. Elle qui se voyait franchir des montagnes, traverser des océans, couper les cheveux des moutons en Australie, presser les oranges en Floride comme on vendangeait au siècle dernier, tuer la baleine au Groenland à coups de harpon en os, elle se retrouve à nettoyer les chiottes de gens plus fatigués qu'elle. Alors qu'ils ont peut-être été plus gâtés par la vie.

Ça, elle l'a appris très vite, Céline, que l'argent ne fait pas le bonheur. Et pourtant, quand on en manque cruellement, on s'imagine facilement qu'il est la clé de tout. Elle en a gagné, pas toujours légalement, a tout claqué. S'est crue vivante un moment, en flambant les biftons comme d'autres craquent une allumette. Mais le plaisir n'a pas duré.

Le reste, elle préfère ne pas trop y penser.

De ses grands rêves, donc, il ne reste que des cendres. Cendres, Cendrillon... On y revient toujours. Comme sa mère avant elle, elle nettoie derrière les autres. Mais contrairement à sa mère, elle n'en éprouve aucune frustration. Elle a atteint un équilibre, auquel elle s'accroche encore plus fermement depuis qu'elle travaille aux Trois Saintes. Pas envie de se retrouver de l'autre côté de la barrière, vraiment pas. Son sort est beaucoup plus enviable que celui des résidents, elle l'a vite compris.

Et puis, elle est mieux là que dans l'Ehpad où elle travaillait avant. Parce que le boulot y était bien plus dur. Et les claques reçues alors en termes de leçons de vie bien plus brutales.

Elle joue des épaules pour se détendre, tire une nouvelle latte. La fumée lui pique les yeux. De là où elle est installée, elle discerne la fenêtre de la chambre d'Yves. Elle l'aime bien, Yves. Pas uniquement parce qu'ils ont le coup de poignet pour un balayage en commun efficace. Même si ça rapproche, forcément.

Non, ce qu'elle apprécie chez lui, c'est sa douceur, sa fragilité. Sa prévenance aussi. Quand elle entre dans sa chambre, tout est déjà en place pour qu'elle perde le moins de temps possible : l'étendoir à linge replié, la chaise sur la table, la poubelle de salle de bains sur les toilettes. Ça la touche, qu'il y pense. Alors qu'il a autre chose à faire. Comme se soigner, par exemple.

Ils papotent un peu ensemble. Le temps qu'elle gagne sur le ménage, elle le consacre à ces échanges. Pas des commérages, non, pas vraiment, même si parfois, elle le sait, elle parlerait trop. Mais Yves est discret. Il lui confie d'ailleurs des petits secrets, lui parle des plantes qu'il aime, de leurs couleurs et de leur parfum, ses yeux pétillent alors, il rajeunit, devient quelqu'un d'autre, quelqu'un de passionné. À force, toutes ces discussions tissent entre eux comme des milliers de liens invisibles.

Et puis, si elle est honnête avec elle-même, elle doit bien reconnaître qu'elle lui trouve aussi un certain charme. On est loin du *bad boy* des romances contemporaines. Comme elle ne cherche plus depuis longtemps à changer qui que ce soit, ça lui convient très bien. Oh, bien sûr, elle n'en est pas à fantasmer sur lui, non, mais… Oui, il a du charme.

Il lui a parlé de Valérie, pour laquelle il s'inquiète sincèrement. La jeune femme a du mal à laisser son passé d'alcoolique derrière elle. Elle parle beaucoup de vins, d'apéritifs, et son regard s'égare alors dans l'ivresse perdue et les lendemains qui déchantent. Et avec ce qu'elle a vécu la veille… Du coup, Céline s'est promis d'être plus attentive à la professeure d'anglais. Jamais elle ne l'avouerait à Yves, mais parfois, si elle est sûre de ne pas être dérangée, elle fouille la chambre de cette dernière, histoire de s'assurer qu'elle n'aurait pas de l'alcool caché quelque part. C'est déjà arrivé, penses-tu ! Malgré les vérifications des sacs au retour des permissions, malgré les caméras de surveillance, un patient suffisamment motivé parviendra toujours à se procurer alcool et drogues.
Michel retrouve plus souvent qu'à son tour des bouteilles dans les poubelles du parc et des mégots suspects dans les jardinières qui servent de cendriers.

Bizarre, d'ailleurs, cette histoire de laie. L'encadrement a réussi à maîtriser la communication et l'hôpital ne s'est pas enflammé (il ne s'y passe tellement pas grand-chose que ce genre de nouvelles peut tout à fait fragiliser les plus sensibles des pensionnaires), mais il n'empêche que ce n'est pas normal.

Bien sûr, il y a des chasseurs dans le coin. Mais la saison n'a pas commencé. De plus, jusqu'à présent, personne n'a pris la peine d'empoisonner sa victime et de la jeter par-dessus le grillage de la clinique. Dans le cas présent, le grillage a même été sectionné pour que la bête vienne mourir dans l'enceinte des Trois Saintes. Flippant. Et pourquoi ? Si on cherche à faire passer un message, alors lequel ? Non, même en se concentrant fort, elle ne voit pas.

Céline soupire. Elle n'est pas payée pour s'occuper des sangliers morts ni du bien-être des malades, au-delà de la propreté de leur chambre. Mais, bon sang, on a un cœur ou on n'en a pas ! Évidemment qu'elle s'attache à certains patients ! Évidemment qu'elle ne leur souhaite que de guérir ! Enfin, on n'est pas des robots, tout de même ! Et de ses années d'enfance passées à regarder Mabrouk s'ébattre dans *Trente Millions d'amis*, elle a gardé le cœur tendre quand il s'agit d'animaux. Moches ou pas.

Elle tire une nouvelle latte de sa cigarette.

Soudain, depuis la colline qui lui fait face, il lui semble voir le soleil couchant se refléter sur un éclat de verre. Une pensée s'empare d'elle : et si Anastase avait un lien avec cette histoire ?

Non, impossible. L'ermite est timbré, ça ne fait aucun doute. Il aime provoquer l'hôpital (on ne compte plus ses apparitions sur les bandes des vidéos de surveillance où il tire la langue, expose son zizi poilu ou ses fesses qui le sont tout autant), mais de là à mettre en scène un tableau pareil…

Il chasse, Anastase, mais il n'empoisonne pas. Et encore moins une laie grosse. Ça fait partie des règles qu'il respecte. Céline en est certaine, il le lui a suffisamment répété lorsqu'il était hospitalisé. On ne tue pas une cochonne attendant un heureux événement. Jamais. Ça remonte à quand, d'ailleurs, son passage à la clinique ? Cinq ans ? Six ?

Elle fronce les sourcils, gratte machinalement sa piqûre de moustique. Oui, six ans. Depuis, il s'est installé dans un cabanon perdu entre les mamelons de Sainte-Agathe, Sainte-Anastasie et Sainte-Lucie. Un cabanon dont la localisation approximative correspond à ce rayon de soleil venu frapper une vitre. Voilà pourquoi elle a pensé à lui. À intervalles réguliers, donc, il se montre par caméra interposée. À la saison de la chasse, on entend résonner entre les collines ses coups de fusil, ses cris quand il a abattu une bête. Zinzin, sûrement, mais pas méchant, l'Anastase.

À moins que… à moins qu'il ait rechuté ? Il n'était quand même pas frais à son arrivée à la clinique. Il a d'ailleurs passé quelque temps au second. Pour quelle raison ? Un drame familial, disait-on, qui l'avait fait disjoncter. Il n'en a jamais soufflé mot, en tout cas pas avec elle. Une fois descendu au rez-de-chaussée, il n'évoquait que la nature, son cabanon, ses plantes et plantations, et marmonnait parfois des choses incompréhensibles au sujet d'une certaine Colette qui, visiblement, avait beaucoup compté pour lui. Et puis, tout cela remonte, Céline évite quand même de se souvenir en détail de toutes ses conversations avec les patients.

Quand même… Elle qui ne boude pas son plaisir à une lecture en douce de *Détective* (tout en ayant conscience que sa récente addiction à une série télévisée consacrée aux ados tueurs l'enverrait directement chez le psy), elle se serait bien vue fouiner un peu.

Elle n'a pas que ça à faire, lui susurre la voix de la raison.

C'est vrai. Heureusement, d'ailleurs, que tous les malades ne sont pas comme Anastase. Il laissait vraiment la salle de bains dans un sale état. Un vrai porc !

Ses pensées reviennent au ménage, aux résidents des Trois Saintes, comme pour boucler la boucle. La petite nouvelle, là, celle de la 31. Elle fait peine, quand même ! Jolie comme un cœur. Et puis gentille, avec ça, prévenante. Elle, d'ici quelques jours, si Céline n'y prend pas garde, elle s'emparera de son balai pour qu'elle se repose. C'est ce genre de femme. Alors que le vieux de la 12, pardon, hein, mais c'est pas du gâteau ! À croire qu'il fait exprès de pisser à côté de la cuvette rien que pour l'emmerder. Elle l'a bien vu qui ricanait en la voyant à quatre pattes réparer les dégâts, ce vieux cochon. Il la reluquait en faisant claquer son dentier, une horreur ! Et quand elle s'est plainte – discrètement, mais quand même, on ne peut pas tout laisser passer – auprès de Bescotte, celle-ci l'a envoyée bouler.

Elle est tendue, la Bescotte, en ce moment. Bon, elle n'a jamais été du genre cool, mais là… Elle grimace, se gratte le nez, et ses crayons à papier sont tout mordillés. Peut-être un problème domestique ? Céline en doute. Bescotte est divorcée et n'a visiblement ni le temps ni l'envie de consacrer ses heures de loisir à une romance quelconque. Boulot, boulot, boulot, il n'y a que ça qui compte. Elle en a même oublié l'anniversaire de son fils, l'année dernière.

En parlant d'enfants, Céline constate qu'elle ferait mieux de se bouger si elle veut arriver à l'heure au collège.

Un dernier coup d'œil à l'établissement, la clope soigneusement écrasée puis jetée dans le bac à ordures le plus proche, et la femme de ménage rejoint sa voiture en sifflotant. *Wild horses*… Elle n'a jamais compris le reste des paroles et s'en fout. Parce que Jagger, quand même…

Jour 4

« Aux Trois Saintes, vous suivrez des ateliers organisés par un psychiatre référent, sous réserve de vous engager à être présent pour toute la durée de la session. »

Céline chantonne tout en activant son balai. Septième et dernier jour de travail avant vingt-quatre heures de repos. Elle est sur les rotules mais galvanisée à l'idée de ne rien faire le lendemain. Les enfants seront au lycée et au collège. Elle aura l'appartement pour elle toute seule, pourra se bâfrer de Pim's à l'orange devant une rediffusion des *Reines du shopping*, un autre de ses péchés mignons. Elle adore Cristina Córdula. Les piques qu'elle envoie aux candidates, ses exclamations quand une tenue lui plaît particulièrement, ses conseils beauté. La femme de ménage a même acheté le shampoing dont la présentatrice faisait la pub un temps. Franchement, le résultat n'a pas été à la hauteur de ses attentes, mais quand même.

Plus que le bureau de Biscotte – elle aussi en est venue à appeler ainsi la cheffe de service –, la chambre de Valérie, et elle aura terminé son service.

Les patients sont au réfectoire. Céline hésite. Commencer par la chambre, pour que Valérie puisse faire sa sieste sans être dérangée, ou par le bureau ?

La chambre, tranche-t-elle.

La pièce ressemble maintenant à un véritable petit studio. Valérie y a installé une cafetière, une bouilloire, des gâteaux secs, des dosettes de sucre, du lait en poudre. Ses sachets de thé sont rangés dans une jolie boîte et y dessinent les couleurs de l'arc-en-ciel.

Sur sa table de nuit, elle a disposé une photo encadrée. Qu'elle dissimule à chaque passage du corps médical, Céline s'en est rendu compte. Car si tous ici s'accordent à penser qu'un cadre agréable ne peut qu'aider à la guérison, il ne faudrait pas non plus que les patients se coupent du monde extérieur au point de considérer les Trois Saintes comme leur habitation principale. Le but est quand même qu'ils soient capables de fonctionner normalement une fois revenus à leur vie antérieure. À supposer que revenir à sa vie antérieure après un passage à la clinique soit possible.

Tout en récurant les toilettes, Céline s'interroge. Après tout, ces patients, elle ne les connaît qu'ici. Comment vivent-ils à l'extérieur ? Elle mettrait sa main à couper que Valérie a des tentures de couleur sur les murs de son salon, un canapé bas, fait de palettes et d'un matelas épais sur lequel s'amoncellent des coussins bariolés. Une chambre lumineuse, avec un grand lit recouvert d'une étole ou d'un plaid. Quelque chose d'élégant et simple. Sans les odeurs d'encens ou de patchouli. Probablement plus de citronnelle, tiens.

Un pschitt sur ce qui tient lieu de miroir. Un coup d'éponge sur la tablette de la salle de bains où la prof d'anglais a disposé son déodorant, une trousse à maquillage, une bouteille de bain de bouche mentholé. Le flacon est original d'ailleurs pour un bain de bouche. Très joli. Un peu comme ces trucs avec lesquels on se vaporisait de parfum quand on était une mondaine (ou une cocotte) au XIXe siècle. D'ailleurs…

— Céline ?

La voix la fait sursauter. La bouteille tangue et, avant que Céline ait le temps de la rattraper, va s'écraser au sol.

— Merde !

— Y a un problème ? s'enquiert Alex en s'encadrant dans la porte. Je venais voir si tu pouvais me remplacer demain, j'ai une urgence familiale.

Céline fulmine. D'abord, les urgences familiales, par définition, ça ne prévient pas la veille. Ensuite, un liquide collant, au parfum trop prononcé de menthe, s'est répandu partout, et des éclats de verre parsèment la salle de bains qu'elle venait de terminer. Elle va non seulement perdre un temps fou à nettoyer tout ça, mais en plus, devra remplacer l'objet cassé.

À quatre pattes, elle se retourne vers sa collègue, le regard noir.

Cette dernière ne fait pas mine de l'aider ni de s'excuser. Appuyée contre le battant de la porte, elle mâchouille un chewing-gum, ses extensions blondes jurant avec ses racines brunes, son trait de crayon noir si lourd sur ses paupières qu'il lui donne l'aspect d'un raton laveur. Sa blouse largement ouverte ne laisse rien à l'imagination. La naissance de ses seins à elle seule est un véritable attentat à la pudeur. Céline se demande pourquoi la jeune femme n'a pas encore été convoquée par le responsable du personnel, un type sans âge, le cheveu épars, les lunettes en cul de bouteille, qu'on croise parfois dans les couloirs, le nez plongé dans un listing.

— Non, grogne Céline.

— Non quoi ? fait semblant de ne pas comprendre la jeune femme.

— Non, je ne te remplace pas demain. C'est mon premier jour de repos depuis une éternité.

Alex hausse les épaules. À ses yeux, Céline est une espèce d'antiquité qui mériterait d'être à la retraite au lieu de se prendre pour la reine de l'anticalcaire. Mais elle garde ses réflexions pour elle. Si la vieille l'emmerde trop, il sera toujours temps d'en souffler un mot à Tonton Bernard, le responsable du personnel. Cette carte-là, elle la garde précieusement dans sa manche et ne compte pas l'utiliser à mauvais escient. Tant pis pour demain. Elle aura essayé.

— Pas très sympa, ne peut-elle s'empêcher de commenter. Le jour où tu auras besoin d'échanger, ne compte pas sur moi.

Céline ne prend même pas la peine de répondre. Elle ne compte sur Alex pour rien.

Cette dernière s'éloigne en balançant les hanches, spectacle que s'épargne Céline en revenant aux dégâts du jour.

Vraiment, ce bain de bouche a une odeur bizarre. Comme celle... du Get 27 ?

Céline se penche sur une flaque, narines frémissantes. Elle est à deux doigts d'inspirer un morceau de verre tant elle est proche du liquide.

Mais son portable vibre. Sa fille.

La femme de ménage, à genoux, finit d'éponger tout en écoutant l'adolescente la supplier de la laisser aller au bowling samedi soir.

Valérie K. Entretien n° 11

La patiente semble de bonne humeur.

— Comment vous sentez-vous ce matin ?

— Bien, merci.

— Vous avez l'air mieux, effectivement. Vous avez modifié quelque chose dans vos habitudes ? Essayé un nouvel atelier ?

— J'ai… enfin, non, rien.

La patiente rougit, semble visiblement mal à l'aise.

— Oui ?

— Non, rien. Vraiment.

Silence.

— Bien. Vous dormez mieux ?

— Oui, depuis quelques jours. Enfin, je trouve. J'ai encore des rêves bizarres, mais j'ai vécu pire.

— Vous vous souvenez de l'un d'eux ?

Silence.

— Oui. Cette nuit, par exemple, j'ai rêvé que j'étais à un dîner de gala avec le docteur Bescotte. On mangeait des cuisses de grenouilles (en fait, je déteste ça dans la vraie vie) et on buvait du jus de groseille. Et le docteur en avait partout, ça coulait de la commissure de ses lèvres et dans son décolleté, mais elle ne s'en rendait pas compte et tout le monde avait l'air de trouver ça normal. C'était comme du sang, voilà, on aurait dit qu'elle se vidait de son sang par la bouche, et tout ça en continuant à parler. Tout à coup, le silence s'est fait dans la salle, c'était une pièce immense, avec de grands chandeliers sur la table, et le maître de maison, un marcassin qui portait un serre-tête en paillettes roses, s'est lancé dans un discours. Et plus il parlait, plus les convives saignaient comme le docteur Bescotte. Mais ça ne gênait personne, même moi je trouvais ça normal. Puis les grenouilles se sont mises à sauter des assiettes et sont parties en coassant, mais le marcassin continuait de parler, de parler, et là encore, tout le monde trouvait ça normal. Les couleurs étaient très vives, le rouge du jus de groseille, le vert des grenouilles, c'était très beau, en fait.

— Et ensuite ?

— Ensuite, les gens ont applaudi et quitté la salle. À la fin, il ne restait que moi et je buvais, je buvais, j'avais une soif terrible.

— Comment interprétez-vous ce rêve ?

— Je ne l'interprète pas.

— Que ressentiez-vous ?

— De l'euphorie, je crois. J'étais bien, détendue, heureuse, à ma place. J'aurais dû avoir peur, d'autant que la vue de la moindre goutte de sang me fait tourner de l'œil, mais là, non, ce n'était pas angoissant. Le marcassin, notamment, était très amical, chaleureux. Et vivant…

— Vous savez que nous sommes tous les personnages de nos rêves. Qu'en déduisez-vous ?

— Que le jus de groseille est une merveilleuse invention, que les mots n'ont aucun sens, et que pour sauter loin, il vaut mieux avoir des cuisses de grenouille.

Yves soupire. Ce n'est pas qu'il n'aime pas Émeric, mais... Quelque chose lui déplaît fortement chez l'ancien restaurateur. Et non, il n'est pas jaloux de sa relation avec Valérie. Et oui, il craint que l'homme ne fasse souffrir l'enseignante. Il n'est pas franc du collier, Yves en mettrait sa main à couper.

L'Émeric en question est venu s'incruster sous l'Abribus où Yves se prélassait seul. Les filles devaient être occupées, mais, contrairement à Viviane, Yves n'a jamais redouté la solitude. Il était donc très bien, en compagnie de lui-même, à écouter cette fois-ci du Bashung et à rêvasser. À Céline. Mais pas que. Enfin, quand même beaucoup à Céline. Mais pas seulement.

Ses rêveries (consacrées ou non à Céline) ont été interrompues par un Émeric qui lui a claqué le genou avant de s'affaler à son côté.

— Ça va, vieux ?

L'agent d'entretien, trop poli pour son propre bien, a répondu que oui, et toi, ça va comment ?

— Moyen.

Depuis ce « moyen », Émeric n'a pas refermé la bouche. Il souffre de troubles intestinaux. Franchement désagréables. Yves se fait la réflexion qu'entendre parler de digestion est tout aussi désagréable, mais bien évidemment, il ne pipe mot.

— Je suis ballonné, et puis, j'ai des nausées et la chiasse, tu vois ?

Yves voit même un peu trop bien, à son goût.

— Je ne comprends pas pourquoi. Je suis le seul à ma table, donc, ça ne vient pas de là. Alors quoi ? Bon, c'est vrai, hier, j'ai fait une connerie, j'ai acheté au distributeur un Nuts. J'en avais pas vu depuis... pfuff, si longtemps ! J'aurais peut-être dû me méfier, si ça se trouve, c'est même plus commercialisé ces trucs-là.

Yves opine. Il n'aime pas les sucreries. Quand il succombe à l'attrait de la machine, c'est pour s'offrir des chips.

Émeric poursuit son soliloque.

— Remarque, en même temps, ça remonte à avant ça mes problèmes. Attends, je réfléchis, ça me fait du bien d'en parler avec toi, tu vois, ça me permet de mieux analyser le truc.

Un silence. Sourcils froncés, Émeric se concentre. Un renvoi disgracieux le secoue. Il grimace.

— Ouais, je crois que ça a commencé le jour de la laie. Ou le lendemain. Quoique... Non. Faudrait que je vérifie si...

Il est interrompu par une Viviane en pleine forme qui semble ne pas le remarquer.

— Yves, je te cherchais ! On se fait une partie de petits chevaux avec Phil et Germaine, ça te tente ?

Tout en s'excusant auprès d'Émeric – on ne se refait pas –, Yves profite de l'interruption pour quitter le banc. Non, vraiment, le transit d'Émeric, c'est trop pour lui. Il préfère, et de loin, passer une heure en compagnie des laissés-pour-compte des lieux. Car, soyons honnêtes, personne ne recherche volontairement la compagnie de ces deux-là. Germaine, on l'évite car elle sait tout sur tout mieux que tout le monde, et que vraiment, ses tresses afro lui donnent l'air d'une Méduse. Et Phil, parce que... c'est Phil. Rien dans la tête, sauf, peut-être, le fond d'une cuve de rhum.

Amélie Bescotte se ronge un ongle. L'odeur de ses crayons à papier ne suffit plus à calmer ses nerfs, soumis à rude épreuve. D'abord, son chat ne va pas bien. Lacan est tendu, la psychiatre s'en rend bien compte. Il refuse ses plats au saumon, qu'elle commande pourtant auprès d'un site assez confidentiel mais promettant une alimentation bio et équilibrée à nos amis félins. Il tourne, vire et miaule, généralement quand elle-même tourne, vire et soupire dans son lit, à la recherche d'un sommeil qui la fuit. Elle refuse de lire quelque accusation que ce soit dans ces iris jaunes qui ne la quittent pas, mais ce n'est vraiment pas facile. Lacan est très doué pour faire parler les gens.

En plus, la réunion du matin s'est moyennement bien passée. Landrick a assuré le show, une fois de plus. Celui-là a raté sa vocation : il aurait dû être procureur ou avocat, les effets de manches, c'est son truc. Sa voix enfle, gonfle comme une vague furieuse avant que Landrick ne baisse d'un ton, pour finir par s'exprimer dans un murmure. Horripilant. Mais cette technique a l'avantage d'empêcher les participants de s'endormir ou de se plonger dans l'organisation de leurs prochaines vacances.

Ce matin, il éructait à propos de la qualité du papier-toilette proposé aux patients.

Le directeur a mis sa menace à exécution et a commencé à amputer certains budgets. Dont celui du PQ. Inconcevable, inhumain pour Landrick qui semblait prêt à évoquer la

Cour européenne des droits de l'homme, les accords de Nuremberg, et on ne savait quoi encore.

Selon lui, le nombre de consultations pour hémorroïdes a augmenté de 79,8 % dans son service, et ce, en quarante-huit heures seulement.

Bescotte s'est bien demandé comment il parvenait à ce chiffre, sans avoir le courage de poser la question. Attaquer la journée en évoquant les problèmes d'anus de psychotiques était déjà suffisamment épuisant comme ça.

Quant à l'occupation des services… Bescotte a trouvé une première parade, en inscrivant aux ateliers de Landrick certains de ses patients. Ceux-là, au moins, seront coincés pour toute la durée de la session, à savoir six semaines. Certains ont rechigné, comme Valentin, un type atteint du syndrome Gilles de La Tourette. En plus de sa dépression. Et de son surpoids. Un cauchemar. Bescotte a bien essayé de le faire déjeuner en salle. Un fiasco. Entre ses moulinets du bras, ses coups de pied intempestifs et ses BITE SUCE TES MORTS LA COMTESSE PUE DE LA MOULE lancés à ses compagnons de table, il a fallu se rendre à l'évidence : Valentin mangerait en chambre durant toute la durée de son séjour aux Trois Saintes. Quant à la relaxation, même guidée, il est exclu qu'il s'y rende. La seule fois où l'expérience a été tentée, il a réussi à faire pleurer Astrid-Lulu (pas si difficile que ça, mais quand même), Zoé a été prise d'une crise de rire nerveux qui s'est transformée en attaque de panique, et seul Philippe a résisté, ne se réveillant même pas aux hurlements de Valentin.

Bescotte ricane. Tu parles d'un cadeau pour les cours de gestion de stress ! En même temps, ça leur fait une sacrée mise en application, aux malades. S'ils résistent à ça, ils résisteront à tout.

Ensuite, elle a réussi par un tour de passe-passe assez subtil, reconnaissons-le, à soutirer Marco du deuxième étage où il croupissait. Certes, il lui a fallu promettre au docteur Chaytan d'aller dîner avec lui, mais après tout, une promesse n'engage que celui qui y croit. Et avec un nom pareil, ce pauvre vieux Théophraste (ses parents ne lui auront rien épargné, étonnant qu'il ne soit pas aux Trois Saintes comme patient) devrait quand même se montrer plus méfiant que ça. Il faut avouer qu'elle-même ne savait pas que Chaytan n'était autre que Satan, et si Landrick, un jour en veine de confidences, ne lui avait soufflé l'information aux oreilles, elle n'en aurait probablement jamais rien su. Enfin, porter comme prénom le nom d'un philosophe élève d'Aristote et premier botaniste, et comme patronyme celui du diable en personne… Ce type aurait dû finir empoisonné !

La médecin se rembrunit. Après tout, on ne sait toujours pas ce qui a provoqué la mort de la laie enceinte, ni pourquoi elle a été tuée, et dans l'enceinte de la clinique, en plus. Bescotte est bien obligée d'admettre que Michel la Fouine a sûrement raison : la bête a ingurgité un sale truc, et sûrement pas sans qu'on l'y pousse. Les sangliers maîtrisent parfaitement leur environnement, c'est pas eux qui se feraient avoir par un champignon suspect. La psychiatre doit s'y résoudre : il y a eu meurtre. À supposer que le terme puisse s'appliquer aux animaux, mais de nos jours, ça ne l'étonnerait pas. Seule consolation, médecins et direction ont été d'accord pour étouffer l'affaire et ne pas prévenir les autorités. Il n'aurait plus manqué qu'une descente de flics ! Bonjour la pub pour l'établissement. Pas comme ça qu'ils allaient remplir les chambres. Et puis, croisons les doigts, depuis, il ne s'est plus rien passé. Enfin, en tout cas, on n'a plus retrouvé de cadavre aux Trois Saintes, et c'est déjà pas mal. Si d'autres victimes sont à déplorer quelque part dans les collines environnantes, elle s'en fout comme de son premier Lexomil.

Quand même, tout ça a de quoi inquiéter. D'autant que le jour de la laie marque aussi le lancement de ce que Bescotte appelle en elle-même le programme V. V comme Valérie. V comme Victoire. Mais comme Vautrage aussi. Peut-être aurait-elle dû reporter l'action, d'ailleurs. La mort de cette foutue laie est-elle un mauvais présage ? Elle soupire. Elle n'a jamais été superstitieuse. Pas comme son frère. Celui-là, il cherchait toujours à tout expliquer en comptant les étoiles. Elle hoche la tête. Elle évite de trop penser à lui. À eux. Il ne lui parle plus. Pourtant, elle est persuadée d'avoir agi comme il le fallait. Elle ne reviendra pas là-dessus.

Bescotte avale une gorgée de Gaviscon. Ses aigreurs d'estomac sont reparties de plus belle. L'horreur.

Elle se reprend, redresse les épaules. Malgré ce mauvais timing, elle s'est entourée de toutes les précautions possibles et imaginables, mais justement, il reste celles qu'on n'imagine pas. Et ce sont celles qu'elle redoute.

Genévrier ? Crucifixion.

Myrte ? Ivresse.

Tamaris ? Révélation.

Tu as vu, Mamie, je connais bien ma leçon, j'ai tout récité sans faire de fautes.

Et puis les couleurs maintenant.

Le rouge et le noir pour dire mon mécontentement.

Le vert et le noir pour mon espérance trompée.

Le noir, le noir, le noir pour la Terre et l'hiver.

Dix sur dix, vingt sur vingt et les félicitations de Mamie.

Et maintenant, je termine les préparatifs, pour une nouvelle danse, pour un nouveau shabbat, pour un nouveau gala, pour que ton sang se glace, pour que règnent la terreur et les ténèbres, amen.

Jour 5

« *Le cadre même dans lequel est située notre clinique offre à nos patients calme et repos, tout en proposant aux familles visitantes une gamme d'activités culturelles et sportives.* »

— T'as réussi à dormir, hier ? demande Aurore à Valérie en réprimant un bâillement.

— Comme une souche, pourquoi ?

Valérie dort effectivement très bien depuis quelque temps. Le nouveau traitement de Bescotte ? Les baisers d'Émeric ? Une cure qui enfin la sortirait de son alcoolisme et des cauchemars qu'il lui offre en cadeau Bonux depuis des années ? Elle hausse les épaules. L'essentiel est ce sommeil réparateur, ce sommeil qui ressemble à une mort douce et agréable, dont elle émerge chaque matin régénérée, ressuscitée, qu'importent les rêves qui s'y déroulent. Et ces nouveaux tremblements qui agitent ses mains, sans qu'elle parvienne à les contrôler.

— Y a eu un raffut dingue, dehors. J'ai eu peur.

Pas au point de presser la sonnette. L'infirmier de nuit, qui a pris l'habitude de lui souffler un « bonne nuit » au visage alors qu'elle dort déjà, lui fait trop peur. Plus que quelques grognements étranges venus de l'extérieur, en tout cas.

— Rien entendu, commente Valérie.

Elle se rembrunit.

— Un sanglier, peut-être ?

Aurore se redresse.

— Tu crois ? Franchement, j'aimerais autant ne pas me retrouver nez à groin avec une bestiole pareille ! Ils sont flippants.

Valérie ne commente pas. Sa dernière rencontre avec un animal de cette espèce ne représentait aucun danger, mais n'en a pas été pour autant très agréable. Elle aimerait mieux tout oublier et chasser définitivement de sa mémoire la vision de cette grosse langue bleutée étalée sur un petit lit de mousse. Aurore, de son côté, semble avoir gommé de sa mémoire que c'est Valérie qui a découvert le cadavre de la laie empoisonnée. Persuadée que la prochaine victime sera humaine, elle a vite enterré la cochonne enceinte dont l'assassinat remonte quand même à quelques jours. Elle poursuit donc sur sa lancée :

— J'en ai croisé un, une fois. On était en voiture, heureusement ! D'ailleurs, c'était en allant visiter l'abbaye de Sainte-Anastasie. Tu connais ?

Valérie enfouit ses mains entre ses cuisses, cherchant à en maîtriser le tremblotement. Évoquer l'abbaye lui semble un terrain plus sûr, elle devrait réussir à se calmer.

— Non, j'avoue n'y avoir jamais mis les pieds.

— Tu rates quelque chose, c'est magnifique. Tu savais qu'Anastasie vivait à Constantinople à l'époque de l'empereur Justinien ?

C'est avec Jeanne, quatorze ans plus tôt, quand son amie a migré dans la région pour y ouvrir son magasin de poterie, qu'Aurore s'est rendue sur le site, ravie et excitée. Elle avait appris au catéchisme, petite, l'histoire de la sainte et en avait été durablement marquée. Le côté queer du personnage lui a toujours plu. Évidemment, le terme lui était inconnu à sept ans et personne, jamais, que Dieu lui en soit témoin, n'aurait osé l'utiliser pour décrire la vie de cette pauvre Anastasie. Quoi qu'il en soit, cette histoire de femme qui se déguise en homme l'avait profondément interpellée. Elle aimait ça, les déguisements. Elle en possédait plusieurs, dont un de pirate qu'elle adorait. Dans un tissu hautement inflammable, évidemment, mais si elle avait pu aller à l'école avec, elle ne s'en serait pas privée. D'ailleurs, elle aurait à cette époque préféré être un garçon, parce qu'à l'évidence, ils avaient plus de liberté, plus le droit de se salir, de dire des gros mots et d'envoyer les poings. Elle, la seule fois où elle s'était battue à la récré contre cette peste de Salomé, elle avait été sévèrement punie. Peut-être se trouvait là la source d'une adolescente turbulente, d'un art consommé du mensonge et de la dissimulation entre ses douze et seize ans, et le goût de la transgression.

Ses souvenirs l'ont éloignée des sangliers, mais pas de la sainte et de l'abbaye. Elle reprend :

— Justinien était fou d'elle. Résultat, pour ne pas rendre jalouse l'impératrice – comportement hyper-sororité, non ? –, Anastasie est partie fonder un couvent de femmes, du côté d'Alexandrie…

— « Les lumières du port d'Alexandrie »… se met à chantonner Valérie, yeux fermés, en se balançant sur son banc.

Aurore s'irrite.

— Oui, bon, ben, c'était bien avant l'invention de l'électricité, tu peux me croire. Bref, quand l'impératrice meurt, voilà que Justinien, qui avait de la suite dans les idées, envoie des messagers à la recherche d'Anastasie, pour qu'on la lui ramène. Mais c'était pas une fille facile, Anass (qui rime avec Badass, t'as remarqué ?), du coup, elle fuit dans le désert de Scété…

— C'est où ? la coupe Valérie.

Le ton d'Aurore, qui s'est transformée en madame-je-sais-tout, commence à l'agacer un peu. Beaucoup n'est pas loin. Et passionnément ne tardera pas à montrer le bout de son nez si ça continue comme ça. C'est pas une dépressive à Bac+ 4 qui va lui apprendre la vie, merde !

— Plus ou moins à quatre-vingts kilomètres au sud-est d'Alexandrie, renvoie Aurore du tac au tac. Tu peux vérifier sur Google Maps.

Elle aussi sent la moutarde lui monter au nez. Enfin, c'est quoi cette attitude de Valérie ? Y en a marre de supporter ses sautes d'humeur ! Déjà qu'il a fallu se taper Viviane, la veille, qui était au bord de la crise de nerfs parce qu'il n'y avait plus de Lion dans la machine. Elle a bien tenté un Mars, pour changer, mais un de ses plombages s'est retrouvé collé au caramel. Drame. Pas question d'aller chez le dentiste, elle est phobique, plutôt mourir sur le bûcher. La tragédie les a occupés toute la journée, ou presque, entre propos rassurants à l'édentée qui se voyait cantonnée aux soupes pour le restant de ses jours, appel aux soignants, et réservation du transport médical. Il a fallu ensuite préparer Viviane à cette sortie dont elle se serait bien passée et qu'elle appréhendait plus qu'un collapsologue une hausse des températures hivernales.

Alors aujourd'hui, entre les bruits infâmes du ou des sangliers qui ont perturbé sa nuit et Valérie qui a l'air complètement ailleurs mais bien décidée à lui casser les pieds, Aurore sent sa patience fondre comme un Aspégic dans un verre d'eau. Elle s'accroche malgré tout à son récit, car elle y voit la preuve d'une certaine sagesse (ou perversité) de la part de ceux qui ont décidé d'établir ici une clinique psychiatrique.

— Voilà notre Anastasie recueillie par un abbé qui vivait en ermite. Sympa, il lui indique une petite grotte. Elle peut s'y installer à une condition : ne jamais en sortir. La Céline locale lui apportera ses plateaux-repas devant l'entrée.

Valérie n'a plus vraiment envie de pousser Aurore dans ses derniers retranchements. L'enfermement, quand on en parle dans un lieu clos, a tout de suite d'autres résonances.

— Anastasie se travestit au passage, et pendant vingt-huit ans, ne quittera plus sa caverne. Parce que oui, elle prétend être eunuque et prend le nom d'Anastase. Bon, pour faire court, elle meurt, on l'enterre devant la grotte, fin de l'histoire. Un dernier détail : son prénom signifiait « résurrection » en grec.

Valérie ne commente pas. Ses pensées, comme celles d'Aurore, passent de l'idée de l'incarcération, même volontaire, à celle de la résurrection. Pour revenir à la vie, il faut d'abord la quitter. Est-ce en se débarrassant des oripeaux de la précédente qu'on y parvient ? Ou faut-il vraiment mourir cliniquement pour revivre ? Doit-on voir dans le décès de Pétula une allégorie de la vie de la sainte, ou de la leur ? Reclus volontaires, ils sont nourris tant qu'ils ne sortent pas de la clinique. La laie est-elle une mise en garde de mauvais goût ? Le même sort les attend-il s'ils enfreignent les règles et osent pointer le nez hors de leur caverne ?

— Vous êtes au courant pour le sanglier ?

L'intervention d'Yves tire les deux femmes de leurs pensées.

— Non. Aurore dit qu'il y en a un qui a fait un raffut pas possible cette nuit.

— Tu m'étonnes !

Il s'assied, jette un coup d'œil anxieux à Valérie. Comment va-t-elle prendre la nouvelle ?

— On l'a retrouvé mort. Encore une femelle. Et cette fois il y avait des bouteilles vides à côté du cadavre.

Céline n'a pas pu faire autrement que de tout raconter à Yves. Adieu son jour de repos, les Pim's et les conseils shopping, elle avait été appelée en renfort.

Car depuis le début de la matinée, une certaine agitation régnait aux Trois Saintes. Les patients avaient mal dormi. Les rumeurs les plus folles circulaient. Parce qu'un sanglier mort, qu'il s'appelle Pétula ou pas, ça va, mais deux ! C'était une hécatombe, le travail d'un tueur en série, on allait tous y passer, le doute n'était plus de mise. Viviane se rengorgeait : elle avait vu juste, elle qu'on avait traitée d'oiseau de mauvais augure !

Un fou du deuxième (parce que, bien sûr, ceux des étages inférieurs jouissaient de toutes leurs facultés mentales) se serait échappé en se balançant d'arbre en arbre. Il aurait tenté de pénétrer dans la cuisine et dans la cuisinière par la même occasion, cette dernière affirmation étant absolument sans fondement, puisque à cette heure-là, il n'y avait personne en cuisine et que, en plus, la cuisinière est un cuisinier.

Une autre *fake news* faisait état d'un cambriolage des réserves de médicaments au premier. On parlait de kilos d'anxiolytiques qui auraient disparu, tout comme la collection privée de magazines auto de Landrick. Alex avait rapporté, en même temps que les draps tachés de la 9, que le coupe-papier en or gravé au nom du médecin s'était volatilisé. Mais elle avait refusé de dévoiler ses sources.

À l'accueil, on chuchotait que, *comme par hasard*, toutes les caméras de sécurité s'étaient éteintes entre 2 h 12 et 3 h 48, à savoir le laps de temps entre deux rondes du personnel médical.

Les patients étaient peut-être dans les vapes, mais certainement pas sourds (sauf, bien sûr, l'Alzheimer de la 7, qui attendait là une place dans un établissement plus adapté à sa pathologie), et très vite, tous s'étaient emballés : on aurait trouvé une corde dans le parc ; le grillage aurait été sectionné ; les caméras rendues inefficaces à coups de bombe de peinture. D'ailleurs, Yannick n'est-il pas graffeur ? Il a un skateboard dans sa chambre. Et puis on ne l'a pas vu ce matin, alors qu'il est toujours le premier à faire le pied de grue devant la salle de sport. On avait entendu un moteur ronfler dans la nuit. Philippe était formel : c'était celui d'un Range Rover V6 dernier modèle. Il avait été chauffeur, quand même ! Il savait de quoi il parlait.

Le personnel cherchait à calmer les uns et les autres. Mais sa version, si elle avait le mérite d'être vraie, présentait bien peu de charme. D'autant qu'il ne disait pas tout.

Céline a donc comblé les blancs pour Yves.

« Oui, on a bien retrouvé un nouveau cadavre. Encore une femelle. Et visiblement empoisonnée elle aussi. Cette fois-ci, il y avait deux bouteilles à côté d'elle. De parfum, ou d'alcool, je ne sais pas, Michel, le jardinier, n'a pas été très clair. Ce qui est sûr, c'est que la direction redoute des poussées d'angoisse, voire des commentaires négatifs sur Google.

— Ce qui est sûr, a commenté Yves, c'est que ça craint ! Qui pourrait s'amuser à faire une chose pareille ? »

Céline est restée silencieuse un moment, comme si elle hésitait. Elle a fini par se décider.

« Il y a quelques années, on a eu un patient ici, Anastase. C'était un chasseur. Il n'hésitait pas à braconner. À sa sortie, il prenait un malin plaisir à venir narguer les caméras de surveillance, à s'exhiber devant elles. Une fois par an, à l'ouverture de la chasse, il dépose le cadavre d'un sanglier devant l'entrée de la direction. Comme une sorte de présent étrange. »

Elle s'est tue. Yves réfléchissait. Elle observait ses sourcils froncés, la ligne mince de sa bouche. Ses rides. Ses mains…

« Étrange, effectivement. Mais le gars n'était pas un empoisonneur ?

— Non, a confirmé Céline qui s'était ressaisie. Il savait tout un tas de choses sur les plantes et leurs vertus, il en parlait souvent. Mais je ne l'ai jamais entendu évoquer des poisons. Et il respectait la nature. »

Ils sont restés silencieux.

« Et il était là pour quoi, Anastase ?

— Drame familial. Il n'avait pas supporté et avait dû être hospitalisé. Il a séjourné un moment au second, avant d'intégrer le rez-de-chaussée. Ce qui est ennuyeux aussi, a repris Céline après un silence, c'est la présence de ces bouteilles. »

En lui-même, Yves a conclu cet étrange récit d'un *abyssus abyssum invocat*. Un malheur en appelle un autre. Mais fallait-il toujours voir le verre à moitié vide ?

Une idée, malgré tout, s'est lentement imposée à lui. Drame familial… Et si l'homme avait occis sa famille à coups d'herbes des collines, commettant ainsi le crime parfait ? Et si, perclus de remords, il cherchait à se dévoiler en assassinant maintenant ces pauvres laies ? Et si, toujours incompris, il passait à la vitesse supérieure en s'en prenant aux malades ?

Un *Vade retro, Satana* bien senti a résonné sous le crâne de l'agent d'entretien, plus troublé par toute cette histoire qu'il ne voulait bien l'avouer.

Yves V. Entretien n° 14

Le patient est calme. Pensif.

— Bonjour, comment allez-vous aujourd'hui ?

— Bien, merci.

Silence.

— Avez-vous commencé à réfléchir à la vie après la clinique ?

— Non, sincèrement non. J'essaie déjà d'apprendre à vivre le moment présent, et croyez-moi, c'est pas facile.

— Pourquoi ?

— Pourquoi ?! Vous avez déjà essayé ?

— Oui, bien sûr.

— Et ?

— Et quoi ? C'est un rythme à prendre. Se concentrer sur l'ici et maintenant. Par exemple, là, je suis avec vous. Je ne m'intéresse donc pas à ce que d'autres patients ont pu me dire dans la matinée, ni à mon rendez-vous suivant. Je suis là, avec vous. Je vous écoute, je vous observe, et je dialogue avec vous.

— Hum…

— Ce n'est pas votre cas ?

— Non. Enfin, si, bien sûr, je suis là en train de parler avec vous, mais mon esprit est ailleurs. Je pense à cette histoire de sanglier, à Valérie qui m'inquiète. Et ne me dites pas que je suis ici pour m'occuper de moi, je le sais bien ! Mais comment voulez-vous ne plus éprouver quoi que ce soit pour les gens qui vous entourent, et ce, du jour au lendemain !

— Personne ne vous le demande.

— Si, un peu quand même, soyez honnête. Ne se préoccuper que de soi, c'est se foutre des autres.

— Non. C'est remettre les autres à leur juste place et vous remettre au centre. Vous devez faire de vous une priorité. Ça ne veut pas dire ne plus penser aux autres, ne plus s'en inquiéter ou les écraser au passage. C'est un changement de perspective, pas un changement d'être. Une nature altruiste comme la vôtre ne va pas se transformer en monstre d'égoïsme ! Mais il s'agit de trouver un rapport aux autres, à leur souffrance et à votre désir de leur venir en aide qui ne vous fasse pas oublier que la personne la plus importante dont vous devez prendre soin, c'est vous.

Silence.

— Vous me parliez de Valérie.

— Tiens, d'habitude, vous insistez pour que je vous parle de moi.

Sourire.

— Parlez-moi de Valérie, aujourd'hui.

Soupir.

— Elle m'inquiète. Elle change, ça c'est sûr, au fil des jours, depuis qu'elle a découvert le premier cadavre de laie, et… Je ne sais pas. Il y a quelque chose qui cloche, et je n'arrive pas à mettre le doigt dessus. Elle a parfois des absences… Ou elle devient agressive. Ce qui n'était pas le cas avant. Je suis un peu perdu. Cette nouvelle Valérie est-elle moins sympathique que la précédente, est-ce sa vraie nature qui se révèle et que je trouve peu aimable, ou au contraire va-t-elle moins bien ?

— Yves, Valérie est fragile. Comme tous les gens qui ont des addictions. Soigner l'addiction est une chose. En guérir les causes en est une autre.

Silence.

— Je comprends.

— Bien.

— Il y a aussi cette histoire de sanglier. Faut-il s'en inquiéter ? Les bouteilles…

— Sincèrement ? Oui, c'est inquiétant que quelqu'un s'introduise dans l'enceinte de la clinique ainsi, et à deux reprises.

— Bon. Sommes-nous en danger ?

— Monsieur Vivesse, la vie est dangereuse. On finira tous par y passer.

Marco est ravi. Le cours de jardinage avec Michel était passionnant. Et, Dieu merci, n'a pas été annulé à cause de la mort de cette grosse truie. Personnellement, lui s'en fout que des sangliers crèvent. Et quand on voit l'acharnement des chasseurs à les abattre, on ne peut que se réjouir que deux de plus aient été rayés des listes. Il se fout encore plus de ces règles à la con, comme quoi on ne touche pas à une femelle et encore moins enceinte. LOL. Pourquoi donc on les épargnerait ? Elles ne veulent pas l'égalité des sexes, ces connasses hystériques ? Hein ? Alors, quoi, il faudrait faire deux poids, deux mesures ? N'importe quoi.

Les mains sous un jet d'eau froide, le patient tente de faire disparaître les dernières traces de terre sous ses ongles. Il aime ça, Marco, avoir les mains sales. Les mains dans le cambouis. Au cœur du sujet. Il n'a pas peur de s'impliquer.

Il sifflote. Il en sait des choses, ce Michel. Mais pas tout. Pour preuve, il n'a pas été capable de reconnaître les deux-trois plants de tabac du Mexique qui poussent à deux pas seulement de leurs jardinières bien ordonnées. Très jolies, ces petites fleurs jaunes. Et tellement toxiques.

Marco est bien placé pour le savoir.

Brusquement, il n'a plus envie de siffloter. Ni de sourire. Et encore moins d'être de bonne humeur.

Et il compte ratisser sur le plateau-repas d'Aurore pain et yaourt. Surtout, qu'elle évite aujourd'hui de lui en faire la remarque. Pas sûr qu'il le prenne bien. Parfois, il en faut peu pour lâcher les chiens.

Viviane est soucieuse. Elle s'inquiète pour Valérie. Certes, la vétérante du groupe sait bien, pour les subir, que les hauts et les bas sont monnaie courante lors des traitements, mais elle décèle autre chose chez son amie. Quelque chose de plus profond sur lequel elle n'arrive pas à mettre le doigt. Et ça l'irrite.

La prof d'anglais a fini par lâcher le morceau concernant Émeric. Leur idylle prend forme. La veille, des trémolos dans la voix, Valérie a confié à Viviane que, ça y était, ils l'avaient fait. Émeric avait trouvé un petit coin tranquille dans la colline. Dans l'enceinte des Trois N'y Touchent, mais isolé. Il l'y a entraînée, et là, sur une couche de bruyères, elle s'est donnée à lui.

Oui, il arrive à Valérie de s'exprimer comme dans une romance très XVIIIe siècle écrite en 2019 par une Américaine obèse du Nevada votant Trump et manifestant contre l'avortement. Mais ce n'est pas cela qui gêne Viviane. Valérie ne devrait-elle pas être aux anges de voir sa romance se concrétiser ? Cela ne semble pas être le cas. Ou ne pas suffire au bonheur de l'enseignante. Qu'importe qu'Émeric passe pour être un vrai connard aux yeux de la comptable. Après tout, ce n'est pas elle qui l'embrasse.

Elle en a discuté la veille à demi-mot avec Yves. Ce dernier s'est contenté de l'écouter en hochant la tête. Franchement, on se demande parfois dans quels nuages il erre ! Si son corps est bien présent, son esprit semble complètement ailleurs.

Ce matin, elle a cherché à lancer le sujet auprès de Marguerite, qui suit aussi la prof d'anglais. Pour se faire renvoyer dans ses buts : elle est là pour se soigner ELLE, et non pas pour se soucier de la progression des autres. Et y a déjà suffisamment de boulot comme ça, lui a fait comprendre la psy à demi-mot. Tu parles d'un soutien !

Après sa visite, pour se remettre, Viviane a descendu sa réserve de Dragibus. Puis a saisi sa tablette et a ouvert un nouveau tableau Excel. Il n'y a qu'en rangeant correctement les choses dans des cases qu'on s'en sort, elle en est persuadée.

Mais malgré ses codes couleurs, ses coefficients multiplicateurs et ses calculs complexes à entrées multiples, elle n'a pas été plus avancée qu'avant sa discussion avec Yves.

Maintenant, en atelier créatif, ses pensées reviennent au nouveau meurtre… Elle avait presque réussi à se persuader que le premier n'était pas si grave que ça, qu'il ne les menaçait en rien. Disons surtout que s'acharner à se faire peur n'est amusant qu'un temps. Une fois qu'on a appris qu'une Pétula peut avoir jusqu'à six marcassins par portée, que ces dernières se font plus fréquentes avec l'évolution du climat, qu'une laie est surtout dangereuse quand elle protège ses petits, on n'a pas vraiment besoin d'en savoir beaucoup plus sur les rites de ces bestioles pas très sexy. Et puis, on ne va pas se mentir, on apprend entre ces murs un certain égoïsme, ou renoncement. À quoi sert de se torturer sur ce crime dont tout le monde, au bout du compte, semble se foutre comme de son premier fromage de tête ?

Là, en revanche, il devient plus compliqué de se voiler la face. Certes, elle est flattée d'avoir eu raison, et attend avec impatience de recevoir les excuses des membres de la bande de l'Abribus, ces mécréants. Mais comment ne pas lâcher la bride à ses angoisses les plus profondes ? La peur de la mort arrive en tête du palmarès, ce qui est quand même paradoxal pour une suicidaire, mais ce n'est pas le débat du jour. Les laies sont les premières victimes de la vindicte du tueur, certes, pour autant il ne fait aucun doute qu'à travers elles, ce sont eux, les patients, qu'il vise. Et quand on dit patients… Patientes serait plus juste ! Jusque-là, il ne s'est défoulé que sur des femelles, ce qui n'a vraiment rien de rassurant.

Viviane frissonne. Puis reporte son attention sur les perles qu'elle enfile selon un ordre préétabli le long d'un cordon de chanvre tout en essayant de déloger un Dragibus vert coincé entre deux molaires. Manquerait plus que son plombage tout neuf saute à son tour. À côté d'elle, Philippe marmonne. Il décore un mug, ou tente de le faire. En face de lui, Barbie travaille à un piège à rêves, sous le regard admiratif de Ken.

Les ateliers créatifs sont la seule occupation que Viviane accepte de suivre. Ça et celui d'écriture. Ou tout du moins, elle a bien essayé de s'y rendre, mais le groupe était complet à son arrivée. Elle y a vu un signe et n'a jamais retenté l'expérience.

Une perle rouge, deux blanches, une verte, une jaune. Et on recommence. Quand elle aura fini, elle attaquera le collier assorti, puis les boucles d'oreilles. Ça fera un beau cadeau pour sa fille, à Noël. Autant profiter de ce que la structure propose, même si Noël est loin, et que rien n'indique que Sabine sera avec elle cette année. Pas plus que François ou Martin. Trois enfants pour en arriver à se retrouver seule devant sa télé durant les fêtes ! Elle aimerait bien les taxer d'ingrats, mais n'a pas la sottise de croire qu'elle n'est en rien responsable de la situation. Les dépressions de leur mère, ses amants foireux, les déménagements permanents à la recherche d'un bonheur toujours fuyant… Ils ont donné. Et ont maintenant leur propre survie à assurer.

Viviane est d'ailleurs très fière d'eux. Sabine vit à Londres où elle occupe un poste important chez Google. François vient de se marier. Installé à Hong Kong depuis trois ans, il y réussit dans la finance. Quant à Martin, le petit dernier, il est actuellement en mission humanitaire quelque part au fin fond de l'Afrique. À croire que c'est à celui qui fuira le plus loin d'elle.

Viviane soupire. Ses enfants, elle n'en parle jamais. Elle n'en parle pas parce que, s'ils sont sa plus grande fierté, ils sont aussi sa blessure la plus profonde. Leur absence la dévore comme un cancer sournois. Sa solitude n'en est que plus grande, abyssale.

Une perle rouge, deux blanches, une verte, une jaune.

Elle se secoue. Revenir à l'Empoisonneur de Cochonnes (le pluriel est maintenant de mise) est finalement moins douloureux que se remémorer ses manquements en tant que mère.

Le nom d'Anastase a commencé à circuler dans l'établissement psychiatrique. Paradoxalement, il est plus rassurant de s'imaginer connaître le tueur que de n'avoir aucune idée d'où le danger peut venir. Il paraît que ce type a passé près de dix ans aux Trois Saintes avant de s'enfuir après avoir volé un couteau de boucher en cuisine. C'est Germaine qui le lui a dit, laquelle le tenait de Marie... Marie-Thérèse ? Marie-Isabelle ? Enfin, bon, une Marie-Truc, qui le lui a confié sous le sceau du secret. Elle-même n'en a pas soufflé mot à ses amis, un secret, c'est un secret. Enfin, c'est surtout qu'avec tout ça, elle les a ratés ce matin. En tout cas, le type cherche depuis à se venger d'avoir été enfermé toutes ces années. Une fois par an, il lance une vendetta. Et merci bien, on approche de la date anniversaire.

Parce que, soyons clairs, si Viviane a souvent été tentée de mettre fin à ses jours, elle ne tient pas pour autant à ce qu'un autre s'en charge pour elle. Non, non, non. Elle a été victime de harcèlement par un de ses chefs d'établissement, par son mari qui n'hésitait pas à lui coller une bonne claque de temps à autre, rien de méchant, hein, bibiche, c'est l'amour tout ça, elle a survécu à la crise d'adolescence de trois mioches, ce n'est pas pour finir découpée en rondelles par un cul-terreux psychopathe dont l'hygiène bucco-dentaire laisse sûrement à désirer. Et puis quoi encore !

Une perle rouge, deux blanches, une verte, une jaune.

Son ventre gargouille. Elle a faim. Malgré les Dragibus, le Lion (enfin, deux aujourd'hui, trop d'émotions), le café au lait concentré sucré, et le reste de ses madeleines. Un rapide coup d'œil à sa montre lui apprend qu'il lui faudra encore patienter une petite heure avant le déjeuner. Un autre vers l'œuvre de Philippe lui confirme que peindre quand on a les mains qui tremblent n'est pas idéal. Impossible de savoir ce que l'ancien chauffeur a voulu représenter, tout a bavé partout. On distingue malgré tout quelques lettres. Viviane tente de déchiffrer le mot. P.I.L.

PIL ? C'est quoi ça ? Un acronyme ? Poivrots Impénitents et Lobotomisés ? Ou un groupuscule de l'armée, genre francs-maçons à galons et bouteilles à la main ? À moins que ça ne soit une maxime latine ? ou grecque ? Type, *moritori te salutent*. D'ailleurs, elle a un doute. Pas sûre que cette phrase soit juste. *Moritori*, ça sonne un peu trop comme Mojito. Mais bon, elle, son truc, c'est les statistiques, pas les civilisations mortes ou les cocktails cubains.

— Philippe, excuse-moi, mais c'est quoi que tu as écrit ?

La curiosité a été la plus forte. Le mystère du braconnier lui suffit amplement.

— Ben, mon nom !

Ha.

— Je crois que tu as oublié le H, alors, ose-t-elle lui faire remarquer, en espérant ne pas déclencher chez cet homme fragile une crise de doute existentiel dont il ne se remettrait pas.

Amélie Bescotte gobe un Lexomil. Aux grands maux, les grands remèdes. Il n'est pas 11 h 30 et elle n'en peut déjà plus de cette journée.

Qui, en ce qui la concerne, a commencé dès minuit douze. Sous les miaulements aigus de Lacan. Elle avait par mégarde refermé la fenêtre de sa chambre et le pauvre se voyait ainsi interdire l'entrée des lieux. Pour une fois qu'elle s'était couchée tôt !

Encore dans les vapes, elle s'est levée pour lui ouvrir, sans allumer la lumière, persuadée de se rendormir ainsi plus vite. Elle n'a donc pas vu *Métapsychologie du sens*, de l'un de ses auteurs de prédilection, Daniel Widlöcher, et a trébuché dessus. Le nez écrasé contre la vitre, la cheville en déroute, c'est en grimaçant de douleur qu'elle a ouvert à un Lacan qui en a profité pour sauter au sol sans la gratifier du moindre remerciement.

La douleur à sa cheville l'a tenue éveillée tout le reste de la nuit. Elle s'est malgré tout débrouillée pour venir travailler, jouant des pieds sur les pédales de sa voiture tel un Fred Astaire sous amphétamines, et tout ça pour quoi ? Pour se retrouver en plein drame du Phacochère Assassiné, saison deux. Que les patients se laissent déstabiliser par une telle histoire, passe encore. Mais le corps médical ? Les Maries cherchaient à garder le contrôle de leurs troupes, on pouvait au moins leur reconnaître ça, pour autant aides-soignantes et agents d'entretien y allaient tous de leur version plus rocambolesque l'une que l'autre. On aurait dit qu'ils avaient pris les paris pour savoir qui serait capable d'inventer le truc le plus dingue sans se retrouver interné direct au second. Ridicule.

Pour couronner le tout, Landrick, lors de la réunion du matin, lui a demandé d'une voix fielleuse s'il lui restait des places dans son service, le sien affichant complet. Il a poussé la perversité jusqu'à la remercier de lui avoir adressé des patients pour son atelier de gestion du stress, le Gilles de La Tourette permettant de détendre l'atmosphère quand le borderline de la 45 menaçait l'équilibre déjà fragile du groupe.

Puis il s'est lancé dans un discours obscur et abscons, où se mêlaient la symbolique du sanglier (force et fertilité, voire luxure), les théories de Fodor sur la représentation (selon lesquelles notre accès cognitif à la réalité est médiatisé par des représentations mentales que le philosophe lui-même conçoit comme essentiellement symboliques, justement, je ne vous apprends rien, a-t-il pontifié), le tout parsemé d'une pincette de Freud et de son essai *Parallèle mythologique à une représentation obsessionnelle plastique*. Il en est ressorti que le sanglier n'a jamais existé, qu'il n'est que le fruit d'un esprit malade, sûrement un des patients atteints de troubles sexuels, qui, en imaginant voir un cochon sauvage mort, n'a en fait que donné corps à son désir d'occire ses pulsions déviantes.

Cette démonstration a été suivie d'un silence religieux, avant que tous ne se séparent, légèrement hébétés. Quant au directeur, il est resté mutique, ne proposant rien, ne prenant aucune initiative. Visiblement, il est bien plus à l'aise quand il s'agit de gérer des problèmes tels que le prix du PQ.

Bescotte s'est donc réfugiée en clopinant dans son bureau, maudissant les symboliques, le freudisme, et même Lacan au passage qui, à l'heure qu'il était, devait dormir du sommeil du juste sur son oreiller.

Le Lexomil commence à faire effet. Mine de crayon sous la narine, elle inspire et expire lentement. Foutu phacochère ! Décidément, le règne animal cherche à lui faire passer un message. Mais lequel ?

Elle secoue la tête. Non, ouvrir ses tableaux Excel et vérifier l'état de Valérie K. Voilà ses priorités. La réalité est peut-être une chose mouvante, une représentation mentale, une construction de l'esprit à partir de symboles changeants, il n'en reste pas moins qu'elle, le docteur Bescotte, n'a rien d'autre à quoi se raccrocher.

D'un geste rageur, avant que l'écran de son ordinateur ne reprenne vie, elle décroche son téléphone, contacte l'accueil et exige qu'on lui envoie Michel le jardinier, qui aurait cette fois-ci découvert la bête trépassée. Qu'importe qu'il ait fini son service. Elle l'attend dans son bureau. Maintenant. Tout de suite. Voilà.

Et elle raccroche.

Yves a tout bien expliqué aux filles, n'omettant pas de mentionner Anastase. Viviane s'est exclamée qu'elle aussi était sur cette piste. Aurore et Valérie ont manqué s'étouffer. Anastase ! Ça ne pouvait pas être le fruit du hasard quand l'hôpital était pratiquement surplombé par l'ombre de l'abbaye Sainte-Anastasie (une exagération, il était absolument impossible d'en discerner les bâtiments, même par temps clair mais qu'importait ?).

Aurore a été priée d'être plus prolixe sur la vie de cette pauvre Anastasie. On avait déjà de quoi mouliner avec la dualité enfermement/résurrection et tout son symbolisme, mais ne fallait-il pas aussi se pencher sur cette question du sanglier ? Que pouvait-il représenter ? Est-ce qu'Anastasie en aurait élevé un et aurait fini par le manger un jour que son repas aurait tardé ? Aurait-elle été, toute sainte qu'elle fût, adepte de zoophilie ? Non, parce que les boucs, les satyres, tout ça, bon, ça ne sortait pas de nulle part ! On s'égarait ! Ces êtres-là, les saints et les saintes, ne sont-ils pas hermétiques aux tentations de la chair ? Femme, eunuque, métrosexuelle, asexuelle, était-ce si important que ça ? Cela répondait-il à la question, la seule à se poser : qui était vraiment Anass the Badass ?

Yves, pour sa part, a fait remarquer qu'entre un bouc et un sanglier, il y a peu en commun quand même. Sauf qu'ils ont tous les deux quatre pattes et des cornes sur la tête, a noté Valérie en allumant une nouvelle cigarette. À l'évidence, ses cours de biologie remontaient à loin : on n'a jamais vu de sanglier cornu dans le Var, ni même probablement ailleurs, à moins d'une union étrange entre deux espèces. Personne n'y a prêté attention, ils étaient tous bien trop accaparés par les théories fumeuses qu'ils élaboraient les unes après les autres, et tant pis si pour cela il fallait distordre légèrement la réalité. D'ailleurs, le bouc est aussi une représentation du Malin, non ? a avancé Valentin de La Tourette, comme le groupe l'avait surnommé ; il s'était approché pendant la discussion et tentait d'allumer une cigarette sans y parvenir, tant ses spasmes étaient forts. COUILLES DE RAT. C'est aussi le cas du sanglier ! s'est empressée de préciser Aurore, décidément prête pour *Questions pour un champion*. Dans l'Antiquité, il était surnommé « chien du diable », a-t-elle ajouté. Pour beaucoup, il porte malheur !

À ces mots, les autres se sont tus. Yves trouvait que cette histoire prenait une ampleur démesurée. Valérie n'osait demander si on savait de quoi avaient été remplies les bouteilles à côté de la bestiole trépassée. Aurore cherchait à se souvenir de la place du bouc dans les Écritures. Viviane rêvait d'une bonne daube. Puis ses pensées avaient pris un autre chemin. Elle avait bien retenu cette histoire de résurrection/enfermement. Étonnant, quand même, qu'Anastase porte ce nom. Après tout, il avait été enfermé aux Trois N'y Touchent. Et au second, même ! Sa résurrection passait-elle par le meurtre de femelles grosses ? Mais dans ce cas, n'aurait-il pas commencé plus tôt ? Pourquoi attendre toutes ces années ? Quel était le déclencheur ?

Quand elle a posé la question à voix haute, un silence de mort s'est installé. Oui, quel était le mobile derrière ces assassinats ? Personne n'avait la réponse ni n'en trouvait de valable.

Lors du repas, ça n'a pas été mieux, il était impossible de parler d'autre chose que de cette nouvelle intrusion dans le domaine. Quand on savait ce que certains étaient prêts à entreprendre pour en sortir, il y avait de quoi rire. Les voilà qui s'offusquaient maintenant à l'idée que leur sanctuaire ait été souillé, et deux fois en une semaine, en plus ! Certains avançaient que les bouteilles étaient remplies d'un alcool maison à base de verveine et de menthe. D'autres que les bouteilles étaient cassées (ce qu'ils regrettaient sans avoir besoin de le dire). Un autre groupe soutenait que le poison se trouvait dans ces flacons, auxquels la laie aurait bu. Ceux-là, de l'avis d'Yves, auraient mérité d'être promus pour un séjour au second. Depuis quand les animaux buvaient-ils à la bouteille ? N'importe quoi !

Yves est maintenant dans sa chambre, la télé allumée. Le bruit le calme, le réconforte. Surtout parce qu'il peut décider du volume. Les repas, en revanche, l'épuisent rapidement. Il a évité Viviane en sortant de table, ne se sentant pas d'attaque pour un énième conciliabule au sujet de ces foutues porcinettes des bois, la sémillante prof de compta semblant prête à consacrer les prochaines années de sa vie à l'étude de ces animaux.

Lui, ce qui l'inquiète le plus, c'est la présence des bouteilles. Il a bien vu le regard de Valérie à leur évocation. Et elle n'était pas la seule. Philippe en bavait presque. Émeric gardait les yeux cachés derrière ses Ray-Ban Aviator en tirant sur sa cigarette électronique, le teint verdâtre.

Yves est démuni. La guérison de Valérie n'est pas de son ressort mais lui importe beaucoup plus que le sort des mammifères omnivores qui s'ébattent dans les sous-bois. Sur le moment, l'entretien avec Marguerite l'a aidé à comprendre ce que la psychologue entendait par « pensez à vous », mais maintenant, tout est flou, il ne s'y retrouve plus.

Il repart alors du début. De ses propres valises à vider pour pouvoir s'en aller d'ici plus léger. De son avenir à envisager. De ce qu'il a à sauvegarder. Rien, finalement. Un boulot qui l'use, une future ex-femme qui lui sape le moral. Du vide. Alors, qu'a-t-il à perdre à faire de la bande de l'Abribus des amis ? Qu'importe que Bescotte affirme quant à elle que ce n'est pas le lieu. *Non est hic locus.*

Il sourit. Décidément, les Latins ont toujours le mot pour dire la chose.

Et puis, il y a Céline, aussi. S'il est honnête avec lui-même, il doit reconnaître qu'il prend de plus en plus de plaisir à leurs conciliabules du matin, quand elle vient faire sa chambre. Elle est intelligente, vive, et ne le regarde jamais comme un sous-homme.

Il se rembrunit. Pourtant, c'est bien ce qu'il est, non, à en croire Martine ? Et sa future ex-femme le connaît quand même bien mieux que Céline.

Il secoue la tête, refuse d'avancer dans cette direction. Martine ne fait plus partie de sa vie. Céline appartient à son quotidien aux Trois N'y Touchent. À ce moment. À cet instant, à l'ici et maintenant.

Il est sur le point de s'endormir, bercé par des images de la petite bande de l'aile Jules Ferry en train de passer une journée à la mer, quand un coup à la porte de sa chambre le tire brutalement de sa somnolence.

— Monsieur Vivesse ? Vous venez jouer avec nous ?

Aurore B. Entretien n° 6

La patiente semble absente.

– Comment allez-vous ?

– Ça va, ça va.

– Oui ?

– Oui, oui. Enfin, je n'ai pas très bien dormi, avec tout ce boucan !

– Vous voulez en parler ?

– Du bruit ? des sangliers ? des bouteilles ?

– De ce que tout ça provoque en vous.

– Eh bien, disons que j'ai le sentiment que… bon, c'est un peu fort, mais d'un viol. En fait, ici, on est dans un cocon, on se sent protégés. Et là, cette intrusion… Ça casse tout ça. La sécurité semble illusoire, c'est le monde du dehors qui s'invite, et dans ce qu'il a de plus violent.

– Oui.

– Non, parce que vous comprenez, on vient ici pour oublier, justement, que le dehors existe, et qu'il peut faire mal. On vient pour être protégé, protégé, protégé !

– Mais vous avez bien conscience qu'il s'agit là d'une construction mentale ? Ce n'est pas l'hôpital qui vous protège. Il vous offre un cadre où apprendre à le faire vous-même. Et les frontières avec la « vraie vie » sont très poreuses.

Silence.

– Oui, je sais, mais je ne veux pas. Je. Ne. Veux. Pas. Je veux des frontières hautes comme un mur de Berlin, je veux être coupée du dehors, je veux rester enfermée ! Je ne veux pas mourir pour revivre, non, je ne suis pas Anastasie, moi, mais je ne veux plus vivre comme avant.

— Nous y voilà. Pourquoi ? Qu'est-ce qui n'allait pas, avant ?

— J'étais enfermée dans mon CDI, dans mes livres, et ce mur-là, il s'est érigé contre ma volonté. Et peu à peu, j'y ai ajouté des briques, sans m'en rendre compte. Mais c'était une prison où j'étouffais. J'ai besoin d'air.

— Et pourtant, c'est un nouvel enfermement que vous revendiquez.

— Oui, mais celui-là, je l'ai choisi.

— En êtes-vous sûre ? Avez-vous vraiment eu le choix ?

Aurore et Guy Georges déambulent dans le parc. Car après quelques repas compliqués, la jeune femme a fini par découvrir chez son voisin de table des facettes inattendues et rafraîchissantes. Certes, son addiction aux desserts pose problème quand on leur sert une crème au chocolat, parce que Aurore adore ça, mais on a vu bien pire entre ces murs comme comportement socialement inadapté. Et puis Marco a un vrai talent pour parler de la nature, de la faune et de la flore. Il sait beaucoup de choses, toutes apprises les mains dans la terre. Sa ressemblance physique avec le tueur en série n'en reste pas moins troublante. Comme Guy Georges, Marco est métis. Comme Guy Georges toujours, il ne connaît pas son père et a grandi en famille d'accueil. Leurs points communs, heureusement, s'arrêtent là.

Marco a été choyé, aimé, considéré comme l'enfant de la famille. C'est lorsque sa mère l'a repris avec elle que les choses se sont gâtées. Il évoque cette période en la qualifiant d'un seul mot : catastrophique.

Il s'est mis à traîner dehors de plus en plus tard, à fuguer, à fumer, à boire. Puis à dealer.

Premier séjour en prison. Grosse claque. À la sortie, il promet qu'on ne l'y reprendra plus et se tient à carreau. Devient chauffeur routier. Avale les kilomètres et *Les Grosses Têtes* jour après jour. Prend du bide. Vit sur des aires d'autoroute.

C'est en livrant un jour un mas de Camargue qu'il vit son premier coup de foudre. Pour la région et pour la fille qui tient le bar du village.

Il se pose. Apprend les chevaux, les taureaux, la vigne. Apprend l'amour, les saisons, les moustiques. Un enfant, puis deux. La mélodie du bonheur à l'ombre des canaux du petit Rhône.

Puis le drame. Qu'il ne nomme qu'ainsi : le Drame.

Aurore comprend qu'il perd alors tout, et n'ose lui demander plus de détails.

Marco se met à boire. À traîner d'un village à l'autre. À dormir n'importe où. On le connaît dans le coin, on le plaint. On l'accueille parfois, on lui offre une halte au chaud, une douche, de quoi manger. Mais il ne sait plus faire, les maisons, les bavardages devant le JT quand la soupe chauffe, la tendresse, les mots pour ne rien dire.

Il s'en va. Plus loin. Plus loin aussi dans l'alcool. La drogue. La recherche de l'oubli.

Aux Trois N'y Touchent, il a d'abord passé trois mois au second étage. Ce qui a fait frissonner Aurore quand elle l'a appris. Le second, c'est vraiment pas quelque chose dont on parle. Et ses locataires, vraiment pas des gens avec qui on discute.

De là, Marco a accédé au rez-de-chaussée. Son cas est complexe. Bien sûr, il y a tout un tas de troubles psychiatriques à soigner, souvent liés à l'abus de drogues. Mais il y a aussi sa situation sociale à prendre en compte. En quittant l'établissement, où ira-t-il ? Plus de boulot, pas de revenus… Les assistantes sociales des lieux planchent sur son dossier, tandis qu'il se sociabilise peu à peu.

Notamment avec le groupe de jardinage.

— Tu sais, explique-t-il maintenant à une Aurore qui sent l'inquiétude la reprendre, un simple brin de muguet peut faire le job. Rien que l'eau du vase, déjà… Il en faut très peu pour les premiers symptômes. Et en plus, ça n'a pas de goût. Paraît-il. Donc, tu ne te rends compte de rien, tu avales ton truc tout tranquillou et en moins de temps qu'il n'en faut pour la voir pousser, tu te retrouves à pisser du sang ! Fascinant.

Aurore trouve surtout cela flippant. Pour elle, le muguet, ça sert à dire « Je t'aime » le 1er mai. Pas à tuer l'élu de son cœur.

Marco, qui avait l'air d'avoir plaisir à diffuser son savoir, s'est fait silencieux. Son visage s'est fermé. Il est perdu dans ses pensées et ces dernières n'ont pas l'air très agréables.

La documentaliste est obligée de reconnaître qu'elle préférait quand il parlait.

Marco L. Entretien n° 2

— Comment se sont passés vos premiers jours dans le service du docteur Bescotte ?

— Bien. C'est un peu comme passer du quartier disciplinaire au bracelet électronique (rires).

— L'adaptation n'est pas trop dure ?

— Non, la bouffe est aussi dégueulasse qu'au second.

Marco L. Entretien n° 5

— Alors, comment ça va ?

— Ça va. C'est chouette de bosser avec Michel au jardin. Puis la fille, là, à table avec moi, elle ne dit rien quand je pique son yaourt, alors on peut dire que ça va. Je fais moins de cauchemars aussi. Et j'ai attaqué les ateliers d'écriture. C'est pas mal ce truc, j'aurais pas cru. Ça permet de vidanger la bête. Hier, j'ai écrit « sa chatte était aussi acérée qu'un piège à loups ». Ça a un peu tiqué. La meuf qui anime était pas jouasse, mais bon, on est là pour s'exprimer, non ?

— Oui, effectivement. Vous pensiez à une femme en particulier ?

— Ma mère, probablement. S'il y a bien un endroit où j'aurais pas mis les doigts, c'est sa chatte.

Le soir est tombé sur les Trois N'y Touchent. Il va bientôt être l'heure de rejoindre sa chambre, d'avaler une ou plusieurs dernières pilules et de dormir. Ou de lire. Ou de téléphoner à ses proches, s'il y en a, si la vie du dehors existe encore pour de vrai.

Oui, bien sûr que oui, puisqu'elle peut faire intrusion ici.

Au fil de la journée, on en a appris un peu plus.

Anastase avait bien séjourné à la clinique six ou sept ans plus tôt. Il oscillait entre des périodes d'abattement qui faisaient craindre pour sa vie et des phases de rage où il était difficile de le maîtriser. C'est à cause de lui qu'on ne joue plus à la pétanque, depuis qu'il a balancé une boule (et ce n'était pas le cochonnet !) dans le dos d'un joueur d'une équipe adverse lors d'une triplette. Le type a failli y perdre une vertèbre. Le jeu, jugé trop dangereux, a été abandonné. Tant pis. Il reste les perles (mais qu'on ne donne pas à tout le monde), les dessins, la peinture, le crochet (*idem*, il serait meurtrier de confier des aiguilles à n'importe qui), et que sais-je encore.

Anastase, donc, s'est installé dans un cabanon entre les mamelons sur lesquels se dressent les clochers des saintes dont les villages portent le nom. Il ne s'est plus jamais éloigné. Il règne sur les lieux comme un fantôme, une légende. On reçoit chaque année son offrande, on le découvre sur certaines vidéos de surveillance. Rien de bien méchant, finalement.

Alors que là… Les cadavres ont été déposés dans un angle mort du système, mais dans l'enceinte de la clinique. On pense à Anastase par habitude, parce que c'est plus simple, parce qu'il fait un coupable idéal, mais Céline, installée chez elle devant un programme d'une chaîne quelconque de la TNT qui offre une vision de la dure vie d'une brigade de gendarmes mobiles dans une station balnéaire de la Côte d'Azur en plein mois d'août, ne s'en laisse pas conter.

Elle a regardé suffisamment de programmes sur les meurtres les plus sordides du siècle et du précédent. Elle suit les grands procès des cours d'assises pour ne pas oublier que sa vie n'est pas si pourrie, qu'elle a bien de la chance de ne pas avoir été enlevée, violée, droguée, vendue sur le Darknet, découpée en morceaux, dépossédée de sa cornée, d'un rein, de son foie. Alors, les inexactitudes dans un récit, les petits mensonges, les cachotteries, elle les décèle sans avoir à fournir le moindre effort. C'est plus facile que de pousser le chariot de linge depuis la buanderie jusqu'à l'ascenseur, de nettoyer le plateau-repas du Gilles de La Tourette ou les éclaboussures de vomi dans la chambre d'un Émeric qui ces temps-ci semble avoir quelques problèmes de digestion.

Et là, elle sent que quelque chose ne va pas dans cette histoire.

Anastase ne boit pas. Et ne tuerait jamais une femelle, enceinte ou pas. Alors deux !

Un poil de ceci.
Une goutte de cela.
Une pincée de soie.
Une incantation.
Une prière.
Goûter. Sentir. Humer.
Lécher. Tester. Renifler.
Fermer les yeux.
Grogner. Gronder.
Montrer les dents.

Ne pas oublier.
Sang. Celui versé par le Christ pour notre rédemption. Sang de l'immortalité.
Sang. Sang mêlé à la terre et donnant la vie.
Sang qui coule de tes plaies et qui signe ton arrêt de mort.
Sang. Sangria. Sanglier.
Sanglant.
« Viens, diable, et pour moi retiens le gibier
Je te donnerai mon âme en échange. »
Ainsi, la cible ne sera pas ratée. Ainsi le sang coulera pour se mêler à la terre.
Ainsi la vie renaîtra.
J'ai perdu trop de temps, ma vie s'est écoulée entre mes doigts comme l'eau de la cascade sur ses pierres. J'avançais les yeux fermés, j'avançais. Mais maintenant je sais. Que tout me menait là, à cet instant, à ces actions. Et je plonge mes mains dans la

terre, et je m'en peinturlure le visage, et je la sens et lèche mes doigts. Un jour, elle m'avalera et j'y reposerai. Un jour. Mais d'autres s'y allongeront avant moi.
Un. Cinq. Douze.

Jour 8

« Les visites et sorties, sur avis médical, sont conseillées pour une meilleure réinsertion des patients dans leur cadre de vie habituel. Nos psychologues sont là pour préparer les patients à leur retour chez eux. »

Alors qu'Aurore croyait être là pour une petite dizaine de jours, quinze grand maximum, elle découvre qu'il n'en est rien. Une semaine a passé, et Bescotte refuse d'évoquer sa sortie pour le moment. D'abord, il y a l'atelier gestion de stress à terminer, on ne quitte pas Landrick avant qu'il ne l'ait décidé. Et puis, lui répètent à l'envi la médecin et Marguerite, elle est là pour se soigner, pas pour anticiper un retour qu'elle envisage encore tout gris et noir. Il est trop tôt. Déjà, il va bien falloir qu'elle passe un après-midi dehors. Ce qu'elle appréhende. Non pas que l'ambiance à la clinique soit des plus plaisantes, avec ces cadavres qui semblent pousser comme des champignons. Il est dorénavant de coutume, chaque matin, de se demander si l'Empoisonneur de Cochonnes a encore frappé. Les conversations sur la question tournent en rond. Comme tout autre sujet d'actualité, celui-là ne peut animer le quotidien à l'infini quand il ne se passe rien. La bande de l'Abribus a eu beau développer des hypothèses en tous sens, ils n'ont pas plus avancé. Céline, de son côté, qui a vu dans ce drame animalier l'occasion de se rapprocher d'Yves, doit maintenant lancer d'autres sujets de conversation pour justifier une présence plus longue dans la chambre du patient. Valérie en est un tout trouvé. L'enseignante est vraiment étrange. Elle dort mieux. Tellement mieux que Céline doit la tirer du lit quand elle lui dépose son plateau du matin. Le reste de la journée, elle paraît souvent comme anesthésiée, absente aux autres et à elle-même. L'amour ?

Car Valérie a fini par se laisser convaincre par Émeric d'une escapade à deux. Bien sûr, leur projet devait rester secret, pas question que le corps médical découvre leur romance (c'était vraiment prendre ce fameux corps pour un aveugle affligé de surdité, mais bon). Émeric est donc parti de l'établissement avant elle, officiellement pour passer chez lui, où une fuite se serait déclarée. Valérie a quitté les lieux une demi-heure plus tard. Pour retrouver sa sœur (qu'elle n'a pas vue depuis des années et avec qui elle a coupé les ponts depuis plus longtemps encore) au village le plus proche, elle prendrait le bus, merci, tout irait bien.

La prof d'anglais est rentrée ce soir-là sans que ses amis la voient. Ce n'est qu'à l'heure du dîner qu'ils se sont aperçus de son absence au réfectoire. Ils ont cherché à la joindre, pour tomber systématiquement sur sa messagerie. Inquiets, ils se sont enquis de son sort auprès d'une cantinière qui les a informés que Valérie dînait en chambre.

Quand, après leur repas, ils sont allés en procession frapper à sa porte, cette dernière est restée close. Derrière, on n'entendait pas un bruit. Viviane a abaissé la poignée, repoussé lentement le battant, mais la pièce était plongée dans le noir.

Ils n'ont pas insisté.

Ce matin, Valérie les a rejoints comme si de rien n'était, mais a botté en touche dès que l'un d'entre eux a tenté une question directe sur ses occupations de la veille. Émeric, quant à lui, est invisible.

Le mystère reste donc entier. Un de plus.

Aurore a bien conscience de pousser trop loin quand elle éprouve un sentiment de viol parce que deux laies sont retrouvées mortes dans l'enceinte de la clinique, mais il y a quand même de ça : l'intégrité physique des lieux, leur sanctuaire, en a pris un coup. Elle en a discuté ce midi-là avec Marco-Guy-Georges. Lui trouve que c'est faire beaucoup de bruit pour pas grand-chose. Les sangliers sont une véritable nuisance. Ils sont trop nombreux, ils défoncent tout là où ils passent, et ils descendent d'ailleurs de plus en plus bas dans la vallée, poussés par la soif et les loups. Les loups ! Oui, les loups. Qui eux aussi gagnent du terrain. Marco le sait, parce que… ben parce qu'il le sait, voilà tout. Le biotope change, et le réchauffement climatique n'en est pas la seule cause. C'est la connerie humaine qui explique tout ça, pas la peine d'aller chercher très loin. Connerie qui les a menés, eux, Aurore et lui, à être hospitalisés aujourd'hui. Parce que c'est pas con, non, de se retrouver ici ? C'est pas con, non, de ne plus réussir, un jour, à sortir du lit, par fatigue extrême ou parce qu'on a trop picolé la veille ? Et la vie, la vie même, elle est pas trop con, non plus, elle aussi ? À vous envoyer ses baffes dans la gueule, à vous plier en deux sous ses poings, à vous arracher la jugulaire d'un coup de dents ? Elle donne, cette salope, elle donne puis elle reprend, comme ça, sur un coup de tête, parce que ça l'amuse. Alors, bon, tout ça pour dire, un sanglier de mort, ça change quoi ? Et deux bouteilles vides, ça change quoi ? Pas comme si on avait laissé un SOS dans l'une d'entre elles, hein ? Nan, l'important, c'est pas ça. L'important, c'est de survivre à la journée en cours, de s'accrocher comme on peut. Lui, par exemple, ce qui le fait tenir, c'est peut-être couillon, mais ce sont les plantes. Enfin, tenir… Façon de parler, c'est pas la tige d'un pétunia qui le retiendra s'il chute.

Sur ces mots, l'homme s'est levé pour rejoindre son atelier de jardinage, laissant Aurore à table avec Servane et Morticia Addams qui, de leur côté, préféraient échanger sur la manière la plus efficace de ne pas se rater en cas de suicide.

En relaxation guidée, Valérie autorise ses larmes à couler. Disons plutôt qu'elle n'a pas vraiment son mot à dire : à la première note de musique, elles se sont mises à dévaler sur son visage sans lui demander son avis.

Elle renifle par à-coups, espérant ne pas déranger les autres membres du groupe. Philippe ronfle depuis un bon moment. Valérie cherche à synchroniser ses sanglots avec le bruit de forge qu'émet l'ancien chauffeur.

La sortie avec Émeric a été un désastre. Elle finira seule, bouffée par son hamster, voire son poisson rouge. Ça ne fait pas un pli. Ou pire encore, elle finira ici, aux Trois N'y Touchent. Ils n'oseraient pas la mettre dehors, quand même ? Elle n'a plus le moindre doute quant à son incapacité de reprendre un jour une vie normale à l'extérieur.

Tout avait plutôt bien commencé. Comme prévu, Émeric l'attendait en bas de la colline, invisible aux yeux curieux des patients nytouchiens. Le couple s'était retrouvé avec une joie non dissimulée. Valérie avait des papillons au ventre, la tête lui tournait légèrement. Le bruit de la route, la main de son amant dans la sienne, la lumière si différente en bas de la colline, tout l'enivrait. Un air de Piaf jouait dans sa tête ou plutôt un pot-pourri des plus grands succès de la chanteuse. Elle était heureuse, si heureuse ! Le vent la décoiffait, Émeric conduisait d'une main sûre son petit bolide qu'il avait pris soin de décapoter pour impressionner sa belle. Elle n'avait pas à savoir que le bolide en question ne lui appartenait plus, qu'il l'avait emprunté pour la journée à son ancien associé.

Ils avaient roulé jusqu'à la mer, à une vingtaine de kilomètres de là. Émeric lui avait dit qu'il se chargeait de tout. Et c'est devant un hôtel au charme désuet qu'il s'était garé. Valérie l'avait regardé, interloquée. Certes, ils avaient consommé leur relation dans les bois. Certes, elle en était ressortie à parts égales contentée et irritée, surtout par les piqûres de fourmis et autres insectes qui s'étaient régalés de sa peau crémeuse. Mais elle n'avait pas envisagé que leur première sortie serait consacrée à des galipettes, même sur un matelas à mémoire de forme king size. Elle trouvait ça… vulgaire. Grossier. Loin de l'image qu'elle nourrissait depuis des nuits, d'un romantisme torride (ou de pacotille, selon les points de vue) : lui et elle, marchant sur la plage abandonnée main dans la main, déjeunant sur le port face aux voiliers, allant peut-être même jusqu'à s'égarer dans une exposition. Elle portait d'ailleurs la même robe en mousseline que dans son imagination, et jusque-là, Émeric avait dépassé ses espérances les plus folles, entre la décapotable, ses mocassins en daim élégants, son pantalon cargo bien coupé, et sa chemise blanche de marque qui soulignait son bronzage naturel.

Lui ne s'était pas rendu compte du changement d'humeur de sa partenaire. Il la précédait dans les escaliers tout en lui expliquant qu'il avait utilisé une appli géniale qui permet de réserver des chambres à l'heure quand on n'en a pas besoin pour la nuit. Visiblement, il n'en était pas à son premier rodéo, n'avait pu s'empêcher de penser Valérie, amère.

Les choses s'étaient vraiment gâtées une fois le couple dans la chambre. Cette dernière était décorée en style pseudo-provençal, avec fausses tomettes, couvre-lit en boutis et senteurs de lavande. Mais surtout, surtout, y trônait un minibar que le regard de Valérie avait accroché immédiatement.

Tandis qu'Émeric la basculait sur le lit, plus hussard que preux chevalier, Valérie avait tout oublié, entièrement concentrée sur la porte du micro-frigo, sachant pertinemment que derrière se trouvaient mignonnettes de vodka, gin, whisky, probablement une demi-bouteille de rosé et peut-être même de champagne.

Émeric, tout à son affaire, n'avait pas remarqué le trouble de sa compagne. Ou, s'il l'avait remarqué, il l'avait imputé à ses qualités d'amant hors pair, que tant d'autres avant elle avaient vantées. Plutôt du temps de sa splendeur, s'il devait se montrer honnête. Mais il n'allait pas jusqu'à lier compliments et compte en banque bien fourni. Bon, bien sûr, il avait été moins vaillant sexuellement après la faillite, et ça pouvait se comprendre : il avait d'autres chattes à fouetter et le plaisir de ses partenaires était le cadet de ses soucis.

Valérie avait commencé à transpirer. Puis à suer. Puis à trembler. Émeric, emporté par sa fougue (« Vas-y, défonce-la cette salope ! » lui hurlait une voix grave que lui seul entendait, cette voix qui l'avait abandonné des années auparavant et qui, enfin, fouettait de nouveau l'étalon qui se réveillait en lui), n'avait vu là que le résultat de sa puissance retrouvée. Puissance qui, malheureusement, n'avait duré que peu de temps. Son estomac, qui ce jour-là semblait lui foutre la paix, s'était brusquement rappelé à son bon souvenir. Un premier haut-le-cœur l'avait pris. Qu'il avait réprimé difficilement. Sous lui, Valérie, les yeux fermés, les paupières serrées fort, tentait de se concentrer sur l'instant présent (merci Landrick) et de ne pas céder au chant des sirènes du minibar qui l'appelaient d'une voix douce et suave. Sirupeuse. À l'arôme de gin… non, de Get 27… non, de vodka… non…

Émeric n'y tenait plus. D'un mouvement brusque, il s'était libéré des bras de sa compagne pour se précipiter à la salle de bains. L'enseignante, surprise, avait à peine eu le temps d'effleurer du regard la Tentation qui trônait, marron moche, sous la télévision que des bruits proprement écœurants lui étaient parvenus aux oreilles. Elle avait grimacé. Quelle était la conduite à tenir ? Se précipiter aux côtés de son amant pour lui caresser le dos pendant qu'il finirait ce qu'il était en train de faire, lui assurer que tout irait bien, qu'elle était là ? Prétendre qu'elle n'avait rien entendu et se servir un verre ? Appeler la réception et un médecin ? Allumer la télé pour ne plus entendre le restaurateur se vider ?

Elle n'avait pas eu le temps de trancher. Une sorte de râle s'était échappé de la salle de bains, suivi par un bruit de chute. Et le silence.

« Émeric ? »

Tétanisée, le cœur battant, Valérie s'était repliée sous les draps.

« Émeric ? » avait-elle répété un peu plus fort.

Toujours aucune réaction.

Maintenant, elle tremblait. Elle savait qu'il n'y avait qu'une seule chose à faire : se lever, vérifier dans quel état se trouvait Émeric, et appeler les secours. Mais elle n'y parvenait pas. Parce que avant d'atteindre la salle de bains, il lui faudrait passer devant le minibar. Obstacle infranchissable. Trou noir dans sa galaxie. Aspiration assurée, elle ne ressortirait plus la tête de là.

Alors, perdue, en larmes, elle avait cherché de l'aide là où elle pensait en trouver : aux Trois N'y Touchent.

En moins de vingt minutes, Marie-Thérèse l'avait rejointe et évacuée de là, tandis que Marie-Cécile se consacrait à Émeric.

Depuis, tous avaient botté en touche quand elle avait demandé des nouvelles du restaurateur. Et ceux qui se risquaient à en donner ne faisaient qu'ajouter à sa confusion. Il était dans une autre clinique, il allait bien, il se trouvait hospitalisé pour une gastro carabinée, il avait bu, il souffrait d'intoxication alimentaire, il était… Rien n'avait de sens. Et quand elle cherchait à le joindre, elle tombait systématiquement sur sa messagerie.

Elle s'est donc retrouvée en atelier relaxation, tendue et désespérée, poussée par une Bescotte plus fermée que jamais.

La lumière se rallume. Chantal, d'une voix douce et mélodieuse, invite les patients à revenir à l'instant présent. Valérie reste les paupières closes, incapable d'affronter le regard des autres, la violence du néon.

La salle se vide. Chantal s'approche de l'enseignante, s'accroupit à son côté, une boîte de Kleenex à la main.

— Prenez votre temps, Valérie. Tout le temps qu'il vous faudra.

Devant tant d'empathie, tant d'humanité, la jeune femme redouble de larmes. Des sanglots déchirants s'échappent de sa poitrine. Elle se met en boule pour canaliser la douleur, la rendre moins vive, et, guidée par la voix de la praticienne, parvient enfin à s'abandonner à sa souffrance.

Voilà trop longtemps qu'elle remet ça. Céline n'a plus le choix : elle doit faire le plein de courses et en profitera pour enfin remplacer le flacon de Valérie. Elle s'est bien sûr excusée auprès de l'enseignante qui a paru ennuyée, mais a été assez polie pour ne pas en faire toute une histoire. Céline, malgré tout, a éprouvé un sentiment de gêne. Quelque chose clochait dans la réaction de la prof, mais quoi ? Elle y a longuement réfléchi le soir même, devant un *90 minutes Enquêtes* au titre prometteur de « Drague, fête et naturisme : enquête sur la folie du camping » qui n'a malgré tout pas réussi à la fasciner. Il faut dire qu'une émission récente sur les quartiers Nord de Marseille et le trafic de drogue avait pompé toutes les raisons qu'elle avait de s'effrayer du genre humain.

L'émission, donc, où pas un seul sexe n'était vu autrement que flouté, rappelant ainsi à n'importe quel quinquagénaire ses premiers émois devant les pornos de Canal+ regardés sans décodeur, avait servi de toile de fond à ses élucubrations.

Pourquoi Valérie avait-elle froncé les sourcils ? Comment interpréter la lueur qui avait traversé son regard quand Céline lui avait fait part de sa maladresse, le jour même où elle avait été commise ? Exprimait-elle la colère ? la rage, même ? ou le désespoir ?

Que cherchait à dissimuler la jeune femme avec ce bain de bouche ? Une mauvaise haleine due aux viandes nageant dans des sauces plus improbables les unes que les autres du réfectoire ? Ou quelque chose d'autre, un interdit violé ?

Et puis, il y avait cette odeur qui s'était échappée de la bouteille brisée…

Céline s'était redressée d'un bond devant son écran.

D'ailleurs, que faisait un flacon en verre dans cette chambre ? N'aurait-il pas dû être en plastique ?

La voilà maintenant au rayon hygiène dentaire de la grande surface. Elle regarde discrètement autour d'elle. Elle a volontairement choisi une heure de faible affluence, car, s'il est bienvenu de humer le parfum d'un déodorant ou d'une eau de toilette avant de les déposer dans son Caddie, elle n'a jamais vu personne agir de même avec les bains de bouche. Il ne manquerait plus qu'on l'interne de force en la voyant faire !

Personne. La première bouteille est scellée. La suivante aussi. Puis vient une bleue. Non, elle, ce sont les vertes qui l'intéressent. En voici enfin une qui semble correspondre. Elle a été bête, elle aurait dû faire attention à la marque de celle qu'elle a fait tomber. Ou redemander à Valérie. Mais elle n'a plus croisé l'enseignante depuis cette journée-là, puisqu'on l'a affectée pour la semaine au service de Landrick.
Ce qui n'est d'ailleurs pas un cadeau, parce que, visiblement, les troubles intestinaux de ses patients dépassent de loin ceux de l'étage de Bescotte. Un cauchemar.

Elle frémit, la nausée la prend. Elle inspire longuement, ferme les yeux, cherche à se concentrer sur la salle de bains de Valérie, à revoir le bain de bouche. Sans succès. Elle qui s'entraîne pourtant à toujours bien étudier son environnement, pour le cas où elle aurait à témoigner à la suite d'un homicide volontaire, d'un accident de la route avec délit de fuite, ou autre ! Il faut croire qu'elle est moins attentive lorsqu'elle est à la clinique.

Elle se saisit au hasard du premier flacon vert qui lui fait de l'œil et s'apprête à le dévisser sans plus se soucier de la languette de plastique qui protège son bouchon quand un grincement se fait entendre.

Elle se retourne vivement. Une mamie pousse devant elle son chariot auquel elle semble plus accrochée qu'une bernique à son rocher. Céline rougit, dépose sans douceur le bain de bouche dans son Caddie et fait demi-tour. La bouteille n'a pas grand-chose à voir avec celle qu'elle a brisée, mais la couleur est la même. Il faudra bien que ça fasse le job.

Au rayon charcuterie, elle dévalise le stock de saucisses Herta. Ses gosses en raffolent, et il faut reconnaître qu'avec une touche de moutarde de Dijon et une pointe de mayo, ça se laisse manger. De toute manière, elle n'a pas la prétention de s'inscrire au prochain *Master Chef*. Et qu'on ne vienne pas la gonfler avec le bio, le naturel, les produits sains et la diététique. On ne lui enlèvera pas de l'idée que ces préoccupations sont des problèmes de riches, et donc, très éloignés des siens. Et puis, ses gosses sont filiformes alors qu'ils n'avalent que plats surgelés et desserts industriels. Comme quoi, on ne peut pas tout mettre sur le dos de l'industrie agroalimentaire.

Elle sursaute à la tape qu'on lui assène sur l'épaule. Totalement concentrée sur le prix au kilo des différents sachets de fromage râpé, elle n'a prêté aucune attention à ce qui l'entoure. C'est la deuxième fois aujourd'hui qu'elle constate ne plus être autant aux aguets qu'auparavant. Ça l'inquiète. Mais moins que l'identité du propriétaire de la main. Durant la seconde qu'il lui faut pour se retourner, elle a le temps d'échafauder de nombreuses hypothèses qui, toutes, se succèdent à vive allure dans son cerveau, au rythme de son pouls emballé.

— Karim ! s'exclame-t-elle quand elle fait face à son destin.

Elle a pensé à tout (un vigile l'ayant surprise à sniffer des bains de bouche, un ancien des Trois Saintes mettant enfin la main sur elle pour lui reprocher un jour de ménage bâclé, Alex qui aurait séché le boulot), sauf à lui.

— Salut ma belle, lui répond le souriant quadragénaire.

— Comment vas-tu ? lui demande-t-elle en saisissant le premier paquet qui lui tombe sous la main.

Face aux yeux rieurs de l'homme, le pouvoir d'achat ne fait pas le poids. Les économies attendront.

Karim, elle l'a rencontré deux ans plus tôt. Elle s'était inscrite un soir de désespoir sur Tinder. Ils avaient discuté virtuellement, s'étaient trouvé suffisamment de points communs pour avoir envie de se voir, avaient pris un verre, puis deux. Mais… Céline n'était pas prête. Pas pour ce que lui proposait cet homme charmant, marié, et n'envisageant sûrement pas de divorcer pour une femme qui passait le balai et nettoyait des plateaux-repas quand son épouse était à la tête de trois agences immobilières, d'une chambre d'hôtes et d'un restaurant en bord de mer.

Certes, il ne l'aimait plus, cette épouse bien dotée. Bien sûr, leur vie sexuelle était au point mort depuis des mois. Évidemment, elle aussi cultivait son jardin secret. Mais… Céline avait déjà donné en matière d'hommes se déclarant libres et ne l'étant pas plus qu'un forçat ramant au beau milieu de la Méditerranée sur une galère romaine.

Elle en avait éprouvé un pincement au cœur. Karim lui plaisait. Pour autant, elle avait préféré ne pas aller au-delà d'un baiser volé, ne souhaitant pas souffrir plus que nécessaire.

Ils ont continué à échanger quelques messages, puis ces derniers se sont espacés, et le silence leur a succédé.

Karim se penche pour l'embrasser, glissant son bras autour de sa taille. Il a toujours été tactile.

— Très bien, et toi ?

— Ça va.

— Tu as le temps de prendre un verre ?

Les surgelés attendront, heureusement qu'elle n'est pas encore passée à leur rayon. Parce que la curiosité est la plus forte, parce qu'un bel homme qui lui propose un verre, ça n'arrive pas tous les jours, parce que sa seule perspective après les courses était de les ranger et d'attaquer le ménage chez elle.

— Bien sûr.

Les voilà attablés à la cafétéria de la grande surface. Néons illuminant les lieux comme s'il s'agissait d'une scène de crime. Taches de ketchup au sol. Bris de verre près du distributeur de sodas. Céline regrette d'avoir enfilé le matin même à la va-vite un bas de survêtement informe et un tee-shirt AC/DC qui en a vu d'autres. Karim est toujours aussi charmant, musclé, rayonnant. Peut-être même plus encore que dans ses souvenirs.

Ils ont posé sur la table leur plateau – un café pour elle, une pression pour lui – et se sourient.

— Que deviens-tu ? ose-t-elle enfin lui demander.

— Côté boulot, la routine, rien de très passionnant. En revanche, j'ai divorcé. Je vis avec Nicole maintenant. Elle est instit. On s'entend super bien. Elle adore la randonnée elle aussi, et du coup, on profite de nos week-ends pour aller marcher. Il y a deux semaines, on est partis dans les Alpes-de-Haute-Provence, c'était magique !

Pincement au cœur pour Céline. Elle ne veut pas en savoir plus sur Nicole, découvrir que Karim l'a rencontrée sur Tinder elle aussi, que pour elle il a franchi le cap.

Pincement au cœur de ne pas s'être laissée aller, emporter, de ne pas y avoir cru, de ne pas avoir cédé.

Elle parvient à sourire, à moitié cachée par sa tasse.

— Super !

— Oui, renchérit le quadra amoureux de montagne et de Nicole.

Et il se lance dans l'évocation de toutes les bestioles croisées lors de leur dernière escapade.

Céline n'écoute plus. Elle hoche la tête à intervalles réguliers, marmonne des « Vraiment ? » pour relancer Karim quand il semble prêt à lui poser une question plus personnelle. Qu'aurait-elle à répondre ? Qu'elle ne voit personne, qu'elle n'est amoureuse de personne, qu'elle n'a même pas un PCR, comme dit sa fille, un Plan Cul Régulier, à appeler les soirs bien trop rares où les enfants découchent ?

— … Anastase.

— Quoi ? Pardon, tu disais ?

Le nom de l'ermite l'a sortie de sa torpeur.

— Anastase. L'ermite. C'est lui qui m'a indiqué un coin à champignons complètement dingue. Ils y poussent en pagaille ! Du coup, avec Nicole…

Souhaitant *in petto* la mort de la Nicole en question par attaque de champignons géants dopés aux OGM et montés sur sangliers crachant des flammes, Céline n'hésite pas à couper la parole à Karim.

— Tu l'as vu ? Il n'est pas mort ?

Car sûre de son fait, convaincue que l'ermite non seulement n'aurait jamais tué ces laies mais de surcroît les aurait protégées au péril de sa vie, Céline en avait tout simplement déduit qu'il n'était plus de ce monde. Elle avait alors échafaudé quelques hypothèses aussi branlantes que la main de Valentin cherchant à s'emparer d'un verre à dents pour expliquer l'assassinat brutal des cochonnes sauvages. Aucune n'a d'ailleurs retenu bien longtemps son attention.

Il lui faut maintenant reconnaître qu'elle a peut-être été un peu vite en besogne. Enterrer le braconnier en même temps que ses victimes putatives était quand même osé.

Karim éclate de rire.

— Mort ? Anastase ? Jamais de la vie ! J'étais avec lui y a pas deux jours ! Il va très bien, merci !

— Mais il est toujours dans son cabanon pas loin des Trois Saintes ? insiste la femme de ménage.

— Ce truc pourri qui menaçait de s'écrouler ? Pas du tout ! Il a trouvé un appartement riquiqui entre Sainte-Agathe et Sainte-Lucie. C'est la mairie qui le lui loue. En échange, il effectue des petits travaux, tu vois. Il est devenu une sorte de cantonnier-jardinier. Il est incollable sur les plantes du coin et leurs vertus ! On ne dirait pas, hein, à voir ce type ? En même temps, il a bien changé ! Il s'est rasé la barbe, ça le rajeunit de vingt ans. On ne croirait jamais qu'il a passé des mois dans ta clinique et vécu ensuite comme un sauvage. Bon, je te rassure, il n'a pas non plus l'allure d'un prof de philologie à la Sorbonne, hein, mais il a vraiment changé. Ça fait plaisir à voir, d'ailleurs.

Céline opine. Anastase n'est donc plus voisin des Trois Saintes.

Qui, alors, occupe le cabanon dans les collines ?

Yves est de nouveau de sortie. Il s'y astreint deux à trois fois par semaine. À ses yeux, il est important de ne pas couper complètement avec l'extérieur. Plus on attend, plus il est difficile de passer définitivement les portes des Trois N'y Touchent. Car si on y vit des moments difficiles, si on y est témoin de la détresse des autres, on y est aussi chapeauté, chouchouté, pris en main, assisté. Et, d'expérience, il sait combien il est ensuite délicat de revenir à son état de solitude naturelle.

Oh, bien sûr, tout le monde ne retrouve pas un appartement vide une fois le séjour psychiatrique achevé. Certains ont des compagnons qui les attendent. Et c'est même parfois pire. Que ces derniers boivent eux aussi, qu'ils refusent la pathologie de leur moitié, qu'ils lui reprochent ses petites vacances aux frais du contribuable ou qu'ils ne sachent tout simplement plus quoi faire pour aider l'être aimé, il est toujours compliqué de retrouver une vie à deux quand celle-ci n'a pas su retenir l'un de ses participants sur les berges de la félicité.

Yves, quoi qu'il en soit, a appris de son premier séjour en clinique. *Væ victis !* Malheur aux vaincus ! Il lui a coûté son premier mariage. Quelle ironie que le second le renvoie au même endroit !

Il flâne en ville, sans but précis, sans objectif autre que de ne pas oublier le bruit du monde, l'odeur des pots d'échappement, les sonneries de cour de récréation, le fumet du poulet rôti qui tourne sur sa broche chez le boucher.

Son regard survole les gens, les choses, s'arrête plus facilement sur une feuille tombée d'un arbre que sur le visage de la marchande de fruits et légumes. Avec les gens, il a encore du mal, c'est comme ça. Avec les plantes, il a toujours été doué. Il les aime toutes. Les sauvages, qui s'incrustent en douce dans des pelouses bien tondues. Les carnivores, si fragiles derrière leurs dehors agressifs. Les vivaces. Les rampantes. Les fleurs des champs. Celles qui se mangent, celles qui embaument le jardin. Celles qui referment leurs pétales le soir, celles qui les ouvrent à la nuit tombée. Celles qui ne vivent qu'une saison, celles qui prolifèrent sans qu'on leur demande rien. Il aime leurs couleurs, leurs parfums, leurs aiguilles, leurs bourgeons.

Arrivé devant une boutique, il regarde subrepticement à droite, à gauche, puis en pousse la porte. Il marmonne un bonjour à la libraire penchée sur son inventaire et file vers le fond du magasin, aussi honteux qu'un séminariste dans un sex-shop. Parce qu'il est comme ça, Yves, il pense n'avoir aucune légitimité à lire de la philosophie, à citer des auteurs latins. Ce sont ces derniers, d'ailleurs, qui, à force de citations apprises par cœur, l'ont peu à peu amené à découvrir leurs textes. Puis ceux d'autres auteurs, certains accessibles, d'autres moins. Il a gardé pour lui ce passe-temps, n'imaginant que trop bien les commentaires de son épouse comme de ses collègues. *Encore un qui pète plus haut que son cul, tiens. Il se prend pour qui, serpillière-man ? Parce que tu sais lire, toi ?* Il se rappelle encore les humiliations subies, enfant, quand il s'était mis en tête d'apprendre à jouer aux échecs. Revivre ça ? Hors de question.

Finalement, en y réfléchissant, il réussit à se protéger de temps à autre, il faudra qu'il en parle à Marguerite, elle sera sûrement fière de lui.

Il effleure d'une main tremblante quelques ouvrages de référence hors de prix, préfère se rapprocher des poches.

Il connaît le nom de tous les auteurs, ou presque. Il a ses préférés. Sénèque. Comte-Sponville. Edgar Morin. Leur langue est accessible. En ce qui concerne les deux derniers, il regarde aussi les vidéos de YouTube où ils apparaissent. Ces hommes l'intriguent et l'impressionnent à parts égales. Il se sent tout petit face à eux, mais il croit les comprendre. Il l'espère. Nietzsche lui pose plus de problèmes. Il décèle un grain de folie dans certains de ses écrits et se demande si le type ne se fout pas tout simplement de la gueule du monde (d'ailleurs, n'a-t-il pas fini complètement timbré, à pleurer sur l'encolure d'un canasson et à se prendre pour Napoléon ?). Rousseau l'emmerde, mais ça aussi il le garde pour lui. Il trouve le type très hypocrite, avec ses leçons d'éducation alors qu'il a abandonné ses enfants. Voltaire lui plaît. Ses contes philosophiques l'inspirent. Un mot peut vouloir dire tant de choses différentes ! Derrière une histoire s'en cache souvent une autre, plus sombre, plus violente, moins présentable. Derrière un sourire se dissimulent parfois les crocs les plus acérés qui soient.

Sur un présentoir, un titre attire son regard. *La Vie heureuse*, de Sénèque justement. Aux éditions Mille et Une Nuits. De quoi le faire rêver.

Il soulève l'opuscule, le soupèse, vérifie le prix et se dirige vers la caisse. Il va se trouver un banc pour s'y plonger tranquillement. Au parc, de préférence, où les agressions sonores de la circulation sont atténuées par une haie de pins majestueux.

Un fourmillement dans les doigts, le souffle qui s'accélère… Il craint dans un premier temps d'être victime d'une nouvelle crise d'angoisse, mais il lui faut bien reconnaître l'émotion qui l'agite pour ce qu'elle est : le plaisir, tout simplement.

Aurore B. Entretien n° 12

— Comment vous sentez-vous aujourd'hui ?

— Fatiguée.

— Oui ?

— Oui. Depuis l'histoire du sanglier, je dors mal.

— Vous en avez parlé au docteur Bescotte ? Peut-être qu'un changement dans votre traitement…

— Non. Enfin, oui, j'en ai parlé mais pas de changement envisagé pour l'instant.

— Bon.

— Je ne sais pas pourquoi ça m'obsède autant, qu'on ait réussi à pénétrer ici. Vraiment. J'ai beaucoup repensé à notre dernier entretien, et si objectivement je suis d'accord avec vous, en profondeur, je n'adhère pas.

— C'est la différence qu'il y a entre penser et ressentir.

Silence.

— Eh bien, je pense que cela n'aurait pas dû arriver, et je sens que nous ne sommes pas en sécurité.

Aurore est assise en tailleur sur un banc de bois du parc. Elle a disposé autour d'elle tout un attirail dont le but est de dissuader qui que ce soit de lui demander si une place est libre. Elle n'a envie de parler à personne.

Yeux fermés, écouteurs sur les oreilles, elle se laisse porter par les notes et la voix de Gainsbourg. « La javanaise ». Comme le chanteur, elle pourrait avouer en avoir bavé. Mais plus en dansant sur Manu Chao que sur une javanaise. Question d'époque, sûrement.

Elle soupire. A-t-elle vraiment cru qu'elle pourrait s'épargner d'en repasser par là ? Non pas que Marguerite lui ait imposé des séances d'introspection entre deux relaxations guidées, mais elle a bien compris, lors de leur dernier entretien, que si elle ne vidait pas complètement son sac elle rentrerait chez elle en trimballant encore tout ce qui achevait de s'y décomposer dans des relents putrides depuis des années. Son insécurité, son inadéquation, sa peur du monde… elle doit les laisser derrière elle, les oublier ici, les déterrer une fois pour toutes, les affronter, les regarder dans les yeux, puis les abattre, les dissoudre, les faire disparaître à tout jamais.

Alors… alors oui, il va bien falloir qu'elle reconnaisse ses blessures pour ce qu'elles sont. Oh, bien sûr, à l'échelle de ce que traverse la planète, entre les guerres, le réchauffement climatique, quelques incidents nucléaires et deux dégazages sauvages de porte-conteneurs en mer Noire, ce n'est pas grand-chose, un avortement. Rien du tout, même. Mais c'est à elle que c'est arrivé, à elle, à son ventre. Et même si, face au malheur du monde, on peut relativiser, il n'en reste pas moins que cette histoire, c'est dans sa chair qu'elle l'a vécue. Même si elle avait choisi. Car personne ne l'y a obligée. Personne.

Sauf que.

Sauf qu'il reste cette douleur localisée dans son bas-ventre auquel elle porte maintenant la main par réflexe, douleur qui lui coupe les jambes, le souffle, quand elle s'y attend le moins.

Sauf qu'il reste l'infertilité qui a suivi.

Sauf qu'il reste qu'elle avait quinze ans, qu'elle était amoureuse pour la première fois, qu'elle avait la vie devant elle et des étoiles plein les yeux.

Sauf que ce fœtus a emporté avec lui ses rêves, son enfance, et une grande partie de sa vie future de femme.

Une larme glisse sur sa joue.

Depuis des années, elle évite de penser à tout ça. Ses souvenirs sont rangés dans un tiroir de sa mémoire hermétiquement fermé. Elle les a crus là en sécurité, à l'isolement. Comme elle s'est crue en sécurité ici. Alors qu'ils n'ont fait que se répandre insidieusement en elle. Au point qu'elle se retrouve aux Trois N'y Touchent. Car si elle est honnête avec elle-même, ce ne sont ni les collègues pénibles, ni les élèves épuisants, ni le décès de sa mère qui l'ont conduite là.

Non, elle est ici parce qu'un jour de mai, vingt-huit ans plus tôt, on l'a endormie avant de lui arracher du ventre cet enfant qu'elle désirait, sans avoir mesuré à quel point.

Si elle avait su alors qu'il serait le premier et le dernier à nicher entre ses entrailles, l'aurait-elle gardé ? Elle évite de se poser la question. On ne refait pas l'histoire, on continue d'avancer comme on le peut. À cloche-pied certains matins, et d'autres, avec la vivacité du vent.

Mais c'est bien au moment où elle a sombré sous l'action de l'anesthésiant qu'il faut faire remonter le début de sa chute.

Elle s'est construite ensuite sur cette faille, sans en consolider les parois. Et un jour, tout s'écroule. Voilà. On en est là. Tout s'est écroulé. Et elle doit bien l'admettre, ce qui la trouble le plus dans cette histoire de sanglier mort, c'est qu'il s'agit d'une femelle. Grosse. C'est ça qu'elle ne supporte pas, qui la renvoie à sa douleur, à ses peurs les plus primaires, les plus animales.

Le visage de Ben flotte devant ses yeux un instant. Sa fossette, nid à bisous, ses cheveux châtains bouclés qui lui cachaient la nuque, ses yeux noisette rieurs. La rugosité de la peau de ses mains, elle croit la sentir encore sur sa joue.

Ils marchaient le long du Clain, ils partaient à l'aventure. Et ils s'aimaient.

Ou plutôt, il aimait l'avoir séduite, et elle, elle l'aimait lui.

Le beau gosse du collège. Le sportif aux nombreuses médailles. Le champion de tir à l'arc. Le fils chéri de la ville. Et il l'avait choisie, elle. Alors qu'il aurait pu avoir n'importe quelle fille, tiens, même Laura, cette superbe blonde à la crinière indomptée qui arpentait les couloirs, le port de tête majestueux. Fille d'orthodontiste. L'une des plus belles maisons de la ville. Le père roulait en Jaguar, la mère dans un Range Rover aux allures de minibus. Le week-end, on les voyait tous les trois à vélo dans la campagne environnante. Une famille parfaite. Les week-ends prolongés, ils partaient dans leur maison proche de La Rochelle, en bord de mer. Laura faisait de la voile, de l'équitation et jouait du violon.

Oui, Ben aurait pu avoir Laura, mais c'était elle, Aurore, qu'il avait élue. Elle et sa coupe à la garçonne, ses lunettes de myope, sa dégaine de pseudo-rebelle copiée sur Isabelle Adjani dans *Subway*. Avec Jeanne, elles avaient vu et revu le film un nombre incalculable de fois, en connaissaient les répliques par cœur. *C'est quoi cette coiffure ? Iroquois. Quoi ? Iroquois.* Grande année que 1985 ! Il y avait aussi eu *Recherche Suzanne désespérément*, mais la mère d'Aurore ne l'avait jamais laissée sortir affublée d'un soutien-gorge visible sous sa chemise ouverte, des croix se balançant à son cou et à ses oreilles. Qu'importe. Avec Jeanne, elles dansaient dans la chambre de cette dernière sur « Like a Virgin », et la vie était belle. Bien sûr, elles n'avaient pas découvert ces films l'année de leur sortie. Elles étaient encore des petites filles en 1985. Mais ils n'avaient rien perdu de leur charme quand elles s'y étaient intéressées.

Aurore fronce les sourcils. Comme il est plus facile de se remémorer les dialogues de *Subway* que les déclarations d'amour de Ben ! Comme il est facile de tricher pour éviter de trop s'approcher de ces souvenirs dangereux.

Elle n'est pas dupe. Elle sait bien que si elle se prend ces souvenirs en pleine gueule, c'est d'une part parce que ici elle a le temps d'y penser, et d'autre part parce que le poison qui a tué la laie ressemble étrangement à celui qui coule dans ses veines depuis tant d'années. Par moments, mais elle ne l'avouerait à personne, il lui semble que celui qui cherche à faire passer un message à l'institution des Trois Saintes en déposant un cadavre animal, tel un sacrifice, dans l'enceinte de la clinique, ne s'adresse en fait qu'à elle. Elle, la mauvaise qui a supprimé son bébé. Elle, qui s'est empoisonnée et se tue à petit feu depuis qu'elle a accepté qu'on le lui arrache du ventre.

À l'unisson avec ses pensées sombres, un nuage menaçant vient cacher le soleil. Elle soulève les paupières. Pour découvrir Morticia Addams, dans le rôle du nuage, penchée sur elle.

— Je t'ai réveillée ? lui demande la jeune fille.

— Heu, non, non. Tu as besoin de quelque chose ?

— T'as du feu ?

— Yves ?

Interrompu dans sa lecture, le quinquagénaire relève la tête.

— Céline ?

Tous deux se sourient.

— Venez, asseyez-vous là, si vous avez un moment, propose Yves.

Il est troublé de découvrir Céline hors du cadre des Trois Saintes. Manque d'imagination ou de curiosité de sa part, il ne s'est jamais interrogé sur la vie de cette dernière une fois son service terminé. Il ne sait même pas si elle est mariée, a des enfants. Intérieurement, il se reproche son manque de curiosité.

Elle est aussi mal à l'aise que lui. Les rares fois où il lui est arrivé de croiser des patients ou d'anciens patients en ville, comme par un accord tacite, leurs regards se sont évités.

La gêne s'installe. Ni l'un ni l'autre ne sait comment se comporter. Le guide des bonnes manières ne précise pas l'attitude à adopter dans un tel cas de figure.

Du coin de l'œil, Yves observe sa voisine de banc. Il a toujours vu Céline dans sa blouse de travail, n'a jamais prêté attention à ce qui se cachait dessous. Là, dans son survêtement usé et avec son tee-shirt AC/DC sans âge, elle fait plus jeune.

Ses cheveux, d'habitude attachés, tombent sur ses épaules. Ils sont épais, brillants, des reflets d'or y dansent sous la lumière diffuse du pin. Son profil est volontaire, son nez légèrement en trompette. Il distingue un grain de beauté près de son oreille, comme un secret.

Il la trouve jolie et se trouve gonflé de la trouver jolie. Ça fait si longtemps qu'il n'a pas regardé une femme. Regardé vraiment. Il se contente de passer en revue les images qu'il a gardées de Martine, et appelle ça de l'amour. Parce que c'est plus simple, finalement, et moins douloureux que le vide qui resterait une fois ces dernières effacées. Un vide abyssal et monstrueux.

Oui, bien sûr, il pense souvent à Céline. Mais il se rend compte à cet instant qu'il s'est toujours empêché de voir en elle une femme. Une femme désirable, une femme avec une peau de femme, un sourire de femme, des lèvres qui…

Il se secoue, refuse de laisser ses pensées prendre ce chemin.

À son côté, Céline fait traîner ses baskets dans les graviers, comme une enfant boudeuse, y dessinant de longues lignes claires. Elle ne sait pas trop quoi dire pour rompre le silence. Après tout, elle ne connaît pas Yves. Enfin, si, elle connaît l'odeur de son after-shave, la marque de son dentifrice, la couleur de ses caleçons, le dessin de la ride qui s'étire depuis le coin de son œil droit et se creuse quand il sourit. Elle ne peut pas en dire autant des derniers hommes qui ont croisé sa route. Ça la trouble.

— Vous lisez quoi ? lance-t-elle en même temps qu'il déclare :

— Quelle belle journée, n'est-ce pas ?

Ils rient. Ils se savent ridicules. Et se tournent enfin l'un vers l'autre.

Églantier, joli églantier.
Mon rosier du diable, mon arbre à sortilèges.
Ma protection, mon outil de pression.
Plic, plic, plouc.
Figuier, joli figuier.
Figure bipolaire, ange du mal, démon du bien.
Arbousier, petit arbousier.
Mort et immortalité.
Qui décore si joliment les cercueils dans l'Antiquité.
Oui, Mamie, je connais bien cette leçon aussi. Tu vois, je n'ai rien oublié, moi.
Le temps est venu de la réciter. Avant qu'eux n'oublient. Avant qu'ils ne s'imaginent de nouveau en sécurité. Avant qu'elle ne m'oublie. Avant qu'elle ne se croie en sécurité.
Cette truie
Un. Cinq. Douze.

Jour 10

« Dans le cadre de leur convalescence, les patients seront amenés à découvrir d'autres types de thérapies propres à les aider dans leur cheminement personnel vers un rétablissement total. »

— Faudrait que tu viennes un soir au loto, propose Viviane à une Valérie plus absente que jamais.

La pétillante prof de compta ne sait plus quoi faire pour ramener le sourire sur les lèvres de sa collègue. Depuis cette fameuse sortie, Valérie s'est renfermée et comme éteinte. Elle est là, elle les rejoint sur leur banc, mange à sa table, boit son café, vient prendre le soleil dans le parc si on le lui propose, mais c'est tout. Elle n'est qu'une ombre, la pâle copie de ce qu'elle était quelques jours plus tôt. Ses cheveux pendent, ternes, sales. Elle a une mine de papier mâché.

La disparition d'Émeric y est probablement pour quelque chose. On ne l'a plus revu. Si, entre eux, Yves, Aurore et Viviane ont bien abordé la question, aucun n'a osé la poser à la principale intéressée.

Qui soupire en haussant les épaules.

— Pourquoi pas ?

Puis elle se lève sans ajouter un mot et disparaît, avalée par le bâtiment.

Viviane se retrouve seule sur son banc. Et, faut-il le rappeler, Viviane n'aime pas la solitude.

Elle plonge la main dans sa poche à la recherche de son téléphone, mais ses doigts entrent en contact avec l'emballage reconnaissable entre mille d'un Lion. Résignée, elle sort la gourmandise, la dépiaute, et l'enfourne sans plus se soucier des caméras de surveillance. Dans sa tête, un air de Juliette Gréco résonne. *Si tu t'imagines, fillette, fillette...* Le reste lui échappe. Que pourrait-elle imaginer ? Ah oui, que les amours durent toujours, que la beauté est éternelle. Un gloussement. S'il y en a une qui est bien placée pour savoir que non, c'est elle. Bien sûr, adolescente, elle a cru à tout ça. Les sourires charmeurs, les bouquets de fleurs, les baisers enflammés, les enfants-poupons-bébé-Cadum. Il y a longtemps. La vie, la vraie, s'est bien chargée de lui prouver que ce n'était pas ce que les cartes lui réservaient. Alors, sa taille de guêpe, son teint de rose, ça fait un bon moment qu'elle y a renoncé. Empêtrée dans ses kilos en trop, dans ses découverts abyssaux, elle mange pour oublier, pour se consoler, pour nourrir la bête en elle qui lui vomit jour après jour le dégoût qu'elle lui inspire.

Parfois, elle s'en fout. D'autres fois, un peu moins. Et puis, certains jours, tout devient si lourd qu'elle se saigne. À en crever.

La scène n'a pas échappé à Amélie Bescotte qui, excédée, retourne à son bureau. Parfois, une lassitude incommensurable s'abat sur ses épaules. Comme à la minute présente.

Elle saisit un de ses crayons, le passe plusieurs fois sous ses narines, inspirant profondément son odeur. Le Lexomil, elle évite quand même pendant les heures de bureau.

Car la médecin croit en sa mission. Vraiment. Sincèrement. Sous ses dehors froids et hautains se cache une femme fragile et fière à la fois. Sa réussite, elle ne la doit qu'à elle-même. Et son but est de guérir ses patients. À n'importe quel prix. Ou presque.

Enfin, son but *était* de guérir ses patients. Maintenant, il est de remplir son service ET d'en faire sortir les malades, ce qui est complètement contradictoire. Comment ne pas s'y perdre ?

L'état de Valérie l'inquiète. D'autant qu'elle ne peut s'empêcher de se demander si elle n'en est pas en partie responsable. Après tout, c'est elle qui a lancé l'opération V. Comme Victoire. Comme Vautrage. Et là, on n'en est pas loin. Dans les grandes largeurs.

Pourtant, elle n'a rien laissé au hasard en fomentant son plan.

Elle s'abandonne contre le dossier de son fauteuil en similicuir, ferme les yeux et se concentre. Il y a sûrement quelque chose qui lui a échappé quelque part, mais quoi ? Où ?

Elle se repasse mentalement les différentes étapes de l'opération, tâchant de n'omettre aucun détail. Quand les choses ont-elles commencé à déraper ? Certes, le but était de prolonger le séjour de Valérie. Mais pas d'en faire une morte-vivante !

Quand Valérie a prétexté un rendez-vous avec sa sœur pour demander une sortie, Bescotte s'est montrée vigilante. S'agissait-il d'un subterfuge de la malade pour faire croire qu'elle suivait sagement les protocoles de réinsertion ? Et d'où sortait cette sœur qui n'apparaissait sur aucun formulaire ? Renseignements pris, oui, il y avait bien une sœur, mais d'une part elle habitait à l'autre bout de la France, et d'autre part elle n'avait plus de nouvelles de Valérie depuis des années et n'en voulait pas, merci de ne pas la rappeler.

La psychiatre avait bien été un peu surprise par cet accueil glacial, mais qui n'a pas dans sa besace de sales histoires de famille qu'il tient à cacher aux yeux du monde ? Certes, mais quand on est hospitalisée pour soigner sa psyché, il vaut mieux les vider, les besaces pleines, quitte à en faire tomber toute la poussière qui s'y est incrustée depuis des années. Et puis, si ce n'était pas la sœur, qui accompagnait Valérie dans cette sortie ?

C'est là que la psychiatre a découvert l'idylle entre Valérie et Émeric. Qu'elle aurait dû signaler. Tout comme la sœur sortie du chapeau. Mais elle était vexée de n'avoir rien remarqué plus tôt. Curieuse de voir ce que ça donnerait. Car, par son expérience, elle pressentait que les choses tourneraient mal, ce qui ne ferait qu'allonger la durée du séjour de la prof d'anglais.

Oh, bien sûr, elle avait bien conscience que cette unique prolongation ne changerait pas grand-chose au taux d'occupation de son service. Elle avait d'autres cartes dans son jeu, Dieu merci ! Mais Valérie n'en restait pas moins une pièce maîtresse, l'expérimentation qui permettrait (ou non) de valider ce qui, jusqu'à présent, n'était qu'une théorie. Valérie était le patient Alpha de Bescotte, sa brebis… Comment s'appelait déjà cette foutue brebis ? Moly ? Doly ? Autant ne pas vérifier, peut-être a-t-elle clamsé rapido, la bestiole, pas la peine de se faire monter la tension. Par moments, Bescotte a déjà le sentiment de tenter de limiter la casse comme si elle cherchait à arrêter un mégafeu à coups d'arrosoir percé. Inutile d'en rajouter.

Mais revenons à nos moutons. Non, ça suffit avec les moutons, revenons-en à Valérie. Voilà, c'est à compter du moment où Bescotte a gardé pour elle bien trop d'informations qui auraient pu aider à soigner l'enseignante que les choses ont dérapé.

Quand le contrôle de la situation lui a doucement glissé des mains, sans prévenir. Quand elle s'est mise à s'intéresser davantage aux chiffres qu'aux malades. Quand Lacan l'a empêchée de dormir. Quand, d'une certaine manière, elle a joué au petit chimiste avec la vie de ses patients. Quand elle a eu trop mal à la cheville pour être opérationnelle à cent pour cent. Quand les laies ont été tuées. Quand, surtout, on a retrouvé ces foutues bouteilles à côté du flanc ensanglanté de la deuxième victime. Heureusement qu'elle n'était pas sur place ! Lorsque Michel les a évoquées dans son récit, elle n'y a pas prêté attention plus que ça. La première fois. Mais devant l'insistance du jardinier, il a bien fallu faire semblant de s'intéresser au sujet.

« Et elles ont quoi de particulier, ces bouteilles, Michel, hein ? » lui a-t-elle lancé, d'un ton légèrement cinglant sur les bords. Comme si c'était la première fois que le gars en retrouvait dans l'enceinte de l'établissement. Elle le soupçonnait même d'être à la tête d'un petit trafic très lucratif. Mais bon, et d'une, on n'accuse pas sans preuve. Et de deux, en alimentant les addictions des uns et des autres, il ne faisait que lui rendre service, le Michel. Et de trois, il n'y était pour rien (ou presque) s'il lui rappelait sa mère, cette chienne d'institutrice.

À la description des bouteilles, elle a eu le sentiment d'être avalée par le sol, fauteuil imitation cuir inclus. De s'enfoncer brutalement dans un univers parallèle. De faire face à un Lucifer ricanant.

Elle a eu chaud. Puis froid. Puis chaud. Des cloches sonnaient à ses oreilles, Michel perdait ses contours, n'était plus qu'une présence fantomatique.

Au prix d'un immense effort, elle s'est ressaisie. Elle sait pourtant depuis toujours qu'on ne pose pas les questions dont on n'est pas prêt à entendre la réponse. Règle de survie numéro 1, qu'elle a apprise à ses dépens.

Elle se redresse. Putain de bouteilles. Évidemment, elle a demandé à les voir, espérant jusqu'à la dernière minute se tromper. Mais le doute n'était plus permis. Ces bouteilles, elle les connaissait si bien. Et elle était persuadée d'être la seule à en posséder. Sauf si son frère… Mais non, impossible, impensable. Et puis, pourquoi ? Pourquoi ferait-il ça ? Quel serait son intérêt ? Non, des modèles similaires avaient dû être vendus dans une brocante quelconque, voilà tout, c'était l'explication la plus plausible.

Bescotte sent poindre la migraine. La tension de son nerf d'Arnold, qui lui joue des tours depuis des années, est palpable. Il ne lui manquait plus que ça. Il faut dire qu'en ce moment, elle ne réussit pas grand-chose…

Un peu de bienveillance, quand même, elle est trop dure avec elle-même. Valérie, elle ne cherche pas à l'anéantir ! Loin de là. D'ailleurs, dès qu'elle a compris pour Émeric, elle a accru sa surveillance. Les hommes comme Émeric, elle les connaît bien. Pas la peine de lire toute la prose contemporaine de pseudo-psys et de témoignages de victimes pour reconnaître un pervers narcissique. Émeric en est la représentation caricaturale. Il ne sourit que devant un public, de préférence féminin. Il jongle à merveille entre l'image d'homme fragile, meurtri, et celle de Rambo indestructible et protecteur. Et mieux que personne, il sait jouer des faiblesses de ses interlocutrices.

Qu'il ait jeté son dévolu sur Valérie a d'ailleurs éclairci la vision que la psychiatre avait de sa patiente et lui a apporté de nouveaux éléments de compréhension. Car ces hommes-là s'attaquent plus ou moins toujours aux mêmes proies : des femmes hypersensibles, intelligentes, mais manquant cruellement de confiance en elles. Avec quand même un instinct de survie chevillé au corps qui, pour leurs prédateurs, rend la chasse plus intéressante.

Or cet aspect de la personnalité de Valérie avait échappé à Bescotte. Elle voyait en elle une petite prof d'anglais de province, mignonnette et rigolote, n'ayant pas inventé l'eau tiède.

Elle s'est alors renseignée. A découvert que Valérie avait eu un premier prix au Concours général. Puis accompli un parcours sans faute. CAPES, agrégation, elle avait tout remporté haut la main. Une première affectation dans le 93. Suivie d'une mutation dans l'Est. Et enfin le lycée de la grande ville, depuis dix ans. *A priori*, un parcours linéaire et réussi.

Mais il y avait l'histoire de cette thèse, commencée, interrompue, reprise dans une autre faculté. Au thème improbable (*vraiment, on fait des thèses sur le porno, maintenant ?*). Impossible de savoir si ce hiatus a le moindre lien avec l'histoire familiale de Valérie et la brouille avec sa sœur. Bescotte n'est pas flic, mais psy. Il y a quand même des choses auxquelles elle n'a pas accès.

La psychiatre ouvre les yeux et note sur un Post-it bleu (ceux qui sont confidentiels et qu'elle colle dans le grand agenda en cuir noir qui la suit partout) :

- Cause rupture sœur V. ?
- Arrêt thèse ?
- Vérifier état civil.

Oui, peut-être que se pencher sur le livret de famille de Valérie pourrait déjà lui apporter quelques réponses.

Elle reprend sa méditation.

Donc Émeric et Valérie.

Elle a bien compris que ces deux-là s'offraient une virée ensemble. N'est pas intervenue. En a éprouvé du remords (sentiment qu'elle s'est empressée d'étouffer) au retour de l'enseignante. Quels dégâts !

Là, elle a repris les rênes. Imposé à son personnel de garder le silence sur ce qui était arrivé à Émeric. Heureusement (de quoi faut-il se réjouir ?), à part Valérie, personne ne le regrette en ces lieux. Franchement, qu'est-ce que la prof lui trouve ? OK, physiquement, il se défend, mais côté personnalité… Enfin, paix à son âme, on ne dit pas du mal des morts.

Bescotte a aussi su faire preuve d'autorité et a poussé la jeune femme à sortir de sa chambre. Elle n'allait quand même pas s'écrouler pour ce minable ? Avec sa fin qui l'était autant ! La tête dans la cuvette des toilettes, le cul à l'air, le pantalon aux chevilles, le sexe flasque s'agitant mollement sous l'effet du souffle de la climatisation de la salle de bains. En tout cas, c'est comme cela qu'elle l'imagine, sans trop s'attarder sur le sexe, d'ailleurs. Elle n'a pas besoin de ça, vraiment pas, merci bien.

On se demande quand même ce qu'il a pu avaler l'Émeric, pour se retrouver dans un état pareil. La famille n'a pas demandé d'autopsie ; visiblement, en être débarrassé était un soulagement. Charmant. Et après, on s'étonne que les gens sombrent dans la dépression.

Pas assez à son goût, d'ailleurs. Parce que les chiffres…

Elle s'ébroue, se reconcentre.

La veille, lors du point avec les équipes, ils sont restés un long moment à évoquer Valérie. Chantal a résumé la séance de relaxation guidée durant laquelle l'enseignante s'est écroulée. Marie-Isabelle, à qui peu de choses échappent – *se souvenir de s'en méfier* –, a confirmé que la patiente était mutique depuis son retour, continuant à fréquenter l'Abribus sans pour autant participer aux conversations de sa bande d'amis. Hervé, qui assurait la garde de nuit, a noté qu'il ne l'avait pas vue traîner dans les couloirs et que lors de ses passages en chambre, Valérie semblait dormir. Marguerite n'avait pas rendez-vous avec elle avant le lendemain. Bescotte en saura donc plus aujourd'hui. L'étude de cas s'est conclue par un avertissement à tous de se montrer vigilants. La psychiatre n'a pas eu besoin de rappeler à ses troupes que même dans cette enceinte, on ne réussissait pas toujours à prévenir les actes désespérés.

Elle maîtrise donc le tableau d'ensemble. Plus ou moins. Il reste quelques trous aussi gros que ceux de certains emmentals. Ou gruyères, elle ne sait plus, elle ne mange pas de fromage, elle déteste ça.

Et la question de sa responsabilité personnelle. Qu'elle doit affronter. Ne serait-ce que pour redresser la barre, pour atteindre son objectif : retenir sa patiente le plus longtemps possible ; la soigner en douceur. Mais ne pas la faire replonger. Pas complètement, en tout cas.

Quant aux bouteilles…

Elle ferme les yeux, serre les paupières. Le moment est-il venu de reprendre contact avec son frère, histoire d'éliminer définitivement cette hypothèse ? Ou de l'ignorer ? Quelle est la meilleure stratégie à adopter ?

Dans sa chambre, Valérie est plongée dans la contemplation d'une photo.

Celle qu'elle cache le matin et ressort le soir. Oh, bien sûr, les infirmiers de nuit l'ont sûrement remarquée. Mais ils n'allument pas. Et ne voient donc pas ce qui s'y trouve.

Le sourire de l'enfant. Ses boucles brunes. Sa frimousse friponne. L'éclat dans son regard. Son pull jaune canari. La corde de la balançoire derrière lui.

Elle passe le doigt sur le verre, doucement, l'effleurant à peine. Trace en tremblant les contours du sourire.

Une larme coule sur sa joie. Vient mouiller la glace, s'y étale. Rejointe par une deuxième. Et puis, très vite, elles sont trop nombreuses pour être comptées. Il pleut sur l'enfant, qui n'en continue pas moins de sourire.

Valérie repose le cadre trempé. Ferme les yeux et se laisse tomber sur son lit.

Pas un bruit ne s'échappe de sa poitrine. Seul le silence emplit la pièce.

Le silence.

Yves sifflote en rangeant ses affaires. Viviane n'était pas contente, il avait oublié les sucrettes qu'elle lui avait commandées. Étonnamment, lui que la culpabilité étouffe à chaque pas, ou presque, s'en fiche.

Il a passé un joli moment avec Céline, sur ce banc du parc. Une fois le premier instant de gêne dépassé, ils se sont découvert plusieurs points communs, au-delà des murs des Trois N'y Touchent. Comme lui, Céline est une boule à facettes et dissimule très bien tout ce qui pourrait la faire sortir du lot. Comme sa passion pour les faits divers et sa connaissance de nombre d'entre eux, en détail. Comme une partie de son passé peu glorieux. D'ailleurs, elle n'en a pipé mot à Yves, mais des années passées à observer les autres, et notamment des ados dissimulateurs, l'ont doté d'une certaine capacité à lire entre les lignes. Il en mettrait sa main à couper : Céline a fait des bêtises, et pas uniquement voler un bout de réglisse chez l'épicier du coin quand elle avait sept ans.

Il doit reconnaître qu'il apprécie encore plus la femme découverte dans le parc. Il lui faut maintenant l'associer à celle qui nettoie sa chambre quasiment tous les jours. Superposer les deux images, y trouver les points de correspondance, afin qu'elles ne fassent plus qu'une.

Elle l'a interrogé sur sa lecture. Il a hésité un moment avant de lui tendre l'ouvrage. Elle a souri sans commenter en le lui rendant, ce dont il lui a su gré. Il n'avait pas envie de parler philosophie, pas envie de justifier ses goûts littéraires, pas envie qu'on l'observe avec un air condescendant.

Céline a évité tous ces pièges, et ils en sont venus à parler des Trois N'y Touchent.

De manière détournée tout d'abord. Céline aimait-elle son travail ? N'était-il pas trop difficile, ingrat ? Et les rapports entre collègues ? Yves avait cru remarquer qu'Alex avait du mal à s'intégrer mais qu'elle ne faisait rien pour, non plus. Il a fini par avouer qu'il la trouvait un peu aguicheuse avec certains patients.

Céline a réagi en déclarant que si un jour cette idiote se retrouvait les nichons malaxés par Valentin-Gilles de La Tourette incapable de lâcher prise, elle l'aurait bien cherché. Ils ont ri. Oui, Alex était une vraie pimbêche. Ils ont passé un moment à lui inventer un avenir dans une émission de téléréalité quelconque, suivi d'un passage obligé à Dubaï pour vanter les mérites d'un shampoing ou d'une crème épilatoire révolutionnaire, avant la chute inévitable quand, à vingt-sept ans, il serait temps qu'elle prenne sa retraite pour laisser la place aux jeunes.

La conversation est revenue sur la clinique. De généralité en banalité, ils ont fini, en cercles concentriques, par aborder des questions qui fâchent. L'état de Valérie, qui les préoccupe tous deux. Les laies, encore et toujours.

Céline a confié à Yves ce qu'elle venait d'apprendre : Anastase n'était probablement pas le coupable, il semblait avoir repris une existence plus normale.

Comment l'avait-elle su ? Oh, un ami commun lui en avait donné des nouvelles, a menti Céline en rougissant.

Yves en a éprouvé un léger étourdissement. Il lui a semblé que son cœur marquait un temps, puis reprenait sur un rythme plus rapide. Il s'est raidi, paniqué à l'idée de se ridiculiser en offrant à Céline lors de son jour de repos la vision d'une crise d'angoisse version XXXL. Elle n'avait sûrement pas besoin de ça. Il s'est donc concentré sur les mots et le débit de la jeune femme, se promettant d'analyser sa réaction à froid, dans l'habitacle de sa voiture ou entre les murs de sa chambre à la clinique.

Maintenant qu'il s'y trouve, il semble avoir oublié ce moment où il a cru que son fragile équilibre allait se rompre. Et pourtant, s'il y prêtait attention ne serait-ce que cinq minutes, il comprendrait vite que c'est la jalousie qui lui a serré le cœur.

Mais Yves est pris par autre chose.

Il s'allonge sur son lit, mains derrière la tête, et écouteurs aux oreilles. Son iPhone lui diffuse de vieux titres de Brassens. Martine qui, du temps de leur idylle, trouvait tous les charmes au chanteur, n'avait eu de cesse durant les dernières années de leur mariage de se moquer d'Yves et de ses goûts ringards. Merde, il s'était passé des trucs, quand même, depuis l'époque du moustachu ! On avait la chance d'avoir des chanteurs à texte en France, et pas tous morts ! Florent Pagny, Obispo, pour ne citer qu'eux ! C'était de leur génération, ça ! Elle ne lui demandait pas de se mettre à Julien Doré, soulignait-elle avec un petit rire perlé, ou à Stromae, elle avait bien conscience de ses limites, mais quand même, s'il pouvait lâcher ses musiques qui sentaient le sapin !

À cet instant, ce n'est pourtant pas la voix de Martine qui occupe ses pensées, mais celle de Céline.

Quand ils ont discuté de Valérie, il a senti comme une gêne chez la jeune femme. C'est maintenant qu'il s'interroge à ce sujet. Céline ne lui aurait-elle pas tout dit ? Que garderait-elle pour elle ?

En tout cas, ils s'accordent sur le fait que Valérie change, et pas pour le mieux. L'histoire avec Émeric y est évidemment pour beaucoup, mais il n'y a pas que ça. Yves a osé avouer qu'il craignait qu'elle se soit remise à boire. Céline s'est contentée de hocher la tête lentement, le visage fermé.

Puis il a fallu se séparer, Yves avait encore les courses à faire.

Il les a bâclées, est arrivé en courant pour le dîner, presque en retard, mais le sourire aux lèvres.

Sous l'Abribus, après le repas, il a distribué les achats aux uns et aux autres. Viviane est restée renfrognée : elle était la seule qu'il avait oubliée. Aurore l'a remercié d'une bise quand il lui a tendu *Le Magazine littéraire*. Valérie a esquissé un sourire en le voyant sortir de son sac un vieil Agatha Christie qu'il avait repêché chez lui et n'avait pas souvenir d'avoir lu un jour.

La conversation a ensuite été laborieuse, entre Viviane qui boudait et tous les sujets à éviter, histoire de ne froisser personne. Mais Yves n'y a pas vraiment prêté attention. Il se souvenait des odeurs du jasmin et des roses du parc, du sourire de Céline, de la crinière frémissante de son cheval tatoué quand elle serrait les poings.

Quand les filles ont envisagé de se joindre à la soirée loto, il les a quittées sans regret.

Brassens chante maintenant et Yves sourit.

— Tiens, on dirait qu'il connaît Martine, marmonne-t-il quand le chanteur évoque sa jolie fleur dans une peau de vache.

Aurore essaie de suivre les annonces de numéro. C'est pas si facile que ça, ce truc. Elle n'a pourtant que trois cartons, mais le stagiaire en je ne sais quoi qui fait les annonces semble avoir oublié à qui il s'adresse. Il va trop vite pour des adultes médicamentés dont la vitesse de pointe dans les couloirs équivaut à celle d'un escargot sur un chemin rocailleux un jour de sécheresse.

Ils sont une vingtaine dans la salle de loisirs créatifs que la documentaliste découvre. Elle, enfiler les perles, c'est pas son truc. Elle a donc soigneusement évité les lieux, qui lui rappellent que son avenir passera sûrement par la case Ehpad. Elle n'est pas pressée. Pour le moment, l'Ephmed lui suffit, merci bien. Même si côté Club Med, on est plutôt sur du Fram au rabais. Mais bon…

Aux murs, des œuvres de résidents, plus ou moins réussies. Moins que plus. Là où elles ne recouvrent pas la peinture vieillotte, de grandes étagères surchargées prennent le relais. On y trouve de tout, dans un ordre très relatif. Papiers à découper, vieux journaux, peinture, perles, plumes, fils… Crayons de couleur, mugs à décorer, bouts de bois, tissus… Et encore des piles de décorations diverses et variées, de tableaux étranges, de colliers, bracelets et autres colifichets.

Elle se demande comment les animatrices s'y retrouvent. Sans parler des malades.

— 38 ! lance la voix aigrelette du stagiaire.

Un coup de coude la ramène au moment présent.

— Tu l'as, le 38 ! lui souffle Viviane, totalement concentrée sur le jeu.

Aurore lève la main. On lui fournit le jeton.

— Carte ! s'exclame-t-elle. Enfin, truc, enfin, j'ai fini, quoi !

— Bravo ! la félicite Anne-Laure, responsable du groupe, mais maintenant, pour gagner, il faut remplir deux cartons.

Aurore grommelle. Soudain, elle a envie de gagner. Voire, elle serait prête à tuer pour y parvenir. Elle ne lâche plus ses cartons des yeux, les balaie à toute vitesse du regard pour être sûre de ne pas passer à côté de quoi que ce soit. Évite de s'interroger plus avant sur ces pulsions meurtrières qui accélèrent son rythme cardiaque.

Et… victoire !

— Ça y est ! C'est rempli !

Le jeu s'interrompt de nouveau. Germaine, avec ses tresses afro, se rencogne sur son siège. Elle n'aime pas les petites jeunettes qui débarquent là en terrain conquis et raflent tout. La chance des débutants, elle la conchie. Elle, elle joue avec sérieux, tous les soirs. Et c'est en soi un véritable défi parce qu'ils sont nombreux à vouloir participer. Du coup, il lui arrive de se mettre devant la porte de la salle plus d'une heure avant l'ouverture. La dernière fois, elle a même préféré rater le dîner, car elle avait entendu la bande des petits jeunes affirmer qu'ils viendraient. Ces sales gosses ont dû vouloir lui faire une blague, parce qu'à l'heure dite, ils étaient déjà dehors hors caméra, sûrement à s'embrasser et à se rouler des joints en écoutant des zimboumboums imbéciles. Elle était au bord de l'inanition quand Anne-Laure avait enfin ouvert. Une crise d'hypoglycémie lui avait coupé les jambes au milieu de la première manche, et on l'avait évacuée. En plus, elle s'était fait gronder. Pas près d'oublier ce désastre.

Alors ce soir, voir cette mijaurée se comporter comme si elle venait d'enfiler la pantoufle de vair, ça la rend folle, Germaine. Elle imagine déjà que le châle en laine tricoté par Maryse, qu'elle lorgne depuis trois bonnes semaines, va lui échapper. Sa main se crispe sur sa jupe.

Anne-Laure vient vérifier le jeu d'Aurore. Elle annonce les numéros, le stagiaire confirme.

— Bravo, Aurore ! Vous avez gagné cette manche. Allez, on reprend.

— C'est où, les cadeaux ? demande Aurore, ravie.

Elle a gagné ! Elle a gagné ! Elle qui ne tombe jamais sur la fève de la galette des Rois, alors que sa cousine en a une collection tellement imposante qu'il lui faudra bientôt déménager. Elle qui perd toujours à chat perché, à colin-maillard, à un-deux-trois-soleil ou à n'importe quel autre jeu. Elle dont le cheval, la seule fois où elle a misé aux courses, n'a même pas pris le départ ! La roue tourne, elle le sait, elle le sent !

Viviane lui tape dans la main pour la féliciter, même Valérie se fend d'un sourire tremblotant.

— Quand toutes les parties seront terminées, vous pourrez aller choisir votre lot sur la table, là-bas.

Aurore ne s'en remet toujours pas.

— On a toutes gagné un truc, figure-toi, raconte-t-elle maintenant à Jeanne au téléphone.

L'adrénaline l'empêche de se coucher. Il faut dire qu'il n'est que 21 h 28. Pour autant, elle s'est vite faite au rythme de la clinique et, depuis son arrivée, n'a aucun mal à se glisser à cette heure-là sous les couvertures. Une demi-heure n'est pas écoulée qu'elle sombre, parfois même avant le premier tour de ronde de l'équipe de nuit, chargée pourtant de lui administrer un dernier calmant.

Mais ce soir, rien n'y fait. Elle est trop heureuse.

— Super ! Dis donc, toi qui ne gagnes jamais rien ! On dirait bien que la roue tourne, non ? commente Jeanne, faisant écho aux pensées de son amie.

— Carrément ! confirme Aurore.

— Et c'était quoi, les lots ?

Aurore regarde la banane en peluche à demi pelée qui trône maintenant sur son oreiller.

— Si je te le dis, tu auras du mal à y croire…

Quand elle finit par raccrocher, la fatigue lui tombe dessus sans prévenir. Elle bâille et se retourne dans son lit, à la recherche d'une position confortable qui ne ferait pas trop gémir le protège-matelas en plastique. Et se surprend à serrer contre elle la banane dont la peau pend. Une banane malgré tout souriante. Et qui la rassure étrangement. Après tout, aucun nouvel incident n'a été signalé depuis presque une semaine, mais faut-il pour autant relâcher sa vigilance ? Avant de sombrer, Gros-Câlin lui revient à la mémoire. Python adopté par le héros d'Émile Ajar dans le roman qui porte ce titre, il n'est pas sans ressemblance, dans sa fonction, avec la fameuse banane à qui il faudra bien trouver un nom. « Moi aussi j'aurais voulu être quelqu'un d'autre, explique Cousin, le maître de Gros-Câlin. J'aurais voulu être moi-même. » Aurore, dont les pensées se mêlent jusqu'à n'être plus qu'un murmure apaisant, se fait la réflexion qu'on en est tous là. On a besoin d'un gros câlin et on aimerait bien être soi-même. Le message du tueur de laies n'est peut-être que celui-là.

À l'ombre de la glycine, on croyait pouvoir se reposer.
Mais le repos est éternel.
D'un brin de muguet, on croyait fêter le 1er Mai.
Mais le joli mois de mai nous a empoisonnés.
Sous le houx, on croyait s'embrasser.
Mais qui s'y frotte s'y pique.
Le pommier d'amour donne la nausée.
La tomate-cerise emballe le cœur.
La vigne vierge est rouge à l'automne de notre sang.

Que la nature est belle !
Qu'elle est généreuse !

Que la nature est porteuse de peine,
Qu'elle peut être haineuse !
Mais après tout, le poète n'a-t-il pas dit : qu'importe le flacon, pourvu qu'on ait l'ivresse ?
L'ivresse te prendra, t'enlacera, t'embrassera et
T'étouffera.
Quant au flacon, crois-moi, tu le reconnaîtras.

Jour 12

« Lors de leur séjour, les patients qui le souhaitent pourront aussi profiter d'activités de plein air telles que le jardinage, propices à une reconnexion avec le monde du réel. Le site naturel exceptionnel où nous sommes implantés nous permet de jouir d'un climat favorable au développement de nombreuses variétés endémiques de notre belle région. »

C'est en souriant que Céline a repris du service ce matin. Alex a bien tenté de lui faire perdre sa bonne humeur, mais elle n'a pas tenu compte des piques de la jeune femme qui lui affirmait qu'elle avait l'air claquée.

Oui, effectivement, elle a des cernes. Et mal dormi. Pourtant, ce n'était pas la pleine lune. Mais sa rencontre avec Yves l'a bousculée, et depuis, le sommeil la fuit une nuit sur deux. Si elle choisit de croire que c'est parce qu'elle se sent sur une piste, qu'il y a bien quelque chose de louche en cours dans l'établissement, elle n'est pas non plus aveugle au point de mépriser totalement l'émoi que l'agent d'entretien a su éveiller en elle. Pour la première fois, lors de leur rencontre, elle a remarqué ses mains. Des années de produits ménagers, de balayage, de grattage, de jardinage ne les ont pas abîmées. Yves a de longs doigts fins et élégants, qu'on attribuerait plus à un pianiste habitué de la salle Pleyel qu'à un type qui récure les toilettes d'un lycée. Ses poignets aussi ont quelque chose d'adolescent, dans leur fragilité apparente. Alors qu'il doit déplacer et soulever des bonbonnes d'eau vides et pleines, des poubelles remplies à ras bord, des palettes de ramettes de papier pour l'administration. Et puis… Il n'a pas échappé non plus à Céline que les rides qui marquent ses yeux s'animent à ses sourires. Comme une portée de notes joyeuses.

Ces réflexions l'ont nourrie une fois de plus au cœur de la nuit. Après des heures moins drôles passées à retourner en tous sens la situation à la clinique, à chercher la petite bête à défaut d'une laie grosse.

Se faisait-elle des films pour alimenter un quotidien somme toute épuisant de banalité ? Avait-elle abusé des *Faites entrer l'accusé* et autres programmes à vous faire frémir d'angoisse jour après jour ? En bref, devait-elle s'en prendre à son imagination ou continuer à garder les yeux ouverts ?

Mentalement, elle a listé tout ce qui ne semblait pas coller dernièrement. Il y avait cette histoire de bain de bouche. La nervosité grandissante de Bescotte. Et la neurasthénie de Valérie qui suivait une courbe parallèle. Ça, elle ne l'a pas rêvé. Yves a bien confirmé qu'il s'inquiète lui aussi pour son amie. La disparition d'Émeric n'aide sûrement pas, mais Valérie a refusé d'en discuter avec qui que ce soit. Émeric n'est plus là, point final, circulez, y a rien à voir.

Et puis, bien sûr, les sangliers tués. Depuis, chaque matin, Céline craint qu'on ne lui annonce qu'un autre a été découvert. Pour le moment, il n'en est rien. Ce qui, finalement, est presque plus angoissant. Le meurtrier est-il passé à autre chose ou prépare-t-il un nouveau coup ?

Par où commencer ? Tout oublier de l'affaire, ou chercher à comprendre ? Et dans ce cas, comment s'y prendre ?

La priorité, lui semble-t-il, est de remettre la main sur Michel et de lui faire répéter encore une fois les faits : où, quand, comment, a-t-il découvert le cadavre de la deuxième laie ? Combien de bouteilles à son côté ? Quel type de bouteilles ? Et puis, il connaît bien les plantes, il a peut-être une idée de ce qui a provoqué la mort des laies.

En attendant, les chambres ne vont pas se nettoyer toutes seules, et Céline sent qu'Alex la surveille. Cette peste ne lui pardonne pas de ne pas l'avoir remplacée : au moindre faux pas, elle n'hésitera pas à frapper.

— **Tu vois**, en fait, c'est assez simple, mais en même temps super compliqué.

Valérie tente d'expliquer à Yves les techniques de gestion de stress proposées par Landrick. C'est compliqué, car il leur a fait promettre de ne pas divulguer sa méthode. C'est simple, parce qu'il explique tout ça à l'aide de Lego taille XXL qu'il déplace sur le bureau au gré de ses argumentations et de petits Culbuto qui symbolisent la force du renouveau, puisqu'ils flanchent mais ne tombent pas. Enfin, quand Valentin, d'un geste brusque du bras, n'envoie pas valser toute la construction dont l'équilibre général reste précaire.

Mais Yves semble suivre. Il est surtout heureux de voir que Valérie va bien ce matin. Qu'en tout cas, elle communique, verbalise, et n'a pas le regard perdu dans le vide. Moins que ces derniers jours.

— Si je comprends bien, tu es en train de m'expliquer qu'il nous faut apprendre où l'angoisse naît – et qu'elle vient soit du passé, soit d'une projection dans le futur ?

— Hum, hum, confirme la jeune femme qui est en train d'allumer une cigarette.

— Et que nous réagissons à certaines situations plus vivement selon la manière dont nous nous sommes construits dans l'enfance ?

Nouveau hochement de tête.

— Et que nous pouvons « reprogrammer » notre cerveau pour aller mieux ?

— Voilà !

Évidemment, il manque quelques éléments concrets. Quel type de situation provoque quel traumatisme ? Comment se reprogramme-t-on ? Mais c'est là que se cachent les secrets de Landrick, et, malgré son enthousiasme pour les sessions, Valérie sait tenir sa langue. Avec Aurore, qui suit le même atelier, il leur arrive de parler en code, pour que les autres ne comprennent pas. Yves et Viviane (Viviane, surtout) s'en sont un peu irrités, mais ont fini par l'accepter. Une chose est sûre, ces cours communs ont rapproché les deux femmes qui, depuis l'histoire d'Anastasie, évitaient les tête-à-tête.

Yves reste silencieux un moment. Par des chemins détournés, ces questions de mieux-être le ramènent à Sénèque, et à ce qu'il a eu le temps de lire dans le petit ouvrage qu'il s'est offert lors de sa dernière sortie. Une phrase, notamment, l'a frappé : « La vie heureuse est donc celle qui est en accord avec sa nature. » Ne serait-on pas là en complète contradiction avec les théories de Landrick ? Car être en accord avec sa nature, n'est-ce pas l'accepter ? La comprendre (merci les Lego, les traumatismes de l'enfance, et tout le reste) bien sûr, puis en prendre son parti plutôt que de vouloir changer ? Ou la pensée de Sénèque lui échappe-t-elle ? Et puis, Sénèque pensait-il, en écrivant ces lignes, aux alcooliques ? Genre, on accepte d'être bourré du soir au matin et du matin au soir, donc on est heureux ? *Ab absurdo*. Yves a sûrement raté les paragraphes où le philosophe analysait la notion de plaisir. Quoique, tout ça, c'était avant Jésus, le plaisir était-il considéré comme un vice, un péché ? Ou alors, tout simplement, à cette époque, l'alcoolisme n'existait pas. Il est pourtant sûr d'avoir lu un truc quelque part sur les excès. Il faudra qu'il vérifie.

Valérie sourit, le visage tourné vers le soleil. Yves en profite pour l'observer.

Les traits de la jeune femme sont plus détendus. Elle a les joues un peu creuses, les yeux un peu cernés, mais… non, dans l'ensemble, ça a l'air d'aller.

Alors, s'est-il inquiété pour rien ? Après tout, Bescotte connaît son métier, non ? S'il a confiance en elle pour le soigner, pourquoi cette méfiance quand il s'agit de Valérie ?

Viviane, arrivée sur ces entrefaites, interrompt ses pensées.

— Vous êtes au courant ? Y a eu un nouveau meurtre !

Amélie Bescotte a le cou coincé. C'est très douloureux. Déjà que sa cheville n'est pas remise à cent pour cent… Elle a l'impression de partir en morceaux, que son corps l'abandonne, refuse d'être complice de ses agissements.

— N'importe quoi, grommelle-t-elle à sa propre intention en allumant son ordinateur. Je suis médecin, pas gourou.

Certes, elle sait que le psychisme a une influence sur le corps, mais de là à déclarer, comme d'autres, « vous vous l'êtes fait tout seul, votre cancer », il y a un pas.

Évidemment, sa grand-mère, elle, aurait ri de l'entendre parler ainsi, d'opposer médecin et gourou. Elle connaissait des soins parallèles, qu'on qualifierait aujourd'hui de naturels, à base de fleurs, de plantes, d'alcools étranges. Comme les sorcières sont maintenant à la mode, elle aurait évité le bûcher, la vieille, ça c'est sûr. Mais de peu.

De plus, Amélie doit bien reconnaître que ça marchait, ces remèdes à base de poudre de perlimpinpin. D'ailleurs, pour le torticolis, elle lui aurait conseillé quoi ? Bescotte fouille sa mémoire. Romarin ou origan ? Elle ne sait plus, constate-t-elle en gobant un Voltarène.

Le cou mis à part, elle ne va pas trop mal. Elle pense avoir redressé la barre pour Valérie Kaouch. Ou en tout cas l'espère. Le répit de la prof n'est peut-être que passager, on verra. En attendant, ça fait du bien de souffler un peu. Ses autres cobayes ont l'air sous contrôle. Rien à signaler de ce côté-là. Mais ne crions pas victoire trop vite, quand même.

La réunion matinale s'est déroulée sans trop de problèmes. Landrick a fait le coq, mais on s'y habitue. Cette fois-ci, son nouveau cheval de bataille était l'intégration d'un ou deux malades du second à son service. Avec un plaisir pervers, Bescotte en a conclu qu'à son tour il connaissait un taux de remplissage en baisse. Parce que, soyons sérieux, qui a vraiment envie de se coltiner ceux du second ? Certes, dans certains cas (rares), l'intégration se passe bien. Mais généralement, on court à la catastrophe. Et puis, que Landrick marche sur ses traces avait de quoi la réjouir. Parce qu'elle ne l'avait pas attendu, ce blaireau, pour aller piocher là-bas quelques réserves. Vu l'état des types (et on parlait bien de ceux capables de descendre d'un étage, hein, pas des autres), y avait peu de chance qu'ils quittent l'établissement avant un bail. On était loin du statut de malade précaire, celui qui a trébuché mais qui se relève rapidement parce que les bases sont saines. Non, là, on tapait dans du lourd, on était sur le CDI de l'hospitalisation, et certains seraient peut-être encore là quand elle prendrait sa retraite.

Le directeur a affiché un air docte pour dire qu'il allait y réfléchir. Il consulterait Chaytan, le responsable du second, pour prendre aussi son avis. Car après tout, sans le feu vert de ce dernier, personne ne descendrait où que ce soit. Il était le maître des clés. Bescotte et Landrick ont regardé leurs pieds. Elle s'était passée du feu vert du directeur pour agir, et Landrick comptait bien s'asseoir dessus lui aussi.

Un drôle de type, ce Théophraste. D'ailleurs, il n'est jamais venu lui réclamer ce dîner qu'elle lui a promis. Une pensée désagréable vient alors lui chatouiller le cervelet. Et s'il s'était joué d'elle ? Et s'il était ravi de s'être débarrassé de son Guy Georges à lui ? Et dans ce cas, quelles (mauvaises) surprises lui réserve ce type ?

Bescotte sent son nerf d'Arnold déjà tendu se crisper un peu plus à cette idée. Non, vraiment, il faut qu'elle cesse de toujours penser au pire ! Et puis, personne n'est venu se plaindre de Marco, non ?

Le téléphone qui sonne la sort de ses pensées. Sûrement une demande d'admission, sourit-elle, ravie de voir qu'elle est capable de se montrer positive.

Mais dès les premiers mots prononcés par son interlocuteur, elle se rembrunit.

Marco est dans tous ses états.

— Vous êtes au courant ?

Lui qui, d'habitude, snobe la petite bande et n'accepte que les tête-à-tête avec Aurore qu'il semble avoir adoptée vient de couper les amis dans leur conversation déjà mouvementée.

— On a trouvé un nouveau corps ! reprend-il. Une laie encore ! Et au milieu des plantations de Michel.

Et il se laisse tomber sur le banc, la tête entre les mains.

La cacophonie a repris de plus belle. Aurore tente de rasséréner Marco. Viviane pousse de hauts cris en hurlant qu'on y passera tous, tandis que Valérie, les yeux dans le vide, paraît catatonique. Yves tire sur sa barbe inexistante en lançant des regards noirs partout autour d'eux.

Il est le premier à se ressaisir. Il est tombé la veille sur une phrase de Sénèque qu'il a décidé de mettre en application. Et c'est le moment rêvé. Car le philosophe, qui, décidément, en avait dans la caboche, a écrit à son ami Lucilius : « L'essentiel de la vie s'écoule à mal faire, une bonne partie à ne rien faire, toute la vie à faire autre chose que ce qu'il faudrait faire. » Et cette phrase a été comme un coup de tonnerre pour lui, sa pomme d'Archimède, son *eurêka* personnel, sa baignoire d'eau chaude de Newton, bref, une révélation touchant à l'épiphanie. Le temps, qu'on croit éternel, nous file entre les doigts. Et être dans le présent n'est rien d'autre qu'avoir conscience de cette fuite du temps, alors qu'il est la seule chose que nous possédons.

Il est donc *temps* d'agir.

— Marco, exige-t-il, raconte-nous tout bien calmement.

Le malade se reprend. Et face à un auditoire auquel se sont joints Germaine et Valentin, attirés par le bruit, il explique :

— Nous devions avoir jardinage. Michel nous rassemble toujours sur la terrasse et nous donne les consignes du jour avant qu'on se rende sur place. Il a fait comme d'habitude. Sauf que, quand on est arrivés aux Trois Sentes – ben oui, c'est le nom de l'espace jardinage, pas la peine de me regarder comme ça –, on est tombés sur un cadavre.

Silence dans le public. Ils attendent tous la suite. Mais Marco, quant à lui, semble penser qu'il n'y a rien à ajouter.

— Et ? le pousse Aurore.

— Eh ben, voilà, quoi, la bête était crevée. Alors Michel nous a éloignés, comme si on était sur une putain de scène de crime, et a appelé Bescotte ou je ne sais qui.

— Une chance pour que l'animal soit décédé de mort naturelle ?

— Aucune. Et pire encore, il a écrasé tous les plants de tomates !

Aurore est songeuse. Elle a regagné sa chambre, souhaitant être au calme. Car en bas, les esprits s'échauffaient. Quand ce massacre allait-il cesser ? C'était scandaleux ! Même ceux qui avaient traité par le mépris les deux premiers décès manifestaient maintenant leur mécontentement et leur peur. Il faut dire que, arrivé à trois assassinats, cela ne faisait plus aucun doute : on était face à un tueur en série. Et qui se rapprochait dangereusement !

Pour sa part, la documentaliste a franchi un point de non-retour. Autant le deuxième cadavre l'a ébranlée, autant elle n'éprouve rien pour celui-ci. Si Marguerite était là, elle lui expliquerait qu'elle est en état de sidération. Que son cerveau a débranché pour la protéger. Mais Marguerite n'est pas là et Aurore ne ressent qu'un grand vide, une immense lassitude.

Elle n'est pas venue ici pour qu'on lui rappelle que la mort est inéluctable.

Elle n'est pas venue ici pour être le jouet d'un type qui visiblement déteste le règne animal et probablement tout autant les patients des Trois N'y Touchent.

Non, elle est venue pour… dormir. Récupérer. Respirer sur un autre rythme.

On ne peut pas dire que ce soit une réussite.

Valérie se roule en boule. Elle cherche à contrôler sa respiration, comme elle l'apprend en relaxation. À revenir au centre d'elle-même. À se répéter un mantra rassurant. Mais rien n'y fait.

La laie, de nouvelles bouteilles… Une offrande à côté de laquelle elle est passée, elle ne peut penser qu'à ça. Qu'il y en avait sûrement d'autres, volées par des plus matinaux qu'elle.

Elle donnerait tout pour y plonger la langue, les lèvres, pour que leur liquide pénètre sa bouche, envahisse sa gorge et brûle tout sur sa descente. Elle donnerait tout pour que l'ivresse l'emporte loin d'ici.

Elle est prête à avaler une dose du traitement expérimental de Bescotte. Juste une dose. Petite. Ça ne peut pas faire de mal, non ?

Elle serre les paupières, bande ses muscles. Non, pas question. C'est à prendre le soir uniquement, la psychiatre a bien insisté sur ce point. Et puis, il y a d'autres solutions.

Elle appuie sur la sonnette d'alarme. Elle sait qu'elle ne s'en sortira pas autrement cette fois-ci encore. À son sentiment d'échec vient se mêler celui d'impuissance et de rage qui la secoue déjà. Elle a l'impression d'être engloutie par une marée noire perverse et nauséabonde. Elle ne veut pas mourir étouffée sous les relents sombres du pétrole qui se déverse insidieusement pour venir envahir ses narines, sa bouche, recouvrir son visage et la noyer lentement.

Non, elle ne veut pas.

Céline est rentrée chez elle depuis quelques heures. Les enfants sont couchés. La télé allumée, le son coupé. À l'écran, le quotidien d'une brigade de flics municipaux dans une ville moyenne du centre de la France. Tapages nocturnes, violences conjugales, conduites en état d'ivresse. La routine. À quand une émission spéciale Trois Saintes ? Parce que, au rythme où ça va, la rumeur ne devrait plus tarder à atteindre la ville, voire la presse. Trois meurtres en moins de deux semaines, étonnant que l'établissement ait réussi à étouffer l'affaire aussi longtemps. D'ailleurs, ils feraient bien de se préparer, à la direction, parce que là, il va être difficile de garder le secret ! C'était un bordel, cette journée ! Les patients étaient super agités, les infirmières couraient dans tous les sens, et elles, les femmes de ménage, se retrouvaient avec leurs balais et serpillières en première ligne pour essuyer les plâtres. À croire que c'était sur elles que reposaient les consultations psychiatriques ! Comme si elles avaient le temps de bavarder avec tous les patients, dans toutes les chambres ! Même Alex s'était vue kidnappée par un malade qui ne lui lâchait plus la grappe, c'est dire à quel point le désespoir était grand à la clinique. Elle avait rejoint la buanderie en râlant que ce pauvre type l'avait entretenue jusqu'à plus soif sur la symbolique animalière dans la Bible : c'était un prêtre défroqué, forcément, il en connaissait un rayon ! Le sanglier, représentation du Malin, mais l'âne, il fallait y penser aussi à l'âne, certes, le Christ s'était baladé à plusieurs reprises dessus, et l'Enfant Jésus avait eu chaud dans sa crèche parce que l'autre lui jetait son haleine fétide au visage, mais il ne faudrait pas oublier au passage que la bête est l'emblème de l'obscurité, voire de tendances sataniques. Ce dont Alex se foutait éperdument, car elle avait une vie, elle, et d'autres projets plus passionnants que de consacrer sa soirée à des ânes, sauf s'ils étaient bien montés, LOL !

L'agitation de Céline a une autre cause, plus personnelle. Elle tripote son téléphone, s'irritant de ne pas l'entendre sonner.

Car elle s'est permis un geste, et elle le regrette, maintenant qu'il ne débouche que sur le silence : elle a glissé son numéro de téléphone sous le gobelet en plastique qui sert à Yves de verre à dents. Se persuadant qu'elle n'avait besoin de parler avec lui que de « l'affaire », de ses dernières découvertes et analyses. La belle excuse !

Elle n'aurait pas dû. Déjà parce que si quelqu'un de la clinique s'en rend compte, elle risque la mise à pied. Il est totalement interdit de donner ou de prendre les coordonnées d'un malade. Pas de liens personnels. Jamais.

Ensuite, parce que si Yves ne la contacte pas, ne lui écrit pas, ne l'appelle pas, elle va bien mesurer que ce ne sont pas des nouvelles de Valérie ou d'autres qu'elle veut échanger avec lui. Et il lui faudra reconnaître cette veste pour ce qu'elle est.

Or Céline en collectionne déjà suffisamment, de quoi remplir une grande surface. Elle n'a vraiment pas besoin de mettre à jour sa garde-robe de ce côté-là. La rencontre avec Karim lui a déjà donné suffisamment de grain à moudre dans le domaine des occasions ratées.

Elle monte le son de la télé. Le baisse à nouveau. Pose son téléphone, agrippe un bloc-notes. Ne trouve pas le stylo censé l'accompagner. Le repose, reprend le téléphone, ouvre l'application « Note ». Et commence à écrire.

Comme ça, se justifie-t-elle, je pourrai envoyer le tout à Yves, ça sera plus simple pour communiquer.

Intérieurement, la Céline badass en cuir et tatouée de partout lève les yeux au ciel. Tu parles d'une excuse en bois, grosse. Minable. Assume ! L'Yves, il a beau être *ieuv*, en pleine descente, ridé comme une vieille pomme, il te plaît. T'es cuite ma poule.

L'Yves en question serait bien surpris de savoir qu'il a éveillé chez Céline des sentiments et émotions bien enfouis sous une pile de linge sale, là où elle avait aussi enterré son démon intérieur, la petite voix de celle qu'elle aurait rêvé d'être mais n'était définitivement pas.

Confortablement installé dans son lit, il s'est réfugié dans la lecture de Sénèque. Il a besoin de prendre de la distance avec les événements du jour et trépigne intérieurement à l'idée de trouver une fois de plus chez le philosophe une solution à ses problèmes, ou, tout du moins, des pistes de réflexion lui offrant une distance nécessaire avec tout ce qui nourrit son mal-être. Et Dieu sait qu'il boulotte en ce moment, le mal-être. À ce rythme, il va finir obèse. Mais comment aller bien quand la mort rôde ainsi ? Car ce nouveau cadavre a été découvert non pas près d'un grillage mais au cœur de l'établissement ! Les Trois Sentes ne sont pas assez éloignées de l'entrée du bâtiment pour qu'on s'y sente dorénavant en sécurité.

Yves retient un frisson et cherche à se rassurer. Pour le moment, le tueur a l'air de vouloir régler ses comptes avec le règne animal, c'est déjà ça. Et ne répondre à aucune logique quant au rythme de ses meurtres, mais il se rapproche, ça ne fait aucun doute.

Sénèque, donc, revenons-y.

Il ne lui faut tourner que quelques pages avant de tomber sur un paragraphe qui retient son attention.

« Ce que j'exige de moi, ce n'est pas d'égaler les meilleurs, mais d'être meilleur que les mauvais ; il me suffit de retrancher chaque jour quelque chose à mes vices et de me reprocher mes erreurs. »

Pensif, l'agent d'entretien pose l'ouvrage sur ses genoux. Pour mieux se concentrer, il ferme les yeux. Être meilleur que les mauvais. C'est une posture certes un peu arrogante, mais néanmoins intéressante. Il y a effectivement toujours pire que soit, non ? D'ailleurs, le philosophe poursuit en donnant un exemple concret : sur sa goutte, il applique des calmants plus que des remèdes. S'il se compare à un impotent, alors, il est un coureur. Bien sûr.

Yves va plus loin. Les mots « calmants » et « remèdes » le renvoient directement à sa propre condition. Le remède guérit. Le calmant… calme. Ici, le remède, c'est la thérapie, les activités. Et les calmants… ma foi, il en avale suffisamment pour savoir à quoi ils ressemblent.

Il comprend alors que sa progression ne pourra réellement venir que du travail qu'il effectuera sur lui-même. Qu'il lui faut chaque jour, ou presque, accepter ses erreurs. Et avancer plus sereinement, en se jugeant moins durement.

Il décide de commencer immédiatement. Et l'image de Martine s'imprime sur sa rétine. Oui, voilà. Martine est une erreur. Ou plutôt, la Martine d'aujourd'hui, celle dont le souvenir n'est que déplaisant, est une erreur. Continuer à bercer son souvenir, à embrasser avec nostalgie leur passé est vain. C'est malsain, même.

Il doit faire place nette. D'autant que… Il y a le sourire de Céline, le tatouage de Céline, la voix un peu rauque de Céline, et ce tee-shirt AC/DC vieilli qui lui va si bien.

Il sourit en éteignant la lumière. Et choisit de s'endormir en pensant à elle plutôt qu'aux animaux empoisonnés.

Sans mesurer que la mauvaise habitude qu'il a prise de ne plus se brosser les dents au coucher a des conséquences désastreuses sur cette même Céline qui ne parvient pas à trouver le sommeil à l'autre bout de la ville.

Oignon de mer, oignon marin,
Tu brûles, tu fais couler les larmes,
Tu tues en douceur, les intestins en feu.
Larmes de Marie, rien ne nous en console.
If aux baies rouges,
Rouges comme le sang,
Rouges, rouges, rouges.
Comme ils sont jolis, les dessins de Mamie,
Comme elles sentent bon, les liqueurs de Mamie.
Un. Cinq. Douze.
Trois.

Jour 13

« En partenariat avec nos assistantes sociales, les patients sont invités, dès que leur état le permet, à élaborer un projet de sortie définitive, afin que cette dernière se passe le mieux possible. »

Pour la première fois depuis qu'elle travaille aux Trois Saintes, Céline est à deux doigts de se faire porter pâle. Son téléphone est resté silencieux toute la soirée et n'a pas plus émis le moindre bip rassurant depuis son réveil. Elle a mal dormi. Elle a rêvé de sangliers, de Get 27 et de balais. Les serpillières entamaient une danse macabre dans un placard sombre ; dans la lingerie, les machines à laver s'emballaient et recrachaient leur linge en tous sens ; dans les couloirs, les patients défilaient nus au garde-à-vous, face à un Anastase vêtu d'une peau de chevreuil immense.

Elle est épuisée, Céline. Elle n'a pas envie d'aller travailler, pas envie de croiser Yves, pas envie de savoir comment va Valérie.

Pas envie non plus de se taper le je-m'en-foutisme d'Alex, les remarques des Marie-Machin, la mauvaise humeur de Bescotte, le pipi de côté de l'Alzheimer, la tasse renversée du Gilles de La Tourette, les plaintes de Germaine, le sourire effrayant de Marco.

Elle veut rester chez elle et regarder, une fois n'est pas coutume, une romance de Noël, un truc bien sympa où une jeune femme au regard perpétuellement étonné rentre dans son village où son père, veuf, est boulanger, pour découvrir que son amoureux de sixième est devenu un bel homme au regard de braise et que son fiancé actuel, qui fait des millions dans un fonds de pension, n'a pas une once d'humanité en lui. Voilà.

Elle va sécher, c'est décidé. Elle a besoin d'amour et de tendresse, même par procuration, même si c'est Netflix qui la prend dans ses bras. Au stade où elle en est, elle est même prête à lancer une rediff des *Feux de l'amour*, c'est dire.

Elle déverrouille son téléphone et s'apprête à joindre la clinique quand l'appareil sonne. Elle ne reconnaît pas le numéro.

— Allô ?

— Céline ? C'est vous ?

— Oui, répond-elle, le cœur s'emballant.

— Yves à l'appareil. Je ne vous dérange pas ?

Marco. Entretien n° 9

Le patient semble éteint. Il n'a pas pris le temps de boutonner correctement sa chemise et ses ongles sont sales.

— Bonjour Marco, comment allez-vous ?

— Vous n'avez pas plus con comme question ? Comment voulez-vous que ça aille ?

— Ce sont les événements d'hier qui vous troublent ?

— À votre avis ? Vous croyez que c'est agréable de tomber sur un tableau pareil ?

— Vous savez, c'est tout à fait normal d'être choqué après ce dont vous avez été témoin hier. Notre cerveau réagit toujours très vivement à un choc et bien souvent…

— Choqué ? Le mot est faible, ouais ! Vous savez combien de temps il faut à un plant de tomate ou de persil pour pousser ? C'était un vrai carnage, bordel ! Cette pute a tout bousillé !

Viviane regarde la pluie tomber. Il fallait bien que ça finisse par arriver un jour. Même dans le Sud, le soleil ne brille pas trois cent soixante-cinq jours par an. Pourtant, ce matin, la journée s'annonçait lumineuse. Mais voilà, en cette saison, le temps change vite, et Viviane se dit qu'elle a mal choisi son jour pour se rendre à l'abbaye de Sainte-Anastasie. On n'y voit pas à deux mètres, alors que tous les guides vantent le point de vue admirable depuis le site, d'où le regard porte jusqu'à la mer par jour de grand vent. Sûrement une légende locale, ne peut-elle s'empêcher de penser, au même titre que celle qui prétend qu'on voit la Corse depuis les hauteurs du Lavandou quand souffle le mistral. Ou Cuba depuis Key West. Encore un truc pour attirer les touristes.

Elle frissonne avant de se détourner du paysage mélancolique pour revenir sur ses pas.

Le cloître est désert. Elle est la seule à visiter les lieux en ce jour de semaine.

Les carmélites qui y vivent sont recluses derrière de hautes portes de bois qui les dissimulent aux touristes. Seuls le cloître, l'église à certaines heures et la partie est de l'abbaye sont ouverts aux curieux.

Viviane ne sait pas trop ce qu'elle fait là. Elle voulait enquêter un peu sur cet Anastase, comprendre Anastasie, vivre au plus près des sangliers, elle ne sait plus, elle a oublié. Il faut dire que le matin même, Phil s'est plaint que la clinique n'organise aucune sortie culturelle.

« C'est vrai, quoi. Ils pourraient affréter un minibus, qu'on aille à Lidl, ou Aldi ! Y a quand même des choses à faire dans le coin, non ? »

Elle en est restée estomaquée. La visite des grandes surfaces, une sortie culturelle ? Et pourquoi pas Ikea et Decathlon, tant qu'on y était ? Elle s'est vue dans un vieux bus brinquebalant, entourée de Marco, Valentin et ses COUILLES DE RAT, avec au volant un vieux chauffeur ivre et fan de Sardou. Cette vision d'apocalypse lui a suffi pour prendre ses jambes à son cou et s'enfuir à l'abbaye. Snobisme de sa part, sûrement, mais elle assume. Comme tout un chacun, elle ne crache pas sur une bonne promo en grande surface, mais enfin, de là à se sentir frustrée de ne pas y avoir mis les pieds depuis deux mois, y a une marge.

Elle n'a rien avoué de ses projets à la bande de l'Abribus. De toute manière, Aurore sortait, Valérie ne s'est pas montrée de la matinée, et Yves affichait un petit air pressé quand elle l'a croisé. Aucun ne semblait vraiment se soucier d'elle, ne peut s'empêcher de penser l'enseignante, maintenant un peu perdue dans tout ce silence.

Elle finit par entrer dans l'église. Ça sent l'encens et l'humidité. Ses pas résonnent sous les voûtes romanes. Il fait sombre. Elle a le sentiment de ne pas être à sa place, de déranger un ordre établi dont elle ne maîtrise pas les règles. Un frisson. Elle ralentit le pas, et finit par s'asseoir sur un banc dur, le regard rivé sur l'autel.

Elle n'a jamais aimé les lieux de culte. Il y a là quelque chose qui lui échappe, comme si la notion même de recueillement lui était étrangère.

Pourtant, là, sur son banc, entourée de silence et dans le léger chuintement des cierges qui se consument, elle ressent un sentiment de paix étonnant. Son souffle se fait plus régulier, ses pensées s'égarent. D'ailleurs, il serait plus juste de dire qu'elle ne pense plus à rien. Oubliés, les élèves insolents. Oubliés, les Lion et autres sucreries, la pesée du vendredi, les jeans qui vous boudinent alors qu'on s'acharne à tenter encore d'entrer dedans. Oubliés les dingos des Trois N'y Touchent. Et les ex-maris, les enfants lointains, les codes couleurs des tableaux Excel, la craie sur les doigts, le sac de courses qui cisaille les phalanges, les cris des scènes de ménage des voisins, le bruit de la route sous les fenêtres, les soirées loto à la clinique, les médicaments à heure fixe, les cicatrices fines aux poignets et dans l'intérieur des cuisses.

Viviane ne somnole pas vraiment, non. Mais elle n'est plus vraiment là non plus. Si elle cherchait à analyser son état, elle dirait probablement qu'elle médite. Peut-être est-ce le moment de comprendre enfin ce que cela veut dire. Peut-être…

Une porte claque, la sortant de sa transe. Elle bat des paupières, met un moment à reconnaître les lieux, à trouver dans sa mémoire la raison de sa présence sur place. On chuchote dans son dos. À l'oreille ce sont des Allemands.

Elle reste immobile, comme en prière. Ferme les yeux, attend qu'ils s'en aillent. Elle n'a pas envie de bouger de là, elle y est bien.

Pour la première fois depuis longtemps, elle se sent étrangement à sa place.

Les bruits de pas s'estompent. Elle est de nouveau seule.

Yves et Céline sont en grand conciliabule dans la chambre de ce dernier. Céline a retrouvé le sourire, Yves a le regard qui pétille. Il a lui-même nettoyé sa chambre, utilisant une vieille chaussette pour le lavabo et deux morceaux de carton pour balayer. Histoire de ne pas perdre de temps avec ces trivialités et mettre à profit les instants trop brefs que Céline passera dans la pièce avec lui.

Bien sûr, la porte de la chambre est ouverte, pas la peine d'éveiller les suspicions.

Bien sûr, elle fait semblant de s'activer avec sa serpillière, passant et repassant d'un geste mécanique aux mêmes emplacements.

Mais c'est Valérie, et eux à travers elle, qui les intéressent.

— Je n'ai pas encore fait le bureau de Bescotte ce matin, chuchote Céline, mais je suis sûre qu'on pourrait commencer à y trouver des éléments de réponse.

— Je ne suis donc pas fou ! s'exclame dans un murmure l'employé du mammouth, vous aussi vous trouvez que…

— Oui, bien sûr ! Enfin, non, vous n'êtes pas fou, s'embrouille la jeune femme.

Ils pouffent. Et pourtant, le sujet ne prête pas à rire. Valérie a l'air plus éteinte que jamais. Et d'autres commencent à ne pas paraître plus brillants. C'est diffus, et puis Yves ne surveille pas tout le monde, loin s'en faut, mais… Il a la sensation qu'il se passe quelque chose.

À midi, l'ambiance au réfectoire lui a semblé étrange. Les lieux étaient presque silencieux, alors qu'ils bruissent d'habitude d'un brouhaha sympathique, ponctué par les maladresses des uns et des autres, la chute d'un verre, un plateau rangé trop violemment sur une pile bancale, un éclat de rire. Là, rien.

À la table d'Aurore, absente aujourd'hui, Marco n'a pas levé les yeux de son assiette, sans pour autant y toucher. Il était d'une pâleur anormale, maladive, tirant sur le vert.

Phil, d'habitude si bavard, marmonnait dans sa barbe, personne ne lui demandant de répéter, personne ne comprenant un traître mot de son charabia.

Servane avait de grands cernes noirs sous les yeux, et même ses bracelets ne s'entrechoquaient pas au même rythme que d'habitude.

Yves rapporte maintenant tout ça à Céline, se demandant s'il n'invente pas des drames, s'il n'est pas normal, dans un endroit comme les Trois N'y Touchent, que les choses soient parfois un peu bizarres. Mais Céline le rassure – ou l'inquiète encore plus, selon le point de vue qu'on adopte. Elle aussi a remarqué ce matin qu'il régnait une atmosphère pesante dans les couloirs et les chambres. Une atmosphère qu'elle ne parvient pas plus que lui à expliquer.

— On fait quoi, maintenant ? se demande Yves à haute voix.

Céline ne répond pas tout de suite. Oui, on fait quoi ? On cherche des preuves ? Mais de quoi ? Que les malades le sont ? Qu'ils ne guérissent pas aussi vite qu'il le faudrait ? Mais quelle est la norme dans les cas soignés ici ? Dépression : vingt à vingt-sept jours ; alcoolisme : quinze à trente-cinq jours ? Elle n'en sait rien. Imagine que chaque histoire est différente, chaque patient avançant à son rythme. Donc, on fait quoi ?

Elle relève subitement la tête, prise d'une inspiration :

— On observe et on fait marcher nos petites cellules grises !

Yves opine sur un sourire.

Oui, observer, ça il sait faire. Et réfléchir aussi. Même si là, il en perd son latin.

Bescotte est de repos. Elle n'aime pas ça, se reposer, Bescotte. Une fois qu'elle a rangé sa maison immaculée, nettoyé sa salle de bains de fond en comble, lavé et repassé ses chemisiers blancs, elle se retrouve face à un vide qui, il lui faut bien le reconnaître, l'angoisse.

Elle allume la télé, histoire de briser le silence de la maison qui semble prête pour une séance photo digne d'un magazine de déco haut de gamme. Zappe un moment, installée du bout des fesses sur son canapé en cuir blanc. Mais le vide intersidéral des programmes de la mi-journée la plonge dans une perplexité sans fond. Qui peut avoir envie de s'attarder sur une émission de brocante mal ficelée, ou, pire encore, qui peut avoir envie d'y participer, estimant à la louche les vieilles saloperies abandonnées dans un grenier poussiéreux depuis des décennies ? Non, vraiment, il y en a qui feraient mieux de séjourner quelque temps aux Trois Saintes, franchement, ils iraient beaucoup mieux ensuite !

Elle se relève, ne prenant pas la peine d'éteindre le poste, et va se planter devant la baie vitrée ouvrant sur le jardin.

La pluie, que personne n'attendait, inonde les massifs, plonge le monde extérieur dans un gris qui lui va mal au teint. C'est déprimant, le Sud, sous l'eau. C'est la fin du monde pour ses habitants, perdus, incapables de conduire correctement dès que tombent deux gouttes du ciel. Elle est sûre que de nombreux membres du personnel se sont fait porter pâles. C'est toujours comme ça, ces jours-là. La clinique doit être dégueulasse et les patients irritables. Les suicidaires sont à surveiller de plus près encore. Ils n'hésitent plus à franchir le pas si le soleil se fait la malle. Elle devrait appeler, vérifier que tout va bien.

Elle se ressaisit. Non, pas question, c'est son jour de repos ! Qu'ils se démerdent à la fin !

Mais ses pensées, inexorablement, reviennent à la clinique, aux patients, au taux de remplissage de son service, et à l'opération V.

Au plus profond d'elle-même, elle regrette de l'avoir lancée. Il est malheureusement trop tard pour reculer. Même si les choses lui échappent, elle n'a pas le choix, elle doit continuer. Et puis, perversement, être spectatrice du résultat éveille en elle des sentiments… qu'elle aurait préféré ne pas connaître, certes, mais qui sont bel et bien présents. Elle est mauvaise, voilà tout. Elle se repaît du malheur de la prof d'anglais. Elle s'en nourrit. C'est moche, c'est hideux, même, et pourtant, c'est ainsi. Faire le mal procure parfois plus de jouissance que d'être bon. Elle l'expérimente aujourd'hui dans sa chair même.

Pourtant, elle n'a rien personnellement contre cette pauvre Valoche. Voire elle la trouverait même sympathique par moments. Ce qui ne l'empêche pas d'être fascinée par son désespoir, sa lutte vaine contre l'alcoolisme. Elle l'observe du même œil qu'un enfant le ferait du papillon auquel il vient de couper les ailes.

Elle repense à Érasme et à son *Éloge de la folie*. N'a-t-il pas raison d'écrire : « Toute heure de la vie serait triste, ennuyeuse, insipide, assommante s'il ne s'y joignait le plaisir, c'est-à-dire si la Folie n'y mettait son piquant » ? Et, finalement, que fait-elle d'autre, elle, le docteur Bescotte, que de procurer du plaisir à certains de ses patients, en rendant leur vie moins triste, moins ennuyeuse, moins insipide, moins assommante ?

Bescotte sourit. Voilà, elle n'est pas un monstre, non, une psychopathe déguisée sous les oripeaux de la Médecine. Au contraire, elle est une bonne fée, elle alimente la Folie, elle donne à ses malades les moyens de sortir de leur torpeur médicalisée. Elle les sauve !

D'un pas conquérant, la tête haute, la médecin traverse son salon pour se rendre à son bureau. Il est temps de se remettre au travail, de consigner les « progrès » accomplis par les uns et les autres et de mettre en place la suite de son plan.

« Les femmes pourraient-elles m'en vouloir de leur attribuer la folie, à moi qui suis femme et la Folie elle-même ? Assurément non. À y regarder de près, c'est ce don de folie qui leur permet d'être à beaucoup d'égards plus heureuses que les hommes. » Et dans un siècle où prime la parité, Bescotte, bienfaitrice de l'humanité, offre cette folie aux deux sexes. Pas de jaloux !

Viviane trépigne. Elle a dîné en quatrième vitesse pour sécuriser quatre fauteuils dans le salon, qu'elle a isolés des autres. Pas question de se retrouver sous l'Abribus avec un tel déluge. Elle attend maintenant ses amis, grignotant son Lion sans même prêter attention à ce qu'elle fait.

— Attention ! Je vous vois ! l'interpelle Marie-Isabelle qui passe par là. Ce n'est pas bon pour vous tout ce sucre, vous allez encore accuser la balance à tort, vendredi !

Viviane se contente de décocher un regard noir à l'infirmière, et, par défi, enfourne le reste de la barre chocolatée d'un coup. Résultat, quand Yves, Valérie et Aurore arrivent enfin, elle en est réduite à essayer de mâcher et d'avaler la chose qui lui colle aux dents.

Aurore se penche pour l'embrasser.

— Salut Viviane, tu as passé une bonne journée ?

La documentaliste tente encore d'analyser la sienne. Était-elle bonne ? Souhaitait-elle rester dehors ou retrouver le cocon de la clinique ? Ses sentiments sont confus, elle a du mal à en faire le tri, à savoir ce qu'elle éprouve vraiment. Jeanne a tenu à profiter d'elle jusqu'à la dernière minute. Elles sont restées tranquillement à l'abri de la pluie, à jouer avec Julien, si heureux de retrouver sa tante d'amour. Il lui a posé beaucoup de questions sur cet Ephmed qui le fascine autant qu'il le terrifie. Elle a évité d'évoquer les cadavres qui s'empilent dans le parc sans que personne y comprenne rien. Elle est heureuse d'être sortie, d'avoir un peu coupé avec l'ambiance finalement anxiogène des lieux. Mais il lui faut bien reconnaître qu'elle est aussi ravie d'être rentrée, de s'être fait piquer yaourt et pain par un Marco qui avait meilleure mine, de se retrouver avec la bande de l'Abribus sur ces fauteuils fatigués.

Viviane répond d'un grognement en leur faisant signe de s'installer.

Valérie se laisse tomber sur son siège, le regard éteint. Yves sifflote un air de sa composition tout en tapotant la main de son amie. Viviane parvient enfin à déglutir.

— On a tout faux ! On s'est trompés de sainte !

Face à elle, trois paires d'yeux largement écarquillés. Tous reflètent la même interrogation : Viviane aurait-elle définitivement perdu pied ?

Dès qu'il peut rejoindre sa chambre sans éveiller les soupçons de ses amies, Yves se précipite sur son téléphone.

— Céline ? Je ne vous dérange pas ? On a du nouveau !

Et, du mieux qu'il le peut, il lui rapporte les révélations de Viviane.

Celle-ci n'a pas attrapé un rhume pour rien, à rester des heures assise dans cette église froide. Car, quand, à force de frissons, elle a fini par se lever, elle a eu la curiosité d'aller regarder de plus près les panneaux explicatifs à l'entrée de l'église. Pour découvrir que le culte porté ici concernait bien sainte Anastasie, mais… pas celle déguisée en Anastase ! Non, il s'agissait de la martyre romaine.

— L'Anastasie en question était de bonne famille, explique maintenant Yves. Et chrétienne. Son père la marie de force à un païen, elle parvient à garder sa virginité, le type crève. Elle se consacre aux pauvres et aux prisonniers en tout genre. Bref, je vous passe les détails, mais elle finit martyrisée et meurt le jour de Noël.

Céline reste silencieuse. Longtemps. À tel point qu'Yves pense qu'ils ont été coupés.

— Allô ? Céline ? Vous êtes là ?

— Oui, oui, pardon, je réfléchissais.

— Et ?

— Et… désolée, mais là, comme ça, je ne vois pas trop le rapport avec tout le reste.

— Mais si ! Enfin, nous avons cru que ce n'était pas une coïncidence, cette histoire d'Anastase, avec la vie de la sainte, et tout et tout. Mais si on s'est trompés de sainte, alors nos théories ne tiennent plus debout ! Il faut tout reprendre à zéro.

— Yves, excusez-moi, mais on s'est aussi trompés sur Anastase, il me semblait qu'on était d'accord là-dessus depuis un moment, non ? En plus, ma culture religieuse est nulle. En quoi la vie d'une sainte ou d'une autre peut avoir le moindre lien avec ce qui se passe à la clinique ? Et dans ce cas, qui vous dit qu'on ne s'est pas carrément trompés encore plus, en se focalisant sur sainte Anastasie, alors que sainte Lucie et sainte Agathe donnent aussi leur nom au lieu ?

C'est au tour d'Yves de rester silencieux.

— Vous avez raison, bien sûr, finit-il par dire. Je pense qu'on devrait creuser aussi dans la vie de ces saintes.

Céline soupire.

— Yves, on part dans tous les sens, là. On devrait déjà commencer par comprendre ce qui se passe vraiment à la clinique avant de chercher à savoir si un mystique s'inspire de nanas mortes il y a des siècles pour justifier ses actes ! Le mobile est important dans une enquête, certes, mais est-il à rechercher aussi loin dans le temps ?

Yves sent son enthousiasme douché. Céline n'a pas tort, est-il bien obligé de reconnaître. Il faudrait déjà comprendre ce qui se trame vraiment entre les murs de la clinique.

— Très bien, lâche-t-il. Alors, concrètement, on a quoi ?

— Trois laies mortes, des bouteilles vides, des…

Céline s'interrompt.

— Merde, souffle-t-elle.

— Merde quoi ?

— Merde ! Je sais !

Yves perd patience.

— Mais quoi ? Vous savez quoi ?

— La bouteille dans la salle de bains de Valérie… L'odeur… Ce n'était pas du bain de bouche ! Mais du Get 27.

Quand la bonne a été congédiée,
À l'if l'enfant elle a attaché.
De baies, elle le gave
De feuilles, elle le lave.
Et elle rentre, fait ses valises, et s'en va.

L'enfant semble piqué par des puces
Sa voix n'est plus qu'un filet d'humus

Si faible qu'il ne marche plus
Si faible qu'il ne se lève plus

La fièvre survient
Ses lèvres sont bleues
S'éteint en lui le feu
La mort survient.

Et la bonne, loin déjà, danse sur le chemin.

Mamie connaissait de jolies histoires. Mamie dans de nombreuses maisons avait servi. Mamie dansait sur les chemins.
Un. Cinq. Douze.
Trois.

Jour 15

« La pratique quotidienne d'une activité sportive adaptée aide nos patients à reprendre peu à peu confiance en leurs capacités motrices. »

Bescotte s'essouffle sur son vélo d'appartement. Il est 5 h 25, le jour ne sera pas levé avant longtemps, contrairement à elle. Encore une nuit sans sommeil, ou presque. Et Lacan n'y est pour rien. Lui a ronflé tout son saoul.

Elle pédale plus vite. Accélère encore. Essaie de ne pas penser. Tente de remettre de l'ordre dans ses priorités. Serre les dents quand une crampe menace son mollet droit. Les desserre quand la douleur à son cou se rappelle à elle. Inspire, expire, se met en danseuse.

Dans ses écouteurs, « I will survive ». En boucle.

Son cœur bat à ses oreilles. Elle ferme les yeux, ne risquant pas la sortie de route. Quoique. Celle qui la guette est bien plus dangereuse. Mais elle ne doit pas s'engager sur cette voie-là, non. Au contraire, elle ne doute plus : d'un simple coup de guidon, elle peut redresser la barre, reprendre le contrôle de sa destinée.

Tout déraille dans sa vie. Son corps qui la lâche. La clinique qui ressemble à un gros navire sans timonier, sans barre, et le tout dans un ouragan. Les cadavres d'animaux, les bouteilles, ses flacons.

La vision de son frère sur le bord de la nationale s'impose à son esprit. Une ombre se détachant sur le brasier auquel il fait face. Le hurlement de l'incendie et son silence à lui. La danse violente des flammes et son immobilité à lui.

Elle rejette ces images.

I will survive.

Aurore B. Entretien n° 16

La patiente a l'air en forme. Souriante.

— Comment allez-vous ce matin ?

— Bien, merci.

— Votre sortie ?

— Très agréable. J'ai bien mangé. Et… j'étais aussi contente de retrouver l'hôpital.

Silence.

— En fait, j'ai trouvé le rythme à l'extérieur un peu fatigant, donc, revenir le soir ici n'était pas désagréable, malgré tout ce qui se passe.

— Hmmm. Vous avez pourtant bien conscience que ce rythme est artificiel ?

Silence.

— N'est-ce pas ?

— Oui, bien sûr, mais…

— Il n'y a pas de « mais », Aurore, et vous-même ne trouviez pas si agréable la clinique à l'aune des événements des jours passés. Le sentiment de sécurité que vous recherchez ne dépendra jamais de circonstances extérieures, il faut que vous le compreniez. Autrement, vous n'avancerez pas. Vous ne pouvez pas toujours glisser sous le tapis ce qui vous dérange. À un moment, le monticule est trop imposant et vous vous prendrez les pieds dedans. Vous le savez aussi bien que moi.

— On a terminé ? Il y a un cours d'abdos-fessiers qui commence dans cinq minutes, je n'aimerais pas le rater.

Valérie grogne. Visiblement, ses fessiers ne sont pas ravis d'être stimulés en tous sens. Ils râlent, se tendent, gémissent. Elle n'en peut plus, cette séance est une torture. Pourtant, la prof lui avait assuré qu'elle avait le niveau. Tu parles ! Elle se demande comment elle va réussir à rejoindre sa chambre. Même ramper lui semble au-dessus de ses moyens.

À sa droite, Aurore n'a pas l'air beaucoup mieux. Elle affiche une grimace telle qu'on croirait qu'on vient de lui imposer un lavement à l'huile de foie de morue.

— Et… On pose. Buvez un peu, sautillez sur place pour ne pas laisser vos muscles refroidir… Et on reprend.

Valérie a à peine le temps de poser sa bouteille d'eau que de nouveaux exercices s'enchaînent. Elle ne survivra pas, c'est sûr.

Aurore, quant à elle, a abandonné. En tailleur sur son matelas de yoga, elle regarde les autres s'escrimer à suivre le rythme, tout en tentant de reprendre son souffle. Valérie compatit. Elle se sent prête aussi à renoncer.

— Et… On pose. Bravo, c'est fini pour aujourd'hui. N'oubliez pas de bien vous hydrater pour éviter les crampes. Bonne journée.

Les deux femmes prennent leur temps pour rassembler leurs affaires.

— Putain, j'ai mal partout, souffle Aurore.

— M'en parle pas !

Une fois dehors, elles se traînent jusqu'à l'Abribus où Viviane est déjà installée. Elle joue sur son téléphone à une sorte de Tetris amélioré et lève à peine la tête en les voyant approcher.

— Ça va les filles ?

— On est mortes, répond Aurore.

— C'est pour ça que j'évite le sport. Ça fatigue trop et on a mal partout.

— Mais ça fait du bien aussi, contre Valérie.

Elle a les joues roses et, intérieurement, est très fière d'avoir tenu le coup plus longtemps qu'Aurore.

— C'est un truc de martyre, insiste Viviane.

— En parlant de martyre, j'ai repensé à ton Anastasie, rebondit Aurore. Du coup, les trois saintes seraient trois martyres. Je ne crois pas que ça soit une coïncidence.

Elle est encore confuse de s'être trompée de sainte Anastasie. D'ailleurs, pourquoi cette erreur ? Elle devrait peut-être évoquer le sujet avec Marguerite, quand elle se sentira moins en rogne contre la psychologue qui la pousse dans ses retranchements. En attendant, elle est prête à tout pour se faire pardonner par ses amis.

Mais seul le silence accueille sa révélation.

— Et ça change quoi ? ose Valérie.

— J'en sais rien, reconnaît Aurore avant d'allumer une cigarette.

Céline a eu beau se montrer dubitative, elle n'a pu s'empêcher, après avoir raccroché avec Yves, de rechercher des informations sur les trois saintes. Trois martyres, donc. Qui ont eu maille à partir avec des hommes puissants. Le harcèlement n'est pas un concept récent, en a-t-elle conclu.

Sainte Agathe a refusé les avances du gouverneur de Catane. Résultat, il la dénonce comme chrétienne, elle est torturée et meurt en prison. Sainte Lucie est vierge et martyre. Et s'est convertie lors d'un pèlerinage à… Catane, sur la tombe de sainte Agathe. Pas de quoi en faire des copines de karaoké, mais on peut quand même dire que les deux sont liées. Quant à sainte Anastasie… Celle sur laquelle Céline a mis la main était surnommée « la Guérisseuse ». Alors qu'on invoque Agathe contre les douleurs causées par le feu… Et que Lucie porte ses yeux sur un plateau…

Céline soupire. Elle a le sentiment de s'égarer. En quoi tout cela l'aidera-t-il à comprendre ce qui se passe entre les murs de la clinique ? Et Anastase, on en fait quoi ? C'est par là qu'elle devrait commencer, finalement. N'a-t-elle pas agi un peu rapidement en le rayant de la liste des… suspects ? Suspects de quoi, d'ailleurs ?

De faire boire Valérie ? D'introduire de l'alcool dans l'enceinte de l'établissement médical ? D'assassiner des animaux et de déposer leur corps dans le parc ?

Pour calmer le flux de ses pensées, elle se concentre sur sa vaisselle. Bols des enfants, tasse de café. Puis nettoyage du plan de travail au vinaigre ménager. Ça rutile. Il lui reste à se doucher puis à se mettre en route pour les Trois Saintes.

Agathe, Anastasie, Lucie. Martyres.

Et Anastase, se demande-t-elle brusquement, il faisait quoi, ce saint ?

Une rapide recherche sur Internet lui apprend qu'ils sont plusieurs à porter ce nom. Mais l'un d'entre eux attire son attention. Perse, de père sorcier. Ancien soldat converti. Martyrisé. Meurt décapité. On l'invoque contre les maux de tête et les migraines.

La jeune femme reste songeuse. Qu'est-ce qui donne plus mal au crâne qu'une mauvaise cuite ? Pas grand-chose. Qu'est-ce que la médecine, si ce n'est de la sorcellerie moderne ? La solution est-elle à chercher de ce côté-là ?

Elle se secoue. N'importe quoi ! Quel serait le mobile de ce type ? Pourquoi les laies ? Pourquoi laisser des bouteilles vides à côté des victimes ? Et depuis quand les gens agissent en fonction du saint dont ils tiennent leur nom ? Non, mais, vraiment ! Les gens tuent par amour, par lâcheté, par appât du gain, par erreur. Voilà tout.

Elle ferait mieux d'accélérer, au lieu de perdre son temps à ces divagations. Ou elle sera en retard, et si Alex lui adresse la moindre remarque, elle finira un jour par l'étrangler, ou la noyer, en lui maintenant la tête dans un seau rempli de crottes de sangliers. Na.

Marco. Entretien n° 13

Le patient est sombre, mutique.

– Bonjour, comment allez-vous aujourd'hui ?

– Comme un jour sans.

– Sans quoi ?

– Sans alcool, sans espoir, sans lumière.

Silence.

– Une raison particulière à cela ?

– Il y en a toujours, vous n'avez qu'à fouiller dans vos putains de dossiers, vous trouverez la réponse.

– Je la connais déjà. J'aimerais que vous la formuliez.

– C'est l'anniversaire du Drame.

Silence.

Douce-amère,
Rien de doux en toi.
Sensibilité cutanée accrue, sensation de ruissellement, sommeil.
S... S... S...
Et ça glisse comme un serpent en toi.
Spasmes.
S encore.
Ça tortille quand tu te tords.
Vomissements, ventre qui gargouille.
V... V... V...
Viens la Mort, je t'attends.
Salivation, sensations de faiblesse.
Et voici le retour du serpent.
Puis tu te vides, et la ronde des S reprend.
Salivation, sensation de faiblesse, sudation.
Et soudain, la vessie qui gonfle, la paralysie et la Mort.
Acidité, amertume au goût.
Alors, on te mélange, vigne de Judée, à des vins plus doux.
On te broie, on te hache, puis le serpent accomplit sa tâche.

Jour 17

« Les contacts avec les familles sont autorisés par le médecin psychiatre référent, et en prenant en compte la décision des malades d'informer leurs proches de leur état de santé et de la raison de leur hospitalisation. »

Bescotte se ronge un ongle. Une fois de plus, elle a mal dormi. Elle commence à se demander combien de temps elle va pouvoir tenir ainsi. En elle, tout se mêle à grande vitesse et elle ne parvient plus à organiser ses pensées, son temps. Elle a déjà renoncé à sa méditation matinale, tout en sachant que ça ne lui réussit pas. Mais qui a vraiment envie de se mettre en position du lotus sur un tapis de yoga usé à 5 h 30, alors qu'il fait encore nuit noire ? Pas elle, en tout cas.

Elle a augmenté sa dose quotidienne de caféine, tout en ayant pourtant conscience que ça ne lui réussit pas plus. Troubles gastriques, hyperventilation, nervosité. Elle connaît par cœur les conséquences de tels abus. Qu'elle liste en se resservant une quatrième tasse d'expresso arabica corsé.

Elle a annulé ses deux dernières participations aux repas du Rotary. Marie-Ange ne lui pardonnera jamais mais, arrivée à ce stade, elle s'en fout. La femme du maire de Sainte-Agathe l'horripile depuis des années, à se croire médecin pour en avoir épousé un. Sa fausse blondeur, sa minceur acquise à coups de coaching privé et de séjours dans les spas de la région ne la trompent pas : si elle le pouvait, Marie-Ange se gaverait d'After Eight et passerait ses journées devant Netflix à dévorer des séries romantiques type *Virgin River*. Bescotte n'est pas dupe, des femmes comme celle-là, elle en a croisé suffisamment depuis qu'elle pratique. Elles vivent dans la peur. Peur de la ride de trop, du kilo de trop qui fera que leur époux bien-aimé finira par trouver plus avenante sa secrétaire, son aide-soignante ou son assistante, et les plantera pour une jeune pousse au sourire étincelant et au crop top sur ventre plat.

Mais le problème du jour n'est pas Marie-Ange et les femmes de sa génération craignant de devenir invisibles. Non, on s'en fout de Marie-Ange, aboie intérieurement une Bescotte remontée comme un ressort prêt à sauter.

Le problème du jour n'en est pas un. Il est et reste le même depuis qu'elle a eu cette idée brillante du plan V.

Bordel, jure-t-elle, toujours en elle-même, bordel, qu'est-ce qui lui a pris ? Tout ça ne fait que rouvrir ses propres cicatrices. Tout ça la ramène d'un peu trop près à son frère. Son frère…

Elle ferme les yeux, inspire profondément.

Bon, la réunion commence dans trente minutes. Elle a intérêt à avoir ses dossiers en ordre.

Valérie Kaouch. Pas près de sortir. Comme aucun de sa bande, d'ailleurs.

Elle vérifie une nouvelle fois le dossier de l'enseignante, lassée.

Une fiche, pourtant, attire son regard. Une fiche à côté de laquelle elle est passée ce matin-là. Quelqu'un a appelé pour demander des nouvelles de Valérie. Une certaine Inès Vautrin. Le nom lui parle vaguement. Inès Vautrin, Inès Vautrin…

Oui, voilà ! La sœur ! La fameuse ! Qui lui avait pratiquement raccroché au nez il y a peu. Et maintenant, elle voudrait en savoir plus sur Valérie ? Soudain, elle s'en inquiète ?

Bescotte sent son rythme cardiaque s'emballer. Elle a chaud, puis froid, des points noirs dansent une sarabande macabre devant ses yeux. N'aurait-elle pas dû fouiller davantage dans le dossier de sa patiente avant de se lancer ? Valérie ne recevait pas de visites, ne sortait pas. La malade idéale pour ce test grandeur nature. Elle comme certains autres, que la médecin étudie scrupuleusement, discrètement. Et où a-t-elle foutu cette putain de liste de trucs à vérifier sur l'enseignante ? Là… Oui ! La voilà ! Diplôme, état civil… Évidemment, elle n'a rien fait ! Et pourquoi, hein, pourquoi ? Parce qu'elle perd son temps en des réunions stériles avec l'autre baudruche imbue d'elle-même de Landrick, parce qu'elle doit se fader de faire les yeux doux à ce con de Chaytan pour qu'il lui fournisse des malades, parce que les notes de l'établissement sur Google sont mauvaises, parce que Lacan a le foie fragile, parce que quelqu'un trouve rigolo de déposer dans la clinique des bestioles empoisonnées, parce que, parce que…

Et maintenant, la sœur qui ressort ! Putain de merde de bordel de merde ! Manquait plus que ça !

Bescotte agrippe un crayon HB et le colle sous son nez, narines frémissantes.

Ce n'est pas encore aujourd'hui qu'elle réduira sa consommation de café.

Valérie K. Entretien n° 20

La patiente a le regard dans le vague.

— Bonjour, Valérie.

— Bonjour.

— Vous avez l'air dans la lune. Des troubles du sommeil ?

— Non, non, pas du tout. Je ne sais pas pourquoi, mais ce matin, je me suis réveillée en repensant à ma thèse.

— Sur quoi portait-elle ?

Un soupir.

— En gros, très gros, la place de la femme dans la naissance de l'industrie pornographique aux États-Unis dans les années 1970.

— Original.

— Oui. J'avoue.

— Et qu'en avez-vous conclu ?

— Que nous ne sommes pas des victimes. Pas toujours. Qu'il nous arrive d'avoir le choix, notamment de nos plaisirs. Pour résumer, à grands traits, bien sûr, de nombreuses femmes qui tournaient dans ces pornos le faisaient par envie. N'oubliez pas que nous étions en pleine libération sexuelle ! Et en Californie. On est très loin des filles de l'Est, contraintes à des actes brutaux et violents.

Silence.

— Qu'est-ce que ça vous inspire, ici et aujourd'hui ?

— Que Landrick a raison. Qu'on peut choisir de se positionner autrement, de changer de paradigme. On peut devenir quelqu'un d'autre. Si on le souhaite.

— Et qui voudriez-vous devenir ?

— Une femme qui n'a plus peur.

Yves chantonne sous sa douche.

Il s'est couché tard, a peu dormi, mais, paradoxalement, se sent empli d'une énergie qui ne demande qu'à s'exprimer.

Avec Céline, ils sont restés de longues heures au téléphone. Ils ont beaucoup parlé de la clinique, puis d'eux. Yves a écouté la jeune femme lui narrer ses « années folles ». Au fil des heures, sa voix se faisait plus rauque, plus basse. Il aimait ça. Les mots, très vite, n'ont plus compté, seule restait la modulation de la voix de Céline. Elle le berçait.

Il lui a déclamé quelques citations latines. De ses préférées. Comme *Ubi bene, ibi patria*. Où l'on est bien, là est la patrie. Le silence a suivi cette déclaration. Yves s'est troublé. Céline pensait-elle qu'il sous-entendait que l'on plante ses racines là où se trouve son cœur ? Lui n'avait toujours vu dans cette phrase qu'une recherche d'un territoire où la douceur régnerait en maître. Mais la jeune femme a alors repris la parole pour lui dire qu'elle trouvait ça beau, ces mots, avec plein de « b », que ça lui rappelait les babillages de ses enfants, quand ils étaient encore petits.

Yves a souri, imaginant une Céline plus jeune, penchée sur un poupon au large sourire. Il lui a alors lancé : « Souviens-toi de la substance totale, dont tu participes pour une minime part ; de la durée totale, dont un court et infime intervalle t'a été assigné ; de la destinée, dont tu es quelle faible part ! »

Céline a eu un petit rire.

« C'est vrai, a-t-elle dit. On n'est qu'un point dans l'univers, un fil fragile qui relie des existences entre elles. C'est de qui ?

— Marc Aurèle. Philosophe, empreint de stoïcisme, empereur, mais humain avant tout. »

Alors que l'eau tiède tombe sur ses épaules, il se remémore une autre citation de l'auteur : « La vie que tu projettes de vivre une fois sorti d'ici-bas, tu peux ici même la vivre. »

Soudain, il comprend dans sa chair même ce que signifie être dans l'ici et maintenant. Et sourit sous le jet de la douche, savourant toutes les sensations que cette dernière éveille dans son corps.

Aurore a craqué. En pleine séance avec Landrick.

Landrick a dit, en déplaçant un gros Lego rose :

« Ceci est votre futur. À vous de savoir où le placer. Et quelle taille lui donner dans vos pensées. Car rien n'empêche qu'il ressemble à ça. »

Et de sa poche, il a sorti le même, en miniature.

Un tout petit Lego rose. Rectangulaire.

Et les souvenirs ont assailli la documentaliste.

La salle d'attente de sa médecin, avec, dans un coin, des jeux pour faire patienter ses plus jeunes malades. Dont des Lego. Roses.

Au mur, de vieilles campagnes en faveur du dépistage du cancer du sein, du côlon. Des numéros verts pour femme battue, pour arrêter de boire, de fumer. Des prospectus d'information sur la contraception, les MST.

L'odeur tenace des manteaux mouillés, de la poussière, de la brume.

Les éternuements et les toux.

Les mères et leurs enfants qui pleurent.

La fièvre de l'un et la catatonie de l'autre.

Et puis le diagnostic qui tombe, comme un verdict.

Enceinte. Elle était enceinte.

Et la suite. L'avortement honteux, l'infirmière brutale, le gynécologue épuisé, le retour à la maison, le ventre qui hurlait son désespoir. L'infection. Et le reste.

Il lui a fallu sortir de la salle, Landrick a appelé Marguerite à la rescousse, et Aurore s'est retrouvée à pleurer à chaudes larmes dans son bureau ; elle a vidé sa peine, sa solitude, ses regrets, à voir s'écouler de ses yeux, de son nez, des années de maîtrise de soi, de gros couvercles coincés par des pierres sur des regrets éternels.

Elle ne serait jamais mère. Elle ne méritait donc pas d'être aimée ni de vivre en couple. Elle était stérile, elle n'avait rien à offrir.

Marguerite l'a laissée sangloter, gémir, parler, crier. Elle lui tendait mouchoirs et verre d'eau, restait silencieuse. Elle n'avait rien à dire, rien à proposer. Elle était là pour écouter, pour recevoir cette peine incommensurable, ces blessures béantes.

Peu à peu, Aurore s'est calmée. Elle était épuisée. Vidée.

Marguerite ne l'a pas pressée. Même si la cloche du déjeuner avait déjà retenti. Même si la distribution des médicaments devait avoir eu lieu.

Quand Aurore a enfin relevé la tête, la psychologue l'observait, l'empathie emplissant son regard.

« Merci », a soufflé Aurore.

Marguerite lui a souri, s'est levée et est venue serrer son épaule.

« Remerciez-vous. Et restez ici aussi longtemps que vous le souhaitez. Quand vous vous sentirez prête, retournez à votre chambre, je vais demander qu'on vous monte un plateau. »

Aurore a opiné. Elle se sentait encore les jambes faibles.

La psychologue a refermé doucement la porte derrière elle et Aurore s'est appuyée contre le dossier de sa chaise. Épuisée et apaisée.

Viviane s'est lancée dans un nouveau projet. Une peinture. Dans la salle dédiée aux loisirs créatifs, elle se concentre sur son tableau, s'isolant du reste des patients occupés à leurs propres œuvres. Elle a divisé sa toile en quatre. Puis chaque carré en quatre de nouveau. Et encore une fois. Elle a ajouté des cercles dans certains d'entre eux, des losanges dans d'autres. Tout répond à un ordre bien précis, et il en va de même pour le choix des couleurs associées à chaque forme. Remettre de l'ordre lui convient et l'aide à apaiser son souffle.

Non pas qu'elle aille plus mal, vraiment pas. Si les cicatrices n'étaient pas là pour le lui rappeler, elle oublierait même avoir souhaité un jour mettre un terme à son existence. Ici, aux Trois N'y Touchent, elle a enfin trouvé un équilibre. Précaire, certes, mais c'est déjà beaucoup. Et son amitié pour les trois autres membres du mammouth y est pour beaucoup.

Aurore, avec ses connaissances étranges sur des saintes qui ne le sont pas moins. Valérie, avec ses hauts et ses bas, ses sourires flageolants et ses boucles brunes. Yves, plus discret encore, mais dont on sent la grande tendresse et l'humanité profonde.

Attentive à ne pas dépasser d'un cercle minuscule avec son pinceau fin, elle laisse ses pensées dériver. C'est rigolo, cette enquête. Y participer l'amuse. On dirait le Club des Cinq, Dagobert en moins. Il était chouette, ce chien, elle l'aimait bien. Elle a oublié le nom des autres… Une Claude, peut-être ? Oui, Claude, c'est ça. Ici, ils ne sont pas cinq, mais ses amis sont prêts à partir au galop sur chaque nouvelle piste qui se présente. Remarque, elle n'est pas peu fière de sa trouvaille sur sainte Anastasie. On passe d'un travesti à une martyre, quand même. Ça a plus de gueule. Non pas qu'elle ait quelque chose contre les travestis, ce n'est pas la question. Elle s'est d'ailleurs souvent demandé à quoi ça ressemblait d'être un homme. D'être du côté des vainqueurs, des dominants. Parce qu'il n'y a pas à tortiller : ils sont dressés ainsi. Oh, bien sûr, les nouvelles générations de mâles pavoisent avec leur progéniture dans un porte-bébé ventral, mais est-ce vraiment une avancée ? Elle en doute.

Une touche de jaune pâle dans un losange.

C'est vraiment rassurant, ces formes nettes, précises. Ça calme de l'agitation du monde. Les chiffres eux aussi sont nets et ne mentent pas. Ils sont si prévisibles. Alors que tout ce qui touche à l'humain, aux désirs…

Elle chantonne.

Tiens, c'est avec Valérie qu'elle devrait aborder ces sujets. Après tout, elle a travaillé sur le porno, non ? Elle a dû en visionner des palanquées ?

Viviane frissonne. De dégoût ou d'excitation, elle préfère ne pas trancher. Ça fait des années qu'elle n'a plus touché la peau d'un homme, qu'on ne l'a plus embrassée. Elle évite d'y penser. Prétend s'en foutre. Alors que, quand même… Le sexe, c'est si bon parfois. Enfin, surtout dans ses rêves. Où son partenaire se montre prévenant, doux, attentionné, à son écoute. Parce que, dans la vraie vie… Son ex-mari était un porc, et encore, c'est insulter ces animaux. Les deux, trois amants qu'elle a eus ensuite ne valaient pas vraiment mieux. Il y avait René, qui ronflait comme un sonneur une fois sa petite affaire faite (et l'emploi de l'adjectif « petite » est complètement justifié). Puis Bob, un assistant d'anglais de passage au lycée. Jeune, l'haleine fraîche (ce qui, déjà, était une avancée par rapport à ses prédécesseurs), mais ayant biberonné à Pornhub, adepte de la fessée (dont il n'était pas avare quand il s'agissait de la distribuer, mais beaucoup moins fan si Viviane s'aventurait à lui tapoter le postérieur) et des grands cris de plaisir. Son manque total de discrétion et ses « Oh yes, oh YESSSSSS » avaient provoqué une crise de rire chez Viviane un midi où ils s'étaient retrouvés chez elle, et Bob, vexé, avait tourné casaque pour ne plus jamais revenir.

Tout ça remonte maintenant à quelques années, il faut bien l'avouer. Viviane a décidé que l'invisibilité lui convenait finalement mieux. Mais dans un monde où le sexe est omniprésent, où le plaisir est disséqué en permanence et la ménopause étalée partout comme de la margarine sur du pain de campagne rance, il lui est malgré tout difficile de ne pas y penser.

Pour autant, personne n'éveille chez elle la moindre tentation. Yves est plutôt pas mal, mais il manque de virilité à ses yeux. Quant aux autres patients… Non, vraiment, merci, mais non merci.

Un rectangle vert.

Vert comme les collines environnantes. Comme la nature. Hostile, parfois.

Comme l'espoir.

Car oui, Viviane se sent pleine d'espoir au moment où elle trempe son pinceau dans le petit pot de peinture.

Ils s'en sortiront. Valérie ira mieux, Aurore aussi, Yves itou. Ils retourneront dans leurs établissements respectifs et tout ira bien.

Mais un nuage assombrit cet horizon de paillettes et de licornes. C'est l'ombre de Phil qui vient recouvrir son tableau.

— C'est joli ce que tu fais là, commente-t-il en postillonnant sur la toile. Ça me rappelle les gommettes de mon enfance. Et puis, là, avec les couleurs, ça fait un, cinq, douze en vert. Comme les chiffres bibliques.

Viviane balance un regard vide à Phil, dont l'haleine n'est pas sans rappeler celle de René, justement.

— Les chiffres de la Bible ?

— Ben oui, tu sais bien ! Le 1 symbolise Dieu, l'unique. Le 5 fait référence à la parabole des cinq talents, où en gros il est dit qu'on donnera à celui qui a déjà plein de trucs, et ça, je me le rappelle bien parce que c'est ce que le juge a dit quand Bérénice a voulu tout me prendre : « Celui qui n'a rien se verra enlever même ce qu'il a » ; bon, j'ai pas tout compris, hein, mais tu vois l'idée ? Et le 12, ben c'est les apôtres, les Élus, quoi !

Et sur ces mots, il quitte la salle, laissant Viviane le pinceau en l'air. La comptable est dans un tel état de sidération qu'elle ne le voit pas goutter sur son tableau, définitivement ruiné.

Jamais elle n'aurait cru que Phil serait celui qui leur apporterait une partie de la réponse au mystère des meurtres de phacochères.

Céline fulmine. Sa fille a réussi à se teindre les cheveux en bleu pendant la nuit, et c'est un désastre. Impossible de l'envoyer ainsi au collège, où, de toute manière, elle ne sera pas acceptée. La voilà obligée de poser en catastrophe un jour de congé. En toute honnêteté, ce ne sont pas ses détergents qui vont lui manquer. En revanche, ne pas voir Yves…

Chez le coiffeur, l'ado affiche une mine de circonstance. Fermée, buttée. Marmonnant entre ses lèvres pincées que personne ne la comprend. Que vivement qu'elle se casse de la maison. Que sa mère est une conne. Jalouse, même, tiens. Céline fait semblant de ne pas entendre en confiant sa progéniture à Aline, qui, compatissante, l'installe dans un coin du salon, une tasse de café à la main.

Bercée par le chant des sèche-cheveux et l'humidité des lieux, la jeune femme ferme un moment les yeux. Elle a eu le temps de prévenir Yves de sa défection. Il lui a souhaité bon courage et a avoué avoir hâte de la retrouver le lendemain. Elle ne veut pas se faire des idées, il s'agit peut-être seulement d'avancer dans leur enquête, mais elle n'a pu s'empêcher de sentir voleter quelques papillons dans son ventre. Des papillons dont elle craignait qu'ils ne soient tombés en poussière, forcément, au fil du temps. Car les papillons, c'est comme le reste, il faut les nourrir d'amour et de lumière. Autrement, ils se dessèchent.

Alors la voilà, avec ces papillons frôlant la résurrection quand elle murmure pour elle-même le prénom d'Yves, les effluves de laque et l'arôme du café sur la langue. Elle se sent bien. Si bien qu'elle pourrait s'endormir, en fait, se laisser voguer sur une mer de Chamallows roses nageant dans un nuage de chocolat noir. Le paradis.

Mais une voix la sort de sa rêverie.

— … trois. C'était horrible ! Les corps devaient être là depuis un moment, je vous assure que le spectacle n'était pas beau à voir ! Ces pauvres bêtes ! Et je ne vous parle pas du chantier autour : des bouteilles vides en pagaille ! Qui est assez dégénéré pour venir faire la bamboche autour de cadavres de sangliers ! Mais où va le monde !?

Céline se tourne vers la femme qui vitupère ainsi. Elle ne la connaît pas. En revanche, Maryse, qui la coiffe, oui. Elle en profite.

— Il y a eu des braconnages ? demande-t-elle avec un sourire. Pardon de m'incruster comme ça dans votre conversation, mais je vous ai entendue parler de sangliers et…

L'inconnue n'a pas besoin d'être plus encouragée.

— Oui, c'est scandaleux ! Je suis la présidente de l'association Chat-souris, vous savez ? On nourrit les chats abandonnés par leurs maîtres qui mériteraient, eux, de vivre une mort longue et douloureuse. Bref, depuis quelque temps, on a remarqué une mère et ses chatons non loin d'une maison en construction, dans le vallon de la fée. Vous voyez où c'est ?

Céline voit très bien, oui. Le vallon jouxte la clinique psychiatrique. Elle opine.

— Bon, donc on va régulièrement là-bas les nourrir, les pauvres. Eh bien, figurez-vous que pas plus tard qu'hier, on y a découvert ces trois cadavres ! Oui, madame ! C'est répugnant, honteux !

— Pardon, mais il s'agissait de sangliers ou de laies ?

— Comment voulez-vous que je le sache ? Je ne suis pas vétérinaire légiste ! Et avec cette puanteur, je ne tenais pas à y passer la journée !

Maryse fait de son mieux pour calmer sa cliente qui, sous le coup de l'indignation, balance la tête en tous sens, menaçant la réussite de sa coupe.

— Brigitte, calme-toi ! Je vais finir par t'éborgner !

— Oui, pardon, excuse-moi, mais ça m'enrage des trucs pareils !

Céline compatit d'un claquement de langue. Mais son esprit est déjà ailleurs, bien loin des mers de Chamallows et des shampoings régénérants. Il bat la campagne.

Il n'y a plus à tortiller, il lui faut mettre la main sur Anastase. Il connaît le terrain comme sa poche. Et s'il n'est pas le responsable de ce carnage, il aura sûrement une idée de qui se cache derrière tout ça.

Marco. Entretien n° 15

Le patient se tient voûté. Sa main droite tremble.

– Comment s'est passée votre journée ?

– Bof. Les ateliers de jardinage n'ont pas encore repris.

– Vous aimez ces ateliers ?

– Ouais, c'est sympa. On apprend des trucs. Pis on est dans le concret, quoi. Ça me rappelle aussi des souvenirs. Quand…

Silence.

Silence.

– … quand je vivais en Camargue. Là-bas aussi ils fabriquaient une drôle de liqueur. Elle avait le goût de l'anis et de la menthe. J'ai jamais réussi à savoir ce qu'il y avait vraiment dedans. Mais ça déchirait grave. Fallait pas abuser, ça c'est sûr.

– Pourquoi dites-vous « là-bas aussi » ?

Silence.

Silence.

Le patient met un terme à l'entretien.

Jour 21

« À l'issue de leur hospitalisation, les patients se verront remettre un questionnaire de satisfaction. Il convient de prendre le temps de bien y répondre afin que nous puissions améliorer la qualité de nos services et de nos soins. »

— Ça ne peut plus durer !

Landrick tonne. La réunion matinale ne s'annonce pas bien. Bescotte soupire, lève les yeux au ciel. Il croit quoi, Landrick ? Qu'il est le seul à soigner des zinzins, ici ? Il se prend pour qui à la fin ? Il s'imagine que les autres sont testeurs de loisirs créatifs ? Non, mais merde, quoi !

Elle ouvre la bouche, prête à rabattre son caquet à son confrère, puis se contient. Autant entendre ce qu'il a à dire. Si ça se trouve, il va juste se plaindre une fois encore de la qualité du PQ, tout est possible. Si les hémorroïdes sont les seuls problèmes de ses patients, ricane-t-elle intérieurement, il pourrait tout aussi bien bosser en gériatrie.

— Ça ne peut plus durer ! éructe une fois de plus le psychiatre, pour bien enfoncer le clou. Le standard fait n'importe quoi ! Ils m'ont passé hier une certaine Mme Klein. Ça te parle, ça, Amélie ?

Bescotte hausse les épaules. Non, ça ne lui dit rien. Pour elle, Klein, c'est Calvin. Ça sent bon. Voilà tout. Mais elle préfère quand même son Lancôme.

— La femme d'un de tes patients. Décédé, en plus, comment as-tu pu oublier aussi vite ?

Merde. Klein. Émeric Klein, évidemment.

— Oui, et alors ? se défend-elle. Elle veut venir soigner son traumatisme de veuve dans ton service ? Pourtant, elle n'avait pas l'air très affligée, la dame, quand elle a appris la mort de son époux dans un hôtel !

— Ah, mais les choses ont changé, ma pauvre Amélie. Et heureusement que c'est moi qui l'ai eue au téléphone, autrement on courait à la catastrophe ! Figure-toi que parmi les objets du défunt se trouvait un flacon, lequel avait une drôle d'odeur. La dame a eu l'idée de faire analyser le liquide. Et tu sais de quoi il est mort, ton patient ? Non ? Je vais te l'apprendre : il a été empoisonné !

Bescotte reste sans voix. Le reste de l'assistance s'est figé.

— Mais…

— Mais rien du tout ! Quand elle m'a décrit le flacon, je n'ai plus eu aucun doute : c'était la copie conforme de ceux qu'on a retrouvés près de la laie ! Le même, je te dis ! Il a fallu tout mon doigté et mon assurance pour la retenir de porter plainte. Alors, oui, j'ai menti ! Menti pour sauver vos petits culs bien à l'abri, et le mien aussi ! Je ne sais pas comment ce con a réussi à mettre la main sur ce flacon, mais une chose est sûre : il a connu la même fin que les bestioles qui nous pourrissent l'existence.

Arbre à gale, tu as ma préférence.
Porteur de promesses, tu fleuris l'été.
Porteur de mort, tu taches la peau et les âmes.
Tu es une merveille.
Tu rends malade, et les malades contaminent les bien portants.
Tu provoques la mort sans avoir l'air d'y toucher.
Certains auront les parties génitales affectées.
D'autres mourront d'ulcères.
Et ceux qui restent ne pourront expliquer leurs maux.
Ta racine est rampante et sinueuse,
Elle ressemble au mal que tu distilles, discrètement, secrètement.
Une goutte ? Trois ? Vingt ? Combien en faudra-t-il pour que meure ta victime ?
Toi seul le sais.

Toi et Mamie.
Un. Cinq. Douze.
Trois.
Et toi.

Aurore somnole dans sa chambre. Le cours de sport du jour lui a collé des courbatures dans des endroits de son corps où elle n'avait même idée que résidaient des muscles. Elle est rincée.

Elle a trouvé en entrant dans sa chambre une jolie bouteille ouvragée sur sa table de nuit. Un cadeau d'Yves, sûrement, il est tellement plein de délicatesse. Elle a ouvert le flacon, humé son parfum. Un peu fort, un peu mentholé, avec une touche de quelque chose qu'elle n'est pas parvenue à identifier.

Elle a fait tomber quelques gouttes du liquide dans son verre à eau, puis a rempli ce dernier au robinet. Le goût du mélange n'était pas désagréable. Elle s'est resservie.

Puis la fatigue l'a prise.

De toute manière, elle n'a pas grand-chose à faire jusqu'au déjeuner, autant qu'elle se repose.

Ses pensées s'égarent, se nouent et se dénouent. Des images dansent derrière ses yeux fermés. Le Clain, l'odeur du sous-bois. La mer, l'odeur des posidonies l'hiver, quand elles s'amassent sur les plages, les protégeant des tempêtes. Le parfum subtil qui règne dans l'appartement de Jeanne, où se mêlent pots-pourris à l'orange, anis, et une touche de Dior. Le fumet qui s'échappe de la cantine, dès 9 heures du matin. Qui lui rappelle le lycée. Les cris des élèves. Le regard lubrique du prof d'arts plastiques. Le rire en cascade de la prof de musique.

Sa main la démange, la tirant de sa somnolence. Elle se gratte sans y penser. Un moustique, sûrement, ils attaquent maintenant en toutes saisons.

Son téléphone vibre. Elle n'a pas le courage de s'en emparer.

Elle flotte. Petite brindille portée par le courant d'un ruisseau. Ça glougloute à son oreille. Le chant d'un rossignol sur une branche basse. Le soupir d'un renard qui passe. Les bruyères écrasées sous le pas lourd d'un sanglier.

Elle a perdu conscience.

Céline en a ras-le-bol des facéties du Gilles de La Tourette. Non seulement Valentin ne se maîtrise pas, c'est le propre de sa pathologie, mais en plus il en joue. Elle n'en peut plus. Ce matin, quand elle est entrée dans sa chambre, elle l'a trouvée dans un désordre indescriptible. Vêtements éparpillés au sol, slips accrochés sur le montant de la porte, journaux en boule dans le lit… et, pour couronner le tout, un flacon de je ne sais quoi s'était renversé sur la table. Du flacon même, il ne restait que des bouts de verre sur lesquels elle a manqué s'empaler la main.

C'est donc de très mauvaise humeur qu'elle a nettoyé la pièce, grommelant entre ses dents que ça suffisait, qu'elle en avait marre, que ça ne pouvait plus durer. D'autant que, comme de bien entendu, Alex, qui aurait dû se charger de cette aile du bâtiment, avait prétexté une surcharge de travail à la buanderie pour se débiner. Céline ne se fait pas d'illusions : la jeune femme a sûrement jeté un coup d'œil à la pièce et trouvé cette ruse pour s'éviter une fatigue supplémentaire.

Comme à l'impossible nul n'est tenu, Céline sait déjà qu'elle ne pourra pas s'occuper des autres chambres aussi bien qu'à son habitude. Après tout, les journées n'ont que vingt-quatre heures, et elle ne compte pas passer les quatorze restantes arrimée à son balai.

Elle empile comme elle le peut les vêtements de Valentin, impressionnée comme toujours par leur taille. Certains ressemblent carrément à des housses à piano. À peine cette image s'est-elle imposée à elle qu'elle s'en veut. L'obésité est une maladie comme les autres, ça n'a rien de drôle. Et puis, certains traitements médicamenteux font prendre du poids. Arrêtons la grossophobie.

La table, maintenant.

Elle se concentre pour ne pas se couper, vérifie à plusieurs reprises qu'il ne reste aucun éclat de verre. Puis se penche pour passer une éponge humide sur les taches verdâtres qui demeurent.

Le liquide a légèrement collé au revêtement du meuble, y laissant des traces plus claires là où Céline fait avancer son éponge.

Mais c'est l'odeur, surtout, qui la frappe. Une odeur qui lui rappelle sans aucun doute possible le Get 27. Une odeur qu'elle associe maintenant au rince-bouche de la salle de bains de Valérie, même si la note de menthe est ici moins forte.

Elle ouvre le sac-poubelle qu'elle vient de refermer et y plonge la main, priant pour ne pas se couper sur les multiples éclats de verre qu'elle y a jetés.

Yves V. Entretien n° 21

Le patient semble de bonne humeur.

— Bonjour, comment vous sentez-vous aujourd'hui ?

— Bien, merci.

— Une raison particulière à cela ?

— Aucune… enfin, je ne crois pas.

— Vraiment ?

Il rougit.

— Heu… disons que je commence à voir les choses autrement. Je me dis que tout ça, c'était un mal pour un bien.

— Bravo, vous avez beaucoup avancé depuis notre dernier rendez-vous.

— Peut-être, je ne me rends pas compte. Vous croyez ?

— Oui. Qu'avez-vous changé dans vos habitudes ?

Silence. Le patient sourit pour lui-même.

— Mes lectures ? Je suis plongé dans Marc Aurèle. J'y trouve beaucoup de réconfort, c'est vrai.

— Y a-t-il une citation en particulier qui vous aurait frappé ?

— « Mais l'homme heureux, c'est celui qui s'est attribué à lui-même un bon lot, et un bon lot, ce sont de bonnes orientations d'âme, de bonnes tendances, de bonnes actions. »

Viviane en a marre. La machine à café est encore en panne : elle a goulûment avalé sa pièce, sans pour autant lui recracher sa monnaie… ni son chocolat. C'est insupportable.

Elle s'est rendue à l'accueil d'un pas martial, mais on ne pouvait rien faire pour elle. L'entreprise en charge de la bête était passée le matin même, il faudrait attendre maintenant au moins soixante-douze heures Oui, bien sûr, c'était contrariant. Mais il y avait plus grave, non ?

Avant de s'en prendre physiquement à la conne qui avait osé lui débiter une ânerie pareille, la prof de compta a préféré prendre la tangente.

Elle a marché sans but dans le parc, espérant tomber sur ses amis, leur parler de sa découverte du jour, mais, comme de bien entendu, ils n'étaient visibles nulle part. À croire qu'ils la fuient !

Elle se retrouve maintenant face à un grillage en piteux état. L'idée de fuguer par là est tentante. La brèche est suffisante pour lui laisser le passage ; aucune caméra n'a l'air de s'intéresser à l'endroit.

Viviane jette des coups d'œil de droite à gauche, un pied déjà hors de l'enclos.

Elle s'imagine prendre le galop, s'élancer vers la liberté en poussant des cris de joie qui résonneraient entre les collines. Elle s'installerait en haut d'un arbre, comme le baron perché. Et vivrait de baies et de chasse, comme… mon Dieu, les exemples sont nombreux quand même, pourquoi aucun ne lui revient à la mémoire ? En tout cas, elle vivrait, et c'est déjà beaucoup, car elle en est maintenant persuadée : l'Empoisonneur de Cochonnes ne va pas s'arrêter là.

Elle pourrait aussi choisir l'option Anastasie, se calfeutrer dans une grotte, épier les brigades de gendarmes lancées à sa recherche, se fondre dans l'ombre où personne ne viendrait la chercher.

C'est tentant, oui.

Mais au moment où elle enjambe le grillage, son pull se prend dans un barbelé et elle s'étale de tout son long, le corps à mi-chemin entre la liberté et les Trois N'y Touchent.

Une violente douleur lui arrache un cri. Elle se relève comme elle le peut, et constate que la paume de sa main est vilainement entaillée. Le sang coule le long de son bras, s'infiltre sous la manche de son pull. Elle sent le malaise venir.

Pour lutter contre le vertige, elle cherche à accrocher son regard à un point fixe. Et découvre ainsi le responsable du carnage : un éclat de verre qui scintille au soleil, cruel.

Valérie en a l'estomac retourné.

— Mais comment tu t'es fait ça ?

Elle a croisé Viviane en piteux état, blanche comme un spectre, qui revenait en clopinant vers l'entrée des Trois N'y Touchent, alors qu'elle-même sortait fumer.

La prof de compta est échevelée, son pull a un accroc de la taille d'une pièce en chocolat (la plus grande du paquet) et sa main gauche est couverte de sang.

Elles grimpent maintenant l'escalier en direction de la salle des infirmières, où Marie-Isabelle est en train de préparer les médicaments du midi. Valérie a toutes les peines du monde à ne pas vomir, ni tourner de l'œil.

— Oui ? s'enquiert MI quand elles frappent à la porte vitrée.

— C'est Viviane, elle est blessée, répond la prof d'anglais.

Marie-Isabelle blêmit en découvrant la Viviane en question.

— Mais qu'est-ce qu'il vous est arrivé ?

Cette dernière s'affale sur la chaise la plus proche, tenant sa main blessée.

— Je suis tombée, murmure-t-elle.

Marie-Isabelle s'active. Elle attrape des compresses stériles, du désinfectant, puis fait glisser un tabouret jusqu'à sa patiente, Valérie se raccrochant au mur, des étoiles dansant devant ses yeux.

— Ne bougez pas. Ça risque de piquer un peu.

Au premier cri de son amie, Valérie se laisse glisser au sol et pose la tête sur ses genoux.

— Vous n'allez pas vous évanouir, vous ? lance Marie-Isabelle, soudain dépassée par la situation.

— Non… non, murmure Valérie qui ne sent plus ses jambes ni ses bras et qu'un voile noir recouvre peu à peu.

Quand elle reprend connaissance, elle est allongée au sol, les jambes en l'air, maintenue dans cette position d'autant plus inconfortable qu'elle avait choisi de porter une jupe ce matin-là, par un Hervé aux sourcils froncés.

L'infirmier lui sourit quand il la voit battre des paupières.

— Ça va mieux, madame Kaouch ?

Encore trop faible pour parler, Valérie opine lentement.

— Bien. Vous nous avez fait peur ! Faut pas s'évanouir comme ça à la vue d'une petite goutte de sang, hein !

Il n'en faut pas plus pour que l'enseignante se sente de nouveau mal.

— Ah non, restez avec nous ! Madame Kaouch ? Madame Kaouch ?

Cette fois, c'est dans son lit qu'elle se réveille. Hervé est installé sur une chaise et l'observe.

— Ah ! Buvez ça, dit-il en l'aidant à se redresser.

L'eau lui fait du bien. Elle la sent descendre le long de sa gorge, de son gosier. Sa fraîcheur achève de lui remettre les idées en place.

— Pardon… Je ne sais pas ce qui m'a pris.

— Vous êtes sensible, c'est tout. Ça arrive à tout le monde ! Ne vous en faites pas !

Valérie a les larmes aux yeux.

— J'ai honte, souffle-t-elle.

— Mais non, voyons ! Il ne faut pas ! Au moins, si un jour vous envisagez une reconversion professionnelle, vous savez que ça ne sera pas dans les métiers du soin à la personne.

Un petit rire échappe à la jeune femme.

— C'est sûr !

— Je peux vous laisser ? Vous vous sentez d'aller déjeuner en salle ? Ou je vous fais monter un plateau à midi ?

— Non, non, ça ira. Et Viviane ?

— Elle est partie aux urgences, sa main avait besoin de quelques points, mais rien de grave, je vous rassure.

Valérie soupire.

— Merci, en tout cas.

— De rien, voyons. On est là pour ça. Tiens, c'est joli votre flacon, là !

Dans la lumière, le liquide vert du flacon qu'a soulevé l'infirmier prend des teintes plus claires. Elles rappellent à Valérie des nénuphars. En revanche, elle n'a pas souvenir de l'avoir posé là la veille au soir.

Yves est installé à sa place sous l'Abribus. Dans ses oreilles, Françoise Hardy. Il aime la voix de la chanteuse. Et son élégance. Il l'aime, quoi. Il fredonne en rythme avec elle *et demain, tout ira bien, tout sera là, là au final quand je prendrai le large*… Il sait que la chanson évoque le deuil, le voyage final, mais ce n'est pas ainsi qu'il l'entend. Non, pour lui, cette chanson est celle d'un nouveau départ, de l'espoir de lendemains qui chantent, de sourires, de douceur, d'une main chaude dans la sienne, de plages et de rires, de soleils qui chutent dans la mer dans un ciel de sang et d'or.

Il remet une nouvelle fois la chanson. Pense à Céline. À l'éclat d'or de son regard quand elle rit. Au tatouage sur son bras. À la délicatesse de ses mains. À la sûreté de ses gestes quand elle travaille.

Il l'a ratée ce matin et espère la croiser dans l'après-midi. Il a été occupé : son entretien avec Marguerite, la visite du généraliste, l'atelier de relaxation guidée. Une matinée bien remplie. Mais il sait qu'elle est passée dans sa chambre : il y a trouvé un petit flacon délicat qui dégageait une légère odeur de menthe quand il en a retiré le bouchon. Il n'est pas sûr qu'il se boive, il a peur de faire une bêtise, qu'il s'agisse là d'un savon liquide pour les mains, par exemple, et ne voudrait pas passer pour un benêt. Il compte la remercier quand il la verra, et, grâce à quelques questions discrètement orientées, il pourra lever le voile sur le mystérieux flacon.

En attendant, il profite du soleil, de la douceur de cette journée où l'on sent quand même l'automne qui approche, et ne cherche pas à s'interroger plus avant sur le reste, qui arrivera bien assez vite.

Marco s'encadre sur le seuil de la porte menant au parc. Il offre son visage au soleil. Sur ses lèvres s'affiche un sourire étrange qui met soudain Yves mal à l'aise.

Un nuage s'étire, un frisson lui parcourt l'échine. Il fait taire Françoise, se remet lentement debout, et rentre à petits pas dans le bâtiment.

La cloche a sonné depuis cinq bonnes minutes déjà. Chacun a rejoint sa table. Seule Aurore ne s'est pas encore montrée. Yves ne s'en inquiète pas. Il arrive à la jeune femme d'être en retard.

Yves attaque donc courageusement le plat du jour. Une viande bouillie, indéterminée, flotte dans une sauce à laquelle il aurait aussi bien du mal à donner un nom. Côté légumes, il croit distinguer des blettes, sans certitude.

Entre deux bouchées, il constate que Viviane est elle aussi aux abonnés absents. Et que Valérie a de nouveau l'air de ne pas être en forme.

Il soupire tout en mâchant son bout de viande. Parfois, il en a marre des Trois N'y Touchent. Marre de cette bouffe infâme, marre de ces dépressifs, marre de se regarder le nombril. Il croit avoir trouvé la voie, avec Marc Aurèle, et s'y accroche. « En tous lieux et sans cesse, il dépend de toi d'être pieusement satisfait de l'occurrence présente… » Oui, voilà ce que Marc Aurèle écrit, et pour Yves, c'est bien plus parlant qu'un « revenez au présent ». Comme quoi, une simple différence de formulation change tout.

D'ailleurs, songe-t-il, pourquoi se crisper sur les lieux, les patients, la nourriture ? Il ne dépend que de lui d'être satisfait, non ? Il lui suffira de remplir le questionnaire de satisfaction pour laisser libre cours à ses remarques acerbes. Voilà. Un problème, une solution.

Mais quand même, quand même, doit-il *se contenter* d'être là ? d'être *lui* ? Le temps n'est-il pas venu d'affronter le reste de sa vie ? D'avancer d'un pas guerrier et la tête haute vers un futur dont il ne tient qu'à lui qu'il soit radieux ?

Revigoré par ces pensées, il plonge sans crainte sa fourchette dans son assiette. Elle en ressort dégoulinante, un légume mou et d'une teinte suspecte se balançant sans grâce à l'une de ses extrémités.

Yves soupire. *Pieusement satisfait*. Certes. Cela dit, c'est plus facile certains jours que d'autres.

Bescotte grince des dents sur sa salade parmesan-soja-quinoa-avocat. Encore une belle journée pourrie.

Ne manquait plus que la famille Klein. L'étau se resserre, elle le sent physiquement, elle a du mal à respirer, à reprendre son souffle. Compte tenu de la chronologie des faits, Émeric n'a pu mettre la main sur cette bouteille que lors du premier meurtre. Il a dû la trouver près de l'animal et l'empocher sans rien dire à personne. Quel con.

« Tu ne dors pas assez, ma pauvre, se dit-elle d'une voix intérieure aussi inquiète que moqueuse. Tu ne t'en sortiras pas si tu ne prends pas du recul. Là, tu te laisses dépasser, ça va mal finir. Tu devrais retourner faire une bonne séance d'acuponcture chez le docteur Keron, tiens, ça te détendrait. Et puis, il a de beaux restes, Keron. On ne devinerait jamais qu'il était commercial avant de se convertir à la médecine chinoise. Il a les mains douces, Keron, un sourire de guingois des plus charmants. Et aucune photo de femme avec enfants sur son bureau, n'est-ce pas ? »

Une graine de quinoa vient titiller sa mâchoire sensible, mettant un terme brutal à ses divagations. Elle soupire, se repasse le fil de la matinée.

La réunion n'était déjà pas une réussite, elle aurait dû se douter que la suite serait à l'avenant. Et ça n'a pas raté. Il lui a fallu gérer Viviane, qui s'était tranché le lard de la main on ne savait où ; la Kaouch qui était tombée dans les pommes ; les récriminations de Céline, elle qui pourtant d'habitude garde profil bas ; les COUILLES DE RAT BITTE AU CUL DE TA MÈRE d'un Valentin excédé (elle n'en est pas sûre, mais elle a cru comprendre que sa chambre a été mise à sac ; sincèrement, elle n'y croit pas trop, ce type s'agite comme un moulin à vent en tous sens, c'est sûrement lui qui a tout renversé sans même s'en rendre compte).

Son téléphone sonne. Quoi encore, soupire-t-elle en délogeant un bout de salade coincé entre deux dents.

— Oui ? aboie-t-elle.

— Docteur Bescotte, pardon de vous déranger, c'est Hervé au téléphone. Je vous appelle au sujet de Mme Blancas. La cantine vient de me prévenir : elle ne s'est pas présentée au déjeuner…

— Et donc ? Vous pensez que je vais aller lui donner la becquée ?

Un blanc. Intérieurement, Amélie lève les yeux au ciel. Elle n'aurait jamais dû se montrer aussi cinglante. Mais elle n'a pas le temps de s'excuser que l'infirmier reprend :

— Non, bien sûr. Je suis allé dans sa chambre. Nous avons un problème.

Cette fois, Bescotte comprend que c'est sérieux.

— Ne touchez à rien, j'arrive.

L'affolement règne parmi la bande de l'aile Jules Ferry. Aurore vient d'être emmenée aux urgences. L'ambulance est partie à grand renfort de pin-pon, alors que, d'habitude, les extractions se font plus discrètement, histoire de ne pas fragiliser encore un peu plus des gens qui le sont bien assez comme ça.

Sous l'Abribus, Yves et Valérie fixent l'horizon, le regard vide. Viviane n'est pas encore revenue. Mais ils ont réussi à la joindre sur son portable, elle s'en sort avec quelques points de suture, rien de bien méchant. Ils n'ont soufflé mot d'Aurore. Pas la peine d'en rajouter au stress de la prof de compta, qui était assez incohérente, répétant les chiffres un, cinq, douze dans des phrases sans queue ni tête que la mauvaise communication n'aidait pas à comprendre. Ils l'ont rassurée du mieux qu'ils ont pu, et promis de jouer ça au loto ce soir si elle n'était pas revenue à temps.

Un mensonge, car aucun d'eux ne compte s'y rendre. Ils sont inquiets pour Aurore. N'osent pas formuler à voix haute cette inquiétude, de peur d'angoisser un peu plus l'autre. Yves connaît les fragilités de Valérie, mesure combien le moindre changement d'atmosphère l'atteint de plein fouet. Ses hauts et ses bas n'ont pas cessé depuis qu'il l'a rencontrée pour la première fois sur ce banc. Parfois, oui, il semblerait qu'elle aille mieux, qu'elle parvienne à grimper la pente sans plus risquer de reglisser de l'autre côté. Et puis… et puis, voilà qu'elle redescend, qu'elle recule de nouveau.

Valérie, de son côté, est préoccupée pour Yves. Elle a bien compris que derrière ses sourires et ses silences se cachait une vulnérabilité contre laquelle il lutte. Elle sait à quel point il se soucie des autres avant de s'occuper de lui. Et du coup elle préfère ne rien dire plutôt que de prononcer un mot de travers.

Ils sont là, côte à côte, mais plus seuls que jamais.

Jeanne est au chevet d'Aurore. Elle lui caresse la main, les larmes coulant sur ses joues. La documentaliste n'a pas repris connaissance. Jeanne refuse de prononcer, ne serait-ce qu'intérieurement, le mot de « coma ». Elle préfère croire son amie endormie. Comme une princesse de conte de fées, n'attendant que le baiser du prince pour battre des paupières, sourire et vivre.

Mais le bip lancinant des machines indique que ce sommeil-là nécessite d'être monitoré, évalué, surveillé.

Les médecins ne comprennent pas. De quoi souffre Aurore ? Elle a des plaques urticantes sur le corps. Ses intestins sont en grève. Son rythme cardiaque inquiétant. De nombreux symptômes, donc, mais de quoi exactement ?

Jeanne soupire. Le visage de son amie est blême, ses yeux creusés. Son souffle soulève à peine sa poitrine.

— Mon Aurore, ma cops, ma BFF, réveille-toi, bordel. Tu ne vas pas roupiller comme ça toute la journée ! T'as un tas de trucs à faire, je te rappelle ! Comme ta séance de sport, celle de relaxation. Et y a pas loto à ton Ephmed ce soir ? Non ? Tu pourrais gagner un chouette truc, comme, je ne sais pas, moi, un mug décoré par ton Gilles de La Tourette ! Ou un autoportrait en gommettes de ton Guy Georges ! Ça te pousse pas hors du lit ces perspectives ? Mais qu'est-ce qu'il te faut ? T'es bien snob, là ! Quand même ! Ça en motiverait plus d'un, tu ne crois pas ?

Aurore ne répond pas. Rien ne laisse penser qu'elle entend même son amie. Là où elle se trouve maintenant, aucun son ne l'atteint plus.

Jour 22

Yves n'a pratiquement pas fermé l'œil de la nuit. Il l'a passée au téléphone avec Céline, remontée comme un coucou suisse sous acides.

La jeune femme a proposé moult hypothèses pour expliquer les événements de la veille. Mais aucune ne tenait la route bien longtemps.

« Et si Aurore avait tenté de se suicider ? »

Impossible. La jeune femme allait bien mieux. Et puis, comment s'y serait-elle prise ? Son traitement était léger, même en camouflant ses cachets jour après jour, elle n'en aurait pas eu assez pour mettre un terme à sa vie.

« Et si elle était victime d'une allergie alimentaire non décelée ? »

Pourquoi pas ? Mais de là à sombrer dans le coma ?

Oui, bien sûr ! C'est connu que certaines sont mortelles !

Mais après de nombreux pianotages sur des sites médicaux plus ou moins spécialisés, cette suggestion-là a à son tour coulé. La liste des maux dont souffrait la documentaliste ne collait tout simplement pas avec ce diagnostic.

« Une tentative de meurtre ? » a fini par souffler Céline-Miss-Marple-Holmes-Poirot.

Yves est resté silencieux un bon moment. L'idée lui a aussi traversé la tête, mais pourquoi s'en prendre à Aurore en particulier ?

Les deux détectives amateurs ont malgré tout passé les heures suivantes à creuser dans cette direction. Il faut dire que Céline disposait d'informations qu'Yves n'avait pas.

« Récapitulons. Il y a eu ces meurtres d'animaux. J'ai un peu fouillé sur les symboliques, a avoué la jeune femme qui avait pourtant affirmé haut et fort que ces pistes ne présentaient aucun intérêt, et j'ai découvert une chose à laquelle nous n'avions pas prêté attention : il y a eu trois meurtres. Enfin, six, si on compte les trois premiers animaux tués hors de la clinique. Mais bon, on en revient au chiffre trois. »

Yves a accueilli d'un silence ces informations.

« Et ?

— Eh bien, a avancé Céline, marchant sur des œufs, je me suis demandé si le tueur ne cherchait pas à nous faire passer un message. Le trois, dans la Bible, c'est quelque chose ! Le chiffre symbolise la Trinité évidemment, mais aussi la vie, la mort et la résurrection. »

Puis, tentant le tout pour le tout, elle a ajouté :

« C'est comme ces histoires de martyres. Je suis sûre que ce n'est pas anodin ! »

Yves était dubitatif. Il fallait vraiment être un grand malade pour se lancer dans des espèces de sacrifices rituels au sens obscur.

« D'un côté on a des animaux tués dont la symbolique est forte, qui représentent le Mal. Et de l'autre, des vierges et martyres… Quand même, ça ne peut pas être un hasard ! » a insisté Céline.

Yves s'est concentré.

« Tu crois que… Tu crois que ces animaux, des femelles dans l'ensemble, sont sacrifiés comme des martyres ? Et que le but de tout ça, c'est l'idée de résurrection ? De revenir d'entre les morts ?

— Ça m'a traversé l'esprit, oui. »

Yves s'est replongé dans ses pensées.

« Il y a peut-être quelque chose à creuser, en effet. Mais ça peut aussi vouloir dire que les femmes ne méritent pas mieux que de crever, que ce sont toujours elles qui paient le prix fort.

— Je sais, a soupiré Céline. Ma théorie est encore bancale, il me manque des pièces du puzzle.

— N'oublions pas non plus les bouteilles ! Source de vie ? de mort ? »

Ç'a été au tour de Céline de marquer un temps. Elle hésitait. Elle ne voulait pas balancer sans preuve, mais… on ne jouait plus, là, une vie était en jeu.

« Tu sais, le flacon dans la salle de bains de Valérie ? Celui que j'ai cassé ? J'ai cru que c'était un vulgaire bain de bouche, à l'odeur un peu trop prononcée de menthe. J'ai même cherché en grande surface pour le remplacer. Sans succès. Maintenant, je n'ai plus aucun doute, je t'assure. C'était de l'alcool ! »

Yves n'a pas commenté. Céline a déjà mentionné la chose, mais il a encore du mal à y croire. Les sautes d'humeur de son amie viendraient-elles malgré tout de là ?

« Tu crois que…

— Je n'affirmerais rien si on me demandait de jurer sur la Bible. C'est trop grave. Mais quand même ! Et puis, hier, quand j'ai nettoyé la chambre de Valentin, qui, soit dit en passant, était dans un état pire que d'habitude, j'ai vu qu'il y avait du verre brisé. En ramassant les morceaux, j'ai constaté que c'était le même flacon que celui de la chambre de Valérie.

— Il est comment ? » s'est soudain exclamé Yves, à qui la mémoire revenait.

Car avec tout ça, il avait oublié celui retrouvé dans sa chambre.

« Une forme comme celle d'un parfum, genre, je ne sais pas, moi, j'en mets jamais ! Un truc cher, comme dans les pubs. Et classique à la fois, tu vois ce que je veux dire ? Une chose est sûre, le liquide que j'ai dû lessiver ressemblait à s'y méprendre à celui de la salle de bains de Valérie. Quoique l'odeur… Y avait un truc en plus, ou en moins. Disons que la menthe était moins présente.

— Un flacon assez joli, verre épais, couleur olive ? a insisté Yves. Et à l'intérieur, quelque chose d'un peu sirupeux ?

— Comment… ?

— J'ai le même dans ma chambre ! Je l'ai trouvé sur ma table de nuit hier ! J'ai cru que tu m'avais fait un cadeau, mais entre la blessure de Viviane et le reste…

— Mais non, je n'ai même pas nettoyé ta chambre hier ! Alex était en charge de votre aile. Tu en as fait quoi ? Tu en as bu ? »

Céline paniquait, visiblement.

« Non… Je n'étais pas sûr de savoir s'il s'agissait d'un parfum ou d'autre chose, je t'avoue. À la consistance, le doute était permis. J'ai juste reniflé le truc, puis je l'ai rangé.

— Mon Dieu, mais il faut le faire analyser ! Prévenir Bescotte ! Ou même le directeur ! Et si d'autres patients en ont eu ? Ils sont tous en danger !

— Mais qui chercherait à nous empoisonner ? »

La question a calmé immédiatement la logorrhée de Céline, mais pas ses palpitations. Imaginer Yves malade, dans le coma, ou même pire… non, elle s'y refusait !

Elle a pris une profonde inspiration.

« Ça… »

À 4 heures du matin, ils ont raccroché. Céline a promis de vérifier le lendemain dans les chambres dont elle a la charge si de mystérieux flacons y ont fait leur apparition. Yves, de son côté, mettrait en garde les patients. Pour le moment, ils ne diraient rien aux responsables de l'établissement. Après tout, si les flacons avaient été introduits dans les chambres, cela ne pouvait être qu'avec la complicité d'un membre du personnel. Et rien ne leur permettait de deviner lequel. Bescotte même était suspecte. Bien qu'elle semblât n'avoir aucun intérêt à voir ses malades tomber comme des mouches pulvérisées au Baygon.

Yves fait tourner le flacon dans la lumière du jour. Sa couleur est belle. Émeraude. Tentante. L'ouvrage est délicat. La taille parfaite. Un objet bien innocent pour une mort douloureuse.

Mais qui a intérêt à les tuer ? À moins que le choix d'Aurore ne doive rien au hasard ? Non, idiot. Elle n'est pas la seule à avoir reçu ce cadeau empoisonné.

Alors, qui ?

Quand il entend frapper à sa porte, il se dépêche de ranger le flacon dans le tiroir de sa table de chevet. Alex fait son entrée, le plateau du petit déjeuner à la main.

— Bonjour, on a passé une bonne nuit ? N'oubliez pas de vous hydrater !

Main de gloire, comme ton nom est bien trouvé !
Main de la vengeance divine.
Si la nature est si généreuse,
Si elle sait te rendre furieuse,
Qui suis-je pour la contraindre ?
Je ne fais que récolter les dons de Dieu,
Je ne fais que suivre la voie de sa Sagesse.

Main de gloire, éclat, lustre, magnificence
Sic transit gloria mundi
Gloire à Dieu, au plus haut des cieux
Fureur divine,
Fureur que la main de gloire exprime.

Tu te croyais fou ? Pauvre hère, tu n'étais rien.
Mais la main de gloire t'effleura
Et de sa folie tu périras.

Un. Cinq. Douze.
Et trois.

Aurore divague. Aurore a perdu pied. Son état est stationnaire, selon les médecins. Qu'elle n'entend pas. Car son esprit vagabonde ailleurs. Monte et descend, de la lumière aux ténèbres. Une musique l'accompagne, des violons et une contrebasse, un triangle par moments, le son lui brise les oreilles, puis elle doit les tendre pour percevoir le murmure de cette mélodie étrange.

Des images confuses l'obsèdent. Elle voit un enfant collé à son sein. Mais quand il relève la tête, ce ne sont que des orbites vides qui la fixent, l'attirant dans un noir absolu. Elle y plonge, le pouls emballé. Ange déchu, elle enflamme ses ailes au feu de l'enfer. Avant d'être attirée dans un vortex lumineux qui lui brûle les pupilles.

Aveuglée, elle est malgré tout incapable de fermer les yeux, de détourner le regard. Elle subit, se consume. Un cri silencieux lui échappe. Ses oreilles bourdonnent du chant des sirènes.

Elle se noie dans un air vicié, ou trop pur, elle ne sait pas, ne sait plus. C'est la même chose. Son cœur, son pauvre cœur… Incandescent, flamboyant, lumière parmi la lumière.

Et puis le silence.

Bescotte est allongée dans le noir. Son réveil a sonné. Il y a un moment déjà. Mais elle refuse d'ouvrir les yeux. Refuse de se lever. De faire ses vingt minutes de vélo d'appartement, de boire son citron chaud détox, de prendre sa douche, froide puis chaude. Refuse d'enfiler son armure de psychiatre cheffe de service. De verser ses lamelles de saumon bio à cet ingrat de Lacan. De se glisser au volant de sa voiture en leasing, à 354,70 euros par mois, entretien inclus. De rejoindre les Trois Saintes.

Lorsqu'elle était enfant, elle était persuadée d'être invisible rien qu'en serrant les paupières. Elle redevient enfant. S'efface au monde. Disparaît dans les étoiles qui naissent derrière ses yeux serrés fort. Se perd dans cette galaxie mouvante et morne.

Son souffle retrouve son calme. Elle y croit, voyage dans l'univers qu'elle vient de se créer, cosmonaute étrange et nue.

Elle se concentre sur ces étoiles, tente d'atterrir sur l'une d'entre elles. Mais son pied se dérobe et elle glisse à nouveau dans l'obscurité et le vide.

Un poids violent s'abat sur son ventre, lui coupant la respiration. Sous le choc, ses yeux s'ouvrent contre sa volonté. Un réflexe.

Deux iris jaunes la fixent sans aucune tendresse. Lacan. Sa queue se balance, signe manifeste d'énervement. L'heure du petit déjeuner est dépassée.

Elle soupire. Caresse négligemment le félin qui la remercie en lui plantant ses canines acérées dans la main. Elle crie, secoue le bras. Mais le chat ne lâche pas prise. La douleur est insoutenable.

D'un bond elle se lève, Lacan toujours accroché à sa proie. D'un geste plus violent, elle parvient à se libérer, le chat retombant avec souplesse sur ses pattes, un mètre plus loin. Il quitte la pièce, l'air hautain, sans un regard pour sa maîtresse qui pleure. Elle a mal. Très mal.

Une demi-heure plus tard, la plaie désinfectée, le chat nourri, la douche prise, elle boit son citron au miel devant sa baie vitrée. Le soleil brille. Son téléphone ne cesse de vibrer. Elle s'en fout. Tout peut attendre. La notion de temps est toute relative, non ?

Lacan est allongé de tout son long sur le canapé en cuir. Dans son sommeil, ses moustaches frémissent, ses pattes s'agitent. Bescotte, ce jour-là, se fout royalement de savoir à quoi son chat peut bien rêver. Elle, elle se voit l'étrangler d'une main sûre, celle qu'il a volontairement blessée. Et dans les yeux de l'animal, elle ne lirait que la plus absolue soumission.

Viviane s'est tournée et retournée dans son lit toute la nuit, le trouvant plus étroit que jamais. Les points dans sa main la tiraillent et l'irritent. Elle n'a pas trouvé de position vraiment confortable, et quand elle a fini par s'endormir sur le dos, ce sont ses propres ronflements qui l'ont brutalement tirée de ses rêves mouvementés.

Devant son bol qui n'a de café que le nom, elle cherche maintenant à s'éclaircir les idées. À son retour, l'extinction des feux avait déjà été soufflée. Elle n'a donc pas vu ses amis, et quand elle a cherché à les joindre par téléphone, aucun n'a répondu. Elle a soigné sa déception à coups de Dragibus, qu'elle a gobés afin d'être sûre de ne pas avoir à retourner chez le dentiste dès potron-minet.

Sous ses yeux, le parc est calme. Quelques fumeurs en arpentent déjà les allées, mais silencieusement. Trop, peut-être.

Elle tend l'oreille. D'habitude, à cette heure-ci, le couloir retentit de rires, de cris, de bruits de chariots. Là, un silence suspect règne. Que se passe-t-il donc ?

Une lecture en diagonale des *Échos* la rassure en partie. Une nouvelle crise mondiale n'est pas la cause de l'ambiance morose qui semble régner sur les Trois N'y Touchent. C'est déjà ça. Même si, bien sûr, elle ne pourrait rien y faire si tel était le cas. Ce qui la ramène à Marguerite. Sauf erreur, elle a rendez-vous avec elle dans… mon Dieu, vingt minutes ! À peine le temps d'une douche rapide et d'une petite cigarette !

Viviane s'affole, s'agite, rentre en trottinant dans sa salle de bains, en ressort à la recherche d'une culotte propre, envoie valser une pile de tee-shirts, en agrippe un au passage sans y prêter vraiment attention, se retourne vivement…

Clac !

Un flacon vient s'écraser au sol. Un flacon qui ne lui appartient pas, elle en est sûre. Le liquide qui s'en écoule pue la menthe. Et elle déteste la menthe.

Figée dans la mare qui s'étale, elle n'ose plus bouger un orteil. D'autant qu'elle a reconnu au milieu de ce truc verdâtre un éclat de verre… de la même couleur que celui qui lui a tranché la paume.

Dans une position digne d'un jeu d'équilibriste de maître yogi, elle ferme les yeux, espérant qu'Alex ne tardera plus à venir chercher le plateau du petit déjeuner et la tirera de là.

Valérie s'étire. Elle a dormi d'un sommeil de plomb, merci les médocs. Comme quoi, elle a bien fait de s'en garder une petite réserve pour les jours sans.

Mais maintenant, la mémoire lui revient, et toute idée de bien-être l'abandonne. La blessure de Viviane. Le départ d'Aurore aux urgences. Elle frissonne. Comment va la documentaliste ?

Sur son portable, quatre appels en absence de Viviane, datant de la veille. Visiblement, les somnifères ont été redoutablement efficaces ! Elle n'a rien entendu. En revanche, aucun message d'Aurore.

Valérie se retourne dans son lit, genoux remontés à la poitrine. Elle fixe sans le voir le flacon sur sa table de chevet. Que fait-il là ? Ce n'est pas sa place. Elle ne se souvient pas d'en avoir pris la veille avant de sombrer, mais…

Son téléphone, qu'elle a gardé dans la main, vibre. S'affiche sur l'écran le nom d'Yves. Elle décroche.

— Valérie, tu as un flacon dans ta chambre ? Genre flacon de parfum, mais vert ?

Ni bonjour, ni rien, pense-t-elle, ronchon.

— Je ne crois pas, non.

— Tu es sûre ? insiste Yves.

— Oui, je suis sûre, s'énerve l'enseignante.

— Ouf ! soupire son interlocuteur. On a toutes les raisons de penser qu'il s'agit de poison. Aurore en avait un dans sa chambre, et j'en ai aussi reçu un. Je vais vérifier avec Viviane, mais je voulais savoir si toi aussi tu avais été visée.

Valérie a les oreilles qui bourdonnent, des papillons ivres devant les yeux.

— Quoi ? murmure-t-elle faiblement.

— Je t'expliquerai plus en détail tout à l'heure. Mais surtout, si jamais tu vois un flacon comme celui que je viens de te décrire, tu n'y touches pas !

Et Yves raccroche.

Pendant toute la conversation, Valérie n'a pas quitté des yeux la jolie bouteille sur sa table de chevet. D'émeraude, le liquide lui en paraît maintenant marécageux. Dangereux. Et ô combien attirant.

— Voilà sa chambre.

Margot tient la porte ouverte et s'efface devant Jeanne, qui avance d'un pas peu assuré dans la pièce.

Elle n'a pas dormi de la nuit. Pas quitté Aurore. Jusqu'au matin.

Et maintenant, il lui faut vider sa chambre.

Malgré les années d'amitié, malgré les vacances en commun, malgré les fous rires, les cuites, les batailles d'eau, les balades à vélo, les colocations, les amours ratées, les dîners en ville, les plages, les pique-niques, elle ne se sent pas autorisée à fouiller dans les affaires de son amie. Ce n'est pas à elle d'empiler sous-vêtements et livres dans la valise, calée au fond de l'armoire. Pas à elle de ramasser lait démaquillant, shampoing bio et serviettes hygiéniques dans la salle de bains. Pas à elle de replier le dessin de son fils pour sa tatie chérie.

Un sanglot lui coupe la respiration. Elle s'appuie sur le montant du lit, tandis que Margot, gênée, se dandine à l'entrée de la pièce.

— Vous voulez boire quelque chose ? offre l'infirmière.

Elle est tout autant désireuse de soulager Jeanne que de quitter les lieux au plus vite. Cette souffrance à l'état brut, elle ne sait comment y faire face. Et l'impuissance, elle n'aime pas ça, Margot. Des maux, des Mentos, a-t-elle l'habitude de lancer aux jeunes en stage aux Trois Saintes tout en secouant quelques boîtes de gélules de couleurs. Il serait malgré tout inconvenant de proposer un Xanax à l'amie d'Aurore. Ça ne se fait pas, même en clinique psychiatrique. Les Mentos, c'est pour les malades, pas pour ceux qui leur rendent visite. Même si là… elle pourrait sûrement faire une exception.

Mais Jeanne lui répond d'un hochement de tête.

— Oui, merci, c'est gentil. Je veux bien un café si vous avez ça.

Margot s'empresse de profiter de la demande pour s'éclipser à petits pas pressés.

Dans le couloir, elle tombe sur Yves qui s'avance vers la chambre d'Aurore.

— Non, non, non ! l'intercepte-t-elle.

Yves se fige. Il sait bien qu'on n'a pas le droit de se rendre dans les chambres les uns des autres. Là n'est pas la question. C'est la réaction de l'infirmière qui l'immobilise.

— Non ? répète-t-il.

Margot se trouble, rougit. Ses Crocs pleurnichent sur le lino.

— Non, confirme-t-elle, avec cette fois-ci moins de verve. Heu… Je… Vous… Enfin…

Sa main n'a pas quitté le bras d'Yves. Quand elle s'en rend compte, elle en profite pour resserrer sa prise et tenter de l'entraîner avec elle.

— Une amie d'Aurore est là, il ne serait pas bienvenu de…

Elle se rend compte de sa gaffe au moment où Yves pile de nouveau, l'obligeant à s'arrêter elle aussi.

— Une amie d'Aurore ? Ici ? Mais les visites sont interdites…

— Oui, enfin, bon, bref, vous n'avez rien à faire là, s'emporte l'infirmière au doux regard. Allez, ouste, finit-elle de s'agacer en s'adressant au patient comme s'il était un gueux demandant l'aumône, on se dépêche, hop, hop, hop, direction le parc ! Ça vous fera du bien !

Et elle plante Yves sur place avant de s'élancer aussi vite que possible vers la salle de repos du personnel et sa porte à la vitre fumée si rassurante derrière laquelle elle pourra laisser libre cours à son chagrin.

Yves la regarde partir, plus ébranlé qu'il ne le laisse paraître. Puis, après un dernier coup d'œil en direction de la chambre d'Aurore, il fait lentement demi-tour.

Marco. Entretien n° 16

Le patient se tient voûté. Paupières lourdes.

— Bonjour. Comment vous sentez-vous ?

Silence.

— La nuit n'a pas été trop difficile ?

Silence.

— J'ai vu que vous avez repris les activités du jardin ce matin.

Le patient s'anime, semble s'éveiller.

— Oui. On plante, on taille, on arrose. J'ai encore de la terre sous les ongles, regardez.

— Je vois ça. D'ailleurs… Vous avez arraché des orties, des ronces ?

— Non, pourquoi ?

— Vous avez des plaques rouges, là. Ça ne vous démange pas ?

— J'avais pas fait gaffe. Ben non, je sens rien.

— Passez quand même voir les infirmières, elles vous donneront une crème pour calmer tout ça.

— Si vous le dites. Mais j'ai pas besoin d'être calmé, croyez-moi.

Céline a l'oreille collée contre la porte du bureau du directeur, où une réunion d'urgence a été décidée. Enfin, collée, c'est beaucoup dire. Elle tente comme elle le peut d'entendre ce qui se dit dans la pièce, tout en activant son balai dans le couloir. Calme. Trop calme.

Des murmures lui parviennent, puis elle distingue le nom d'Aurore. Elle se fige. Elle aimerait en savoir plus. On lui a demandé de nettoyer et de préparer la chambre de la jeune femme pour un autre patient. Elle en a déduit qu'elle n'était pas revenue de l'hôpital et ne rejoindrait pas de sitôt les Trois Saintes. Mais comment va-t-elle ? Que lui est-il arrivé ?

Céline craint le pire, mais garde ses pensées pour elle. À Yves, elle n'a rien dit de ses sombres pressentiments. Elle le sait attaché à la documentaliste. Elle-même la trouvait sympathique, ouverte. Sa collection de livres était impressionnante. Céline y a reconnu deux ou trois noms d'auteurs. Elle, son truc, c'est quand même plus la télé. Lire la fatigue. Aurore ne l'a pour autant jamais regardée de haut, au contraire. Elles aimaient bien discuter pendant que Céline faisait le ménage. Des ados, de la difficulté de la vie, de cette société malade. Des émissions que Céline regarde en boucle à la télé et qu'Aurore trouve anxiogènes. La seule chose qu'elles n'évoquaient pas, c'était les autres patients. Aurore n'aimait pas – n'aime pas, se reprend enfin Céline – les ragots.

De la tenue de sa chambre, Céline a déduit beaucoup de choses sur la jeune femme. Une solitaire, aimant la simplicité. Des vêtements de bonne facture, mais pas de grandes marques. De la lingerie confortable, en coton. Des crèmes de jour, de nuit, achetées en grande surface. Un gel douche sans parfum, sans savon, sans paraben. Une sorte de minimalisme, quoi. Pas de gâteaux, pas de bonbons ni autres douceurs, seulement un grand pot de café soluble. Et les livres, bien sûr. Pas que des poches, non. Des grands formats, aussi, bien plus chers quand même.

Le volume sonore dans le bureau augmente. Céline reconnaît la voix de Landrick. Il est monté dans les tours. Elle saisit quelques mots. *Folie… Impossible… Pas question… Moi vivant… Scandale… La faute à… Sanglier… Sécurité… PQ… catastrophe… Jung…*

Difficile d'en tirer la moindre conclusion.

C'est Bescotte, maintenant, qui semble crier. *Pas question… N'importe quoi… Interner… attendre…*

Puis la porte s'ouvre brusquement, faisant sursauter Céline qui n'avait pas conscience de s'en être autant approchée.

— … timbrée ! Enfin, il serait temps que vous preniez les décisions qui s'imposent !

— Je n'ai pas d'ordre à recevoir de vous, professeur. Alors soyez assez aimable pour vous occuper de la fouille que je vous ai ordonnée et laissez-moi me charger du reste !

Bescotte se rue hors du bureau comme une furie, on pourrait croire que la fumée lui sort par les trous de nez. Elle a les joues rouges, les sourcils froncés, l'air mauvais. Céline s'écarte le plus vite qu'elle peut, n'oubliant pas de tirer son seau derrière elle avant que la médecin n'y balance un coup de pied rageur. Mais cette dernière ne prête aucune attention à la femme de ménage. Elle s'engouffre dans les escaliers et disparaît à la vue.

Céline en sait maintenant assez.

Elle range balai et serpillière dans le placard au bout du couloir où elle s'enferme dans le noir, téléphone en main. Il est temps d'appeler Yves.

Aucun membre de la bande de l'Abribus n'a eu le courage ni l'énergie de rejoindre une activité. Sur leur banc habituel, ils restent silencieux.

Viviane se concentre sur son pansement, comptant les fils de la gaze pour se rassurer. Valérie fume, le regard perdu dans le vague. Yves, lui, garde les yeux fermés.

Ils n'ont aucune nouvelle d'Aurore. Personne n'a voulu leur en donner, et le téléphone de la documentaliste est coupé. Yves n'a pas osé rapporter à ses amies que Jeanne, la référente d'Aurore, était venue ce matin à la clinique. Il refuse de croire que le pire serait arrivé. Non. Valérie, de son côté, est renvoyée au départ tout aussi brutal d'Émeric. Lui aussi s'est volatilisé du jour au lendemain, n'a plus jamais donné de nouvelles. Elle l'imagine guéri, ailleurs, séducteur. Et l'ayant déjà oubliée.

Valérie, Viviane et lui ont bien reçu chacun un flacon. D'autres malades aussi. Certains se grattent nerveusement les mains, les bras, le ventre. Comme si une crise d'allergie collective s'était emparée des lieux.

Les infirmières sont passées après le petit déjeuner, comme d'habitude, mais ont toutes procédé à des fouilles rapides des chambres. Les flacons ont été emportés. Que contiennent-ils ? Qui les a placés dans les chambres ? Comment ? Avec quelle complicité ?

Céline a fait part à Yves de ce qu'elle avait entendu. Du stress évident de Bescotte. Mais quel intérêt aurait la psychiatre à empoisonner ses patients ? À supposer que les flacons soient responsables de tout ça ? Après tout, le parc est grand, peut-être certains malades ont-ils touché des herbes qui piquent ? Ou Michel a planté des trucs qui ne devraient pas pousser ici ?

— Putain, ça craint, souffle Valérie.

Deux soupirs lui répondent.

Oui, ça craint. Les paranoïaques ont vu leur dose de médicaments augmenter. Les dépressifs sont sous haute surveillance. Les sorties et les visites sont pour le moment annulées. Les activités manuelles suspendues. Et le tout, en tentant de faire croire aux patients que tout va bien, que tout est normal.

Yves déverrouille son téléphone. Et constate qu'il n'a plus de réseau.

— Valérie, tu as du réseau ?

L'enseignante vérifie.

— Non, rien.

— Et toi, Viviane ?

— Attends, je regarde... Ben non, rien.

— Il ne manquait plus que ça !

Quand sonne la cloche du déjeuner, c'est sans aucun entrain que la bande rejoint le réfectoire.

Les y attendent les responsables de service et le directeur des Trois Saintes. Yves sent un frisson lui parcourir l'échine : ça n'annonce rien de bon.

Les patients s'assoient en silence.

— Bonjour à tous, lance le directeur, sourire de représentant en aspirateurs asthmatiques aux lèvres. Je tenais à m'adresser à vous avant que les rumeurs les plus folles ne circulent. Enfin, les plus folles, se reprend-il en bégayant un peu, je veux dire, les plus extravagantes, bien sûr…

Germaine, la doyenne, qui n'entend pas très bien, donne un coup de coude à son voisin et lui susurre à l'oreille de manière que toute la salle en profite :

— C'est pour un nouvel atelier ? Y a des choses à gagner ? Nan, parce que les lots du loto d'hier étaient nuls !

Le directeur se trouble encore plus. Il sue, et ça se voit.

— Certains d'entre vous présentent des signes d'allergie : boutons, plaques rouges, sensations de démangeaisons, ou troubles intestinaux. Nous sommes en train de chercher la cause de ces désagréments. Rien ne sera laissé au hasard. C'est pourquoi les infirmiers ont été chargés ce matin de vérifier vos chambres. Nous vous tiendrons au courant de l'évolution de la situation. En attendant, n'hésitez pas à signaler au personnel médical le moindre petit souci de santé. Nous sommes là pour vous. Merci de votre attention et bon appétit.

Et il tourne les talons sans plus attendre, suivi de Bescotte et Landrick.

La salle reste silencieuse encore un moment, puis, peu à peu, les discussions s'animent, les couvercles des plats sont soulevés, les premiers coups de fourchette donnés.

Yves remarque que Marco n'a pas bronché. Il reste immobile devant son plateau-repas, comme endormi. Viviane, elle, a le plus grand mal du monde à couper sa viande. Sa voisine le remarque et lui vient en aide. Valérie picore dans son assiette, le visage caché par ses boucles brunes. Servane ne prononce pas un mot. Seule Germaine papote comme si de rien n'était, ne paraissant pas avoir remarqué les plaques rouges qui marbrent ses avant-bras dodus.

Yves soupire. Tout ça, décidément, ne présage rien de bon.

Dans la forêt un grand cerf,
Regardait par la fenêtre…
Cerf, cerf, ouvre-moi, ou le chasseur me tuera…
Lapin, lapin, entre et viens…
Certains mots m'échappent, la mémoire me joue des tours. Des tours de cochon. Cochon, cochon sauvage. Groin groin.
La nature finit toujours par reprendre ses droits. La nature humaine… humaine, mon cul.
Plic, plac, plouc, chante l'entonnoir.
Flic, flac, flouc, chantent les gouttes perdues.
De omnibus dubitandum, *clame Platon.*
Et j'ouvrirai l'entrée de la caverne.
Et je leur ouvrirai les yeux.
Et ils comprendront que la mort n'est pas à redouter. C'est la vie qui nous assassine à petit feu.
Trois. Trois. Trois.
Et toi.

Bescotte a fini par sortir de son tiroir la photo qu'elle y cache. Elle la contemple, hermétique au monde qui l'entoure. Elle a renoncé à se mentir encore. Le décès d'Émeric, et maintenant Aurore...

Deux enfants, une vieille dame. Une forêt, un cabanon. Elle croit encore entendre résonner les rires de l'enfance. Elle se souvient de cette journée, elle ne l'oubliera jamais. Mamie leur avait promis de leur faire découvrir sa cabane dans les bois. Et elle avait tenu parole.

Mamie avait toujours été un peu bizarre, d'aussi loin que se souvient Bescotte. Une vieille femme qui marmonnait dans un mélange de français et de provençal, qui vouait des cultes étranges à des déités non recensées. Qui semblait ne pas trop faire la différence entre rêve et réalité. Qui cuisinait les meilleures ratatouilles au monde. Qui savait dépecer un lapin, agrémenter un bouillon de tortue, distiller son propre alcool de menthe.

Oui, une femme étrange, mais tendre. Bescotte se doute qu'elle lui doit beaucoup. Son rationalisme et son désir de compréhension du cerveau humain. Son rapport à la folie et son désir de normalité.

Quant au petit garçon... Elle n'a rien pu faire pour son frère, c'est là sa plus grande blessure. Quand il a eu besoin d'elle, quand il l'a suppliée de l'aider, elle n'a su répondre à ses prières qu'en appliquant ce qu'elle avait appris dans les livres, à l'école de médecine, lors de colloques. Et ça n'a pas suffi. Ce n'était pas la réponse que lui cherchait.

Lui a-t-il pardonné ?

Elle aimerait le croire, mais est-ce encore possible ? Et qu'y a-t-il à pardonner ?

Céline a fini le nettoyage des chambres qui lui étaient attribuées. Dans celle d'Aurore, il ne reste rien pour témoigner du séjour de la jeune femme aux Trois Saintes. Le lieu a retrouvé sa neutralité parfaite. Le store est à moitié fermé. La salle de bains plongée dans le noir. Le placard et la table passés à la javel. Céline en a le cœur serré.

Quand elle a quitté la pièce sur un dernier regard, elle a senti les larmes lui monter aux yeux. Tout ça était si définitif. Alors que personne, du côté médical, n'accepte de répondre à la moindre question concernant la documentaliste, Céline s'accroche désespérément à l'idée que cette dernière est encore en vie, qu'elle lutte et qu'elle leur reviendra. Plus forte que jamais, ses démons vaincus. Cette fin, elle la sait plus digne d'une série à l'eau de rose que des reportages dont elle a l'habitude. Qu'importe. Elle n'en changerait pour rien au monde.

Chez les autres patients, elle n'a rien remarqué de spécial. Les flacons, s'il y en avait, ont tous disparu. Elle ne voit pas comment apprendre ce qu'ils contenaient. Ça la ronge.

Cachée derrière un bac de linge sale dans la buanderie où tournent deux machines à laver et un séchoir géant, elle se plonge dans la lecture de ses notes.

Laies, Anastase, alcool, trafic, poison.

À qui profite le crime ?

Mobile ? Cellules grises ?

Yves, Yves, Yves…

Tout cela ne l'aide pas vraiment.

Elle mâchouille un de ses ongles, notant au passage le goût de javel de ses doigts. Beurk.

Relit ses notes. Plisse du nez. Relit ses notes. Ferme les yeux. Relit ses notes. Inspire, expire. Relit ses notes. Relit ses not…

Mais oui ! Évidemment ! Comment n'a-t-elle pas compris plus tôt ? Comment a-t-elle pu être aussi aveugle ? C'est tellement évident !!!

Elle en rit, les fesses sur une pile d'alèses sales. Poing levé en signe de victoire, elle se dresse d'un bond, entame une danse de la joie hasardeuse et dangereuse dans un espace aussi exigu, et bondit par-dessus la pile de linge. Il faut qu'elle trouve Yves, et vite !

Valérie est allongée sur son lit. Elle tente de pratiquer les exercices respiratoires que Landrick leur a conseillés. Quelque chose entre la méditation de pleine conscience et la relaxation. Elle scanne son corps. Contracte un mollet. Puis l'autre. Tend un pied. Puis l'autre. Elle aurait dû commencer par ça, mais tant pis, elle fait ce qu'elle peut, à l'impossible nul n'est tenu.

Puis vient le tour des cuisses, des mains, des avant-bras, des bras. Le ventre, elle évite encore. Le ventre, c'est là que tout se noue. Et doit se dénouer. Mais y est-elle prête ?

Elle compte ses respirations. Inspire. Bloque. Expire. Recommence. Encore et encore. Évite encore le ventre. Oui, éviter le ventre, pour un moment encore, s'il vous plaît, si c'est possible.

Mais le ventre l'appelle, rien à faire, elle sait depuis toujours que c'est là qu'elle finira par être aspirée, là que tout a commencé et que tout prendra fin.

La douleur, d'ailleurs, s'y invite, l'oblige à se pencher dessus, à y venir, à s'y attarder.

Le ventre. La naissance de l'enfant. Son fils. Sa merveille. Son amour absolu.

Une contraction plus forte se fait sentir. Elle revient à sa respiration. Tente de se calmer. Mais le ventre réclame son dû, le ventre crie. C'est fini de tourner autour, fini de se mentir, de jouer à l'évitement, entre alcool et calmants, fini, fini, fini.

Alors Valérie accepte. Elle écoutera ce que son ventre a à lui dire. Elle a enfin compris qu'ici, aux Trois Saintes, elle n'était pas en danger. Personne ne la jugera, personne ne la condamnera. Et de toute manière, quelque punition qu'on lui inflige, elle sera toujours plus douce que celle à laquelle elle s'est elle-même abandonnée.

Abandon. Voilà, le mot est lâché. Abandon. C'est elle, aujourd'hui, qu'elle doit abandonner.

Valérie flotte, suit le fil des événements comme si elle en était spectatrice.

La naissance de l'enfant. La joie, les paillettes dans les yeux, la vie en rose. Ou bleu layette, c'est selon. Les seins gonflés de lait, le ventre vide à la peau distendue, les cernes, l'univers oublié, concentré autour du souffle de l'enfant. La peur, l'amour, la culpabilité, tout ce qu'elle croyait savoir et dont elle ne savait rien avant d'être mère. Mère. Maman. Ce mot qui maintenant la définit toute. Maman. Elle n'est plus elle, elle est la maman de…

L'enfant, encore. Qui sourit, qui pleure, qu'il faut nourrir, changer, border, consoler, amuser, stimuler, reposer. L'enfant qui dévore le monde, qui devient le monde. L'enfant comme une extension d'elle-même et pourtant si parfaitement étranger.

Et la fatigue. Qui s'installe, qui l'envahit peu à peu. Les larmes, un peu et puis beaucoup. Trop.

L'homme qui se lasse, un peu et puis beaucoup.

L'alcool, un peu et puis beaucoup.

La perfection, qui lui échappe à nouveau, qui lui glisse entre les doigts comme l'huile de vidange du moteur.

Elle n'est pas à la hauteur, ne l'a jamais été, ne le sera jamais.

L'alcool, beaucoup et puis trop.

L'enfant, abandonné.

Non, l'enfant, qui lui est arraché. Et sa sœur, elle, encore, toujours, sa sœur qui réussit tout, sa sœur fine et élégante, la peau lisse, même celle du ventre après plusieurs grossesses, ses cheveux bien coiffés, lisses, eux aussi, son sourire sur dents blanches que la nicotine épargne. Sa sœur, sa sœur, sa sœur.

Qui lui vole son fils.

Qui lui vole sa vie.

Comme avant quand elles étaient enfants. Comme depuis toujours.

Sa sœur qui lui a pris son premier amoureux. Sa sœur qui vit maintenant avec celui qui était son mari à elle, Valérie, et son fils, à elle aussi.

Sa sœur…

Plus elle est parfaite, plus Valérie s'enfonce. Miroir déformant. Tout ce qui est grâce chez l'une est graisse chez l'autre.

L'enfant, le fils. Qui a gagné une mère et a perdu sa maman.

Le ventre se détend enfin. Les larmes inondent les joues de Valérie. Elle ne cherche pas à les retenir. Elle se vide, lentement, sûrement, et ne veut plus rien garder de tout ce noir, de toutes ces souffrances. Elle laisse s'écouler la peine, la douleur, le manque, la médiocrité, la laideur. Il ne restera rien de tout cela, et tant pis si, au passage, il ne reste plus rien d'elle non plus.

Quelle ironie de se faire soigner dans des lieux qui portent tous le nom de martyres ! Et pourtant, et pourtant… Du martyre ne naît-il pas la joie ? Une joie transcendante, inhumaine, au sens propre du terme ? Un dépassement de soi, de son être, un don au monde. Une nouvelle naissance. Une résurrection.

Mourir pour renaître.

Valérie comprend maintenant. Elle sait.

Mourir pour renaître.

Son souffle s'apaise peu à peu. Les battements de son cœur ralentissent.

Une phrase, soudain, lui revient à la mémoire. *We do not grow stronger as the years advance.* Au contraire, l'accumulation des peines et des souffrances affaiblit notre capacité à y faire face. Nous ne devenons pas plus forts. Nous nous brisons plus facilement. Paul Auster a écrit ces lignes avant de perdre son fils. Nous nous brisons plus facilement.

Valérie ne sent maintenant plus rien. Seule cette litanie joue en elle. Nous nous brisons plus facilement. Bien plus facilement.

Elle plonge son regard dans le flacon vert. Celui qu'elle a gardé, donnant l'autre à l'infirmière. L'un soigne, l'autre tue. Croit-elle.

C'est sur un sourire qu'elle ferme les yeux, apaisée, enfin.

— **Qu'est-ce** que vous faites dans ce couloir ? Vous n'avez pas fini votre service ?

Céline se fige en entendant dans son dos Marie-Isabelle. Elle croyait pourtant avoir pris toutes ses précautions pour rejoindre la chambre d'Yves. Elle n'a plus de réseau, plus personne n'a de réseau, tout a été coupé. L'hôpital s'est replié sur lui-même. Mais maintenant qu'elle sait, qu'elle est sûre d'avoir compris, au moins, en partie, ce qui se joue, elle doit le prévenir, lui parler, lui expliquer. Et lui demander conseil.

— Je… Heu… Il manquait du papier toilettes à la 27, explique-t-elle en secouant un rouleau dudit papier sous le nez de l'infirmière.

— Ah… Allez-y alors, mais ne traînez pas.

Céline opine et repart en direction de la chambre d'Yves. Marie-Isabelle, quant à elle, ne quitte pas son poste d'observation.

Céline frappe et entre.

— Bonjour, excusez-moi de vous déranger, mais je vous rapporte du papier toilette.

Seul le silence lui répond. Yves n'est pas là.

Résignée, elle dépose le rouleau dans la salle de bains. Comment va-t-elle pouvoir le joindre, maintenant ?

Bescotte laisse le moteur tourner. Assise dans sa voiture, elle recule le moment d'en sortir.

Devant elle, le paysage n'a pas changé. Il est le même que celui de la photo, prise pourtant plusieurs décennies plus tôt.

Le cabanon n'est ni en meilleur état, ni plus délabré. Le bassin qui le jouxte est toujours couvert de mousse. Les oliviers semblent avoir été taillés.

Son regard s'égare sur la gauche. Le potager aux herbes spéciales qu'ils n'avaient pas le droit de toucher est lui aussi encore là. Bien entretenu, aucun doute à avoir. Elle reconnaît quelques plantes dont les noms lui échappent malgré tout. D'autres, qu'elle est sûre de n'avoir jamais rencontrées.

Elle s'attendrait presque à voir Mamie sortir du cabanon et s'avancer vers elle en s'essuyant les mains à son torchon. Presque.

Mais elle sait les lieux déserts. Elle reconnaît à la qualité du silence l'absence de celui qu'elle est venue chercher ici.

Néanmoins, elle finit par descendre de voiture. Elle repousse sa portière, prenant soin de ne pas la claquer afin de ne pas briser le calme des lieux. Oui, c'est un peu comme si elle avait pénétré dans une église. Celle érigée à la mémoire de son enfance.

Dans le cabanon, tout est pareil, ou presque. Le vieux fourneau qui marche au bois. La fenêtre crasseuse. La banquette de bois qui sert de lit. Son matelas de paille avachi. Les draps sales.

Derrière un rideau mité qui fut jaune à une autre époque, le placard où Mamie rangeait ses bocaux, pots, potions, herbes séchées.

La médecin hésite, une main dessus. Elle sait qu'ensuite rien ne sera plus pareil. Qu'elle devra faire face à sa culpabilité, si elle a cru à tort à celle de son frère. Qu'elle devra faire face à ses responsabilités, si elle ne s'est pas trompée.

Elle prend une profonde inspiration et tire sur le tissu.

Rien ne sera plus pareil.

— Céline !

Yves interpelle la jeune femme. Depuis plus d'une heure, il traîne dans un coin du parc depuis lequel il a vue sur le parking. Il espérait bien la voir avant son départ.

Elle se précipite.

— Yves !

Leurs mains se joignent sur le grillage vert qui les sépare. Ils se sourient. *Acta est fabula*, est la première pensée qui vient à Yves. La pièce est finie. Tout est terminé et tout commence. Il le lit dans les yeux de la femme de l'autre côté du grillage. Il le sait. Ils s'aiment et voilà tout. Le temps n'est plus aux tergiversations. La vie est trop courte, trop moche parfois, trop dure à d'autres.

Céline a plongé dans le regard d'Yves et ne semble pas vouloir en sortir. Elle y est bien, au chaud, en confiance. Chez elle. Arrivée, enfin.

— Céline, répète-t-il d'une voix plus douce.

Mais qui suffit à briser le charme.

— Yves, j'ai tout compris ! Enfin, je crois ! On s'est trompés sur toute la ligne ! Il n'y a pas une histoire, mais deux !

— Attends, va plus lentement, tu m'as perdu, de quoi tu parles ?

— Il n'y a pas une seule histoire, mais deux, articule Céline comme s'il était sourd.

— Je ne te suis pas.

Céline soupire et reprend plus calmement.

— Je pense qu'il y a d'un côté le problème de Valérie et de son bain de bouche, et de l'autre les empoisonnements.

Yves prend un moment pour réfléchir.

— OK… pourquoi pas… Mais comment vois-tu les choses ?

— Je ne sais pas trop comment tout ça s'articule. Ce qui est sûr, c'est que les deux affaires ont un seul point commun, qui est…

— Bescotte ! lance Yves, alors que Céline s'exclame :

— Anastase !

Amélie Bescotte est assise sur le banc de bois devant le cabanon. Elle sait qu'il ne va pas tarder. Elle l'attend sans impatience. Elle a le temps.

Si elle devait décrire ses sentiments d'un seul mot, ce serait celui de tristesse qu'elle choisirait. Une tristesse infinie, abyssale. Une tristesse qui s'infiltre dans toutes les cellules de son corps, de son âme.

Tristesse pour l'homme qu'il est devenu. Tristesse de n'avoir pas réussi à le soigner, à le guérir, à le comprendre.

Dans ses mains, le cahier de Mamie Colette. Elle l'a feuilleté, a reconnu la prose de sa grand-mère. Quand elle est arrivée au bout de ces recettes farfelues, de ces poèmes étranges, de ces concoctions dangereuses, elle est tombée sur une nouvelle écriture. Plus affirmée, plus masculine, et qu'elle a identifiée sans aucun mal.

Le ton y était déroutant, mais elle n'a pas tardé à comprendre de quoi il s'agissait.

Elle ne s'était pas trompée. Elle hésite à en tirer la moindre fierté.

Maintenant, elle l'attend. Elle aimerait comprendre pourquoi. Pour se venger d'elle ? Pour se venger de la vie tout court ? Pour punir des innocents ? Pourquoi ?

Elle sait maintenant de quoi souffrent ses patients, quelles plantes ils ont ingurgitées. La main de gloire n'est autre que la mandragore officinale. Elle rend fou furieux, au sens propre. Quelle ironie, n'est-ce pas, dans une clinique psychiatrique ! Sûrement le traitement auquel Valentin a eu droit. Et puis, il y a le sumac rampant. Comme c'est ingénieux ! Personne n'aurait songé à cette plante pour établir un diagnostic. Son action est d'autant plus perverse qu'il suffit d'être en contact avec une personne contaminée pour l'être à son tour. Démangeaisons, brûlures, mais c'est toujours *via* des symptômes secondaires que la mort s'invite. Malin. Oui, très malin. Même quand elle a commencé à craindre de connaître le responsable de la situation, elle n'aurait jamais imaginé qu'il parvienne à mettre en place un tel stratagème. Et puis, pourquoi ? Et comment ?

Quand elle entend son pas, elle relève la tête.

Il est là, devant elle. Le même et si différent à la fois. Elle prend le temps de l'examiner. Les joues lisses, les yeux verts si clairs. La bouche fine. Les tempes grises. La chemise ouverte sur un torse amaigri où une toison poivre et sel prend ses aises. Le pantalon sans âge, qui lui pend aux hanches.

Elle lui sourit.

— Bonjour, Anastase. Comment vas-tu ?

— Bonjour, sœurette.

Anastase n'a pas cherché à nier. Pourquoi l'aurait-il fait ? Il n'avait ni remords, ni regrets.

« Comment as-tu deviné ? a-t-il demandé à sa sœur avant de s'asseoir sur le banc à ses côtés, comme lorsqu'ils étaient enfants.

— Les flacons », a-t-elle répondu simplement.

Les flacons de Mamie. Amélie en avait utilisé un, lorsqu'elle avait cherché à introduire de l'alcool dans l'enceinte des Trois N'y Touchent. Pour expérimenter sur Valérie Kaouch son plan afin de conserver ses patients. Oh, il ne s'agissait pas de les rendre encore plus accros à l'alcool qu'ils ne l'étaient, non, mais de savamment doser la quantité à leur fournir pour que tous soins restent inefficaces. Elle croyait être dorénavant la seule à en posséder. Le cabanon n'était qu'un souvenir d'enfance, elle était persuadée qu'il s'était écroulé depuis longtemps sous les assauts du vent, de la pluie, du soleil.

Alors, quand elle a vu soudain ces mêmes flacons pulluler dans l'établissement et les malades tomber comme des mouches, elle a compris. Si elle se montre honnête au moins vis-à-vis d'elle-même, elle avait compris dès le deuxième cadavre de laie. À la description des flacons près du corps de l'animal. Elle a seulement refusé l'évidence.

— Mais pourquoi ? cherche-t-elle maintenant à savoir.

— Parce que… faut-il vraiment qu'il y ait une raison ? As-tu besoin de tout décortiquer, expliquer, justifier ? Parce que seule la mort permet la résurrection. Un. Deux. Trois. Tu n'as pas fait attention ? Trois cadavres. Un pour la vie. Un pour la mort. Un pour la résurrection. Et pour renaître, il faut y passer, Milie, tu le sais, non ? Voilà pourquoi les flacons sont apparus dans les chambres, après. Au vingt et unième jour. Trois fois sept. Sept. La perfection, mais aussi la perfection du mal. Tu te souviens ? Mamie racontait souvent tout cela.

— Pourquoi ? répète Amélie Bescotte, qui ne comprend toujours pas.

— Parce que ton institut ne soigne pas mais en donne l'illusion. Parce qu'il est plus facile de tuer que de mourir. Parce que les recettes de Mamie méritaient d'être testées. Parce que la nature reprendra ses droits et que l'un d'entre eux est de nous exterminer avant que nous ne la massacrions. Parce que je ne te pardonnerai jamais de m'avoir fait interner. Parce que Agathe est le feu, Lucie la vue et Anastasie la guérisseuse. Et que tu ne guéris rien, que tu ne vois rien, et que plus rien ne t'enflamme. Contrairement à l'incendie qui a tué les miens. Tu te rappelles ? Tu te souviens encore de Lily ? et de Diane ? et de François ? Oui ? Ou tu les as oubliés, comme tout le reste, comme tout ce qui te dérange ? Parce que moi, je n'ai rien oublié, tu vois. Rien. Diane aurait neuf ans, François sept. Et Lily… Lily serait encore à travailler le bois, comme elle l'a toujours fait. À se lancer dans de nouvelles expériences, en le mêlant au verre, au fer. Elle créerait encore, alors qu'il ne reste rien d'elle. Ni d'elle, ni de son œuvre. Rien. Immolées. Immolées, comme tout le reste.

Amélie reste silencieuse un moment, caressant le dos du cahier de leur grand-mère.

— Comment as-tu fait ?

— Pour ? Offrir la possibilité de la paix éternelle à tes malades ? Celle que tu m'as refusée ?

Amélie soupire.

— Anass, je ne t'ai rien refusé. Je t'ai soigné. Du mieux que j'ai pu.

— En m'empêchant d'assister à l'enterrement de ma femme, de mes enfants ?

— Tu n'étais pas en état. Tu divaguais. Tu ne tenais pas debout.

— Et alors ? ET ALORS ? répète-t-il d'une voix qui gronde. Qui es-tu pour décider de ce genre de choses ? Pour qui te prends-tu ? Tu te crois plus forte, parce que tu as un bureau, que tu as fait des études, que tu règnes sur ton petit royaume d'éclopés de la vie ? Mais Amélie, tu n'y connais rien, à la vie, rien, tu m'entends ?

La psychiatre ne répond pas. N'écoute pas vraiment.

— Comment as-tu fait ? demande-t-elle de nouveau. Et pourquoi maintenant ?

— Parce que je suis guéri, enfin. Parce que j'ai compris. Compris que la seule chose qui te ferait ouvrir les yeux était de détruire ton monde. Oh oui, il m'en a fallu du temps, des années. Il m'a fallu retourner à ma nature sauvage pour m'élever de nouveau, pour sortir de mon terrier. Et analyser tout ça. Je t'ai observée. Ta jolie voiture, ta belle maison, ton chat de race. Tes habitudes, si bien ancrées. Tu ne vis pas, Amélie, tu ne vis plus. Tes patients sont des numéros, tu joues avec leur vie comme si elle ne comptait pas. Mais te rends-tu compte que c'est la seule qu'ils aient à leur disposition ? La seule ? Alors, j'ai juré de dédier la mienne à te faire ouvrir les yeux et à te punir. Pour le mal que tu m'as fait, pour celui que tu leur imposes chaque jour qui passe. Et si tu prêtais attention aux choses, tu aurais compris toute seule : un, cinq, douze. L'environnement divin. Les cinq talents et celui qu'on retire à celui qui n'a déjà rien, comme tu m'as retiré la possibilité d'un adieu. Les douze élus.

— Comment as-tu fait ? répète-t-elle pour la troisième fois, évitant d'analyser les propos de son frère, le jeu auquel il s'est livré avec les Écritures, s'arrogeant le droit de vie et de mort.

— J'ai appliqué les recettes de Mamie Colette. Je les ai testées sur des bêtes, pour commencer, dans le vallon de la fée. Des petites d'abord, tous ces foutus chats errants qui m'emmerdent, qui bouffent les oiseaux. Puis sur des marcassins et des laies. Grosses. Parce que la monstruosité du féminin n'a pas de limites. Vous donnez la vie et vous la confisquez avec la même facilité. Je croyais que tu comprendrais, en trouvant la première que je t'avais laissée à la clinique.

Amélie hausse les épaules.

— Je n'ai pas su tout de suite, pour les flacons.

— C'est pour ça que j'ai continué. Un, deux, trois. Jusqu'à la résurrection finale. La mienne.

Un rire sans joie, puis Anastase reprend :

— Tu ne sais rien, ma pauvre sœur. Tu ne sais rien de ceux qui t'entourent. Alex, par exemple, tu sais qui elle est ?

Amélie redresse la tête, surprise.

— La nièce du responsable des ressources humaines ? Qu'est-ce qu'elle vient faire là-dedans ?

— Tout et rien. Elle en est l'alpha et l'oméga. C'est elle qui a déposé les flacons dans les chambres. Pourquoi ? Tu aimerais bien le savoir, hein ? Pourquoi ? Mais parce qu'elle m'aime, tout simplement. Parce qu'elle croit en moi. Et qu'elle a bien compris que tout ce que tu proposais dans ton établissement n'était que mensonges, mensonges, mensonges. Sa mère est morte après un séjour dans ta jolie clinique. En voiture. Ivre au volant. Une réussite, tes cures.

Amélie ne répond rien et le silence s'installe. Autour du frère et de la sœur, la forêt bruisse doucement. Comme un murmure apaisé.

La psychiatre laisse les mots de son frère s'infiltrer en elle, y tracer leur chemin. A-t-il raison ? S'est-elle crue plus forte que tout le monde, assurée de son bon droit, de ses recettes toutes faites à appliquer à des malades qui, au fil des ans, ne sont plus que des dossiers dénués de chair ? Aurait-elle dû laisser Anastase sombrer définitivement après l'incendie qui avait ravagé une partie de la région et tué sa famille ? De quoi est-elle coupable, exactement ? De bien faire son travail, ou d'essayer, en tout cas ? D'aveuglement, car elle aurait dû comprendre beaucoup plus tôt qu'Anastase était derrière tout ça, et lancer l'alerte ? Mais elle a laissé faire, elle a fermé les yeux, elle a poursuivi sa course folle au remplissage de l'établissement, elle s'est concentrée sur sa petite personne, son avenir, sa réputation, et a méprisé tout le reste.

Autour d'eux, la forêt méditerranéenne s'est faite silencieuse. C'est l'heure bleue, cette heure étrange où soudain tout se tait, où le temps est comme suspendu, hésitant à sombrer de l'autre côté du jour.

— Et maintenant ? reprend-elle.

— Maintenant ? Je ne sais pas. Je peux disparaître et tu n'entendras plus jamais parler de moi. Je peux me rendre et plaider la folie, mais toi mieux que personne, tu sais à quel point j'ai tout mon esprit. Je peux te proposer quelque chose à boire et on regardera le soleil se coucher ensemble. Les possibilités sont infinies. Tu es ton juge et ton bourreau.

Toi seule sais ce que tu as fait, le poids de ta responsabilité dans ce qui arrive aujourd'hui.

Oui, Amélie sait. Qu'elle a cherché à faire boire des patients fragiles. Valérie. Marco. L'Alzheimer de la 7. Dans un dernier sursaut, elle se raccroche à l'idée que personne d'autre n'est au courant. Qui imaginerait une chose pareille ? Mais ce n'est pas à cela que son frère fait allusion, bien sûr. C'est de lui qu'il parle. De son internement après l'accident. Qu'il n'a pas choisi. Et qui l'a mené à ce qu'il est aujourd'hui : un assassin, un homme qui n'hésite pas à massacrer des laies grosses comme on tue tout espoir. Qui a aussi fait des victimes humaines.

Le docteur Amélie Bescotte pourrait s'en sortir sans une égratignure à sa réputation immaculée. On la plaindrait, même, d'avoir un frère comme Anastase. Ironiquement, elle deviendrait à son tour une sorte de martyre de l'histoire familiale, à l'ombre des trois autres qui veillent sur la destinée de la clinique.

Oui, elle deviendrait celle qu'on plaint, et son frère celui qu'on maudit.

Elle reste silencieuse.

Rien ne presse, finalement.

Épilogue

— Mes condoléances.
— Merci.
— Mes condoléances.
— Merci.
— Quel drame !
— Une femme si jeune.
— Oui, c'est très triste.
— Vous savez si André est là ? Je ne l'ai pas vu…

Yves se fraie un chemin parmi les gens agglutinés devant l'église. Il n'est pas allé présenter ses condoléances. Il ne connaît pas ces gens-là. Il n'a qu'une hâte : quitter ces lieux qui l'oppressent. Il a malgré tout tenu à venir présenter un dernier hommage à son amie. Car elle en était une. Il tenait à elle, tenait à l'aider, à ce qu'elle aille mieux, à ce que les nuages quittent son regard trop sombre certains matins. Il est venu et lui a parlé en silence, n'écoutant que d'une oreille une oraison funèbre qui n'avait aucun sens pour lui. Il était là pour elle, pour cette vie-là, et se foutait de la suivante.

Céline lui tient la main et le suit dans la foule comme elle le peut. Elle se moque qu'on les voie ensemble. Elle défie le monde entier de les empêcher de s'aimer. Elle serre ses doigts plus forts. Elle mesure sa peine.

Les voilà dans une rue plus calme. La voiture les attend. Au volant, Viviane.

Ils s'y engouffrent sans un mot. Elle démarre, direction la mer. C'est là qu'ils rendront un dernier hommage à leur amie. Entre rescapés de l'Abribus.

Sur la plage, Aurore et Jeanne les attendent. La première est installée dans un fauteuil roulant. Elle est encore faible, mais récupère peu à peu, lentement. Jeanne se tient accroupie à côté d'elle. Elle joue avec des galets, s'amuse à les jeter dans l'eau.

Viviane, Céline et Yves les rejoignent. Ils s'embrassent, se serrent dans des étreintes qui disent tout sans qu'on ait besoin de prononcer un mot.

Puis Yves sort ses petites enceintes, tripote son téléphone. La voix de Françoise Hardy s'élève.

Et demain tout ira bien, tout sera loin

Là au final quand je prendrai le large…

À l'horizon, le soleil s'écroule dans la mer.

Chacun à son tour, ils y jettent un galet.

Au revoir, Valérie.

Remerciements

À Anna Soler-Pont, Carla Briner, et à toute l'équipe de Pontas Literary Agency pour leur soutien, leurs conseils et leur présence.

À Hélène Amalric et Hélène Gédouin, pour les mêmes raisons et pour leur confiance renouvelée.

Merci aux avocats du Diable Vauvert qui m'ont accueillie en résidence d'auteur au milieu de la Camargue, me permettant de travailler à ce livre dans un cadre propice au recueillement et au silence.

Merci à Isabelle Macé pour son œil de lynx et à Colette Malandain lors de la relecture du roman.

Merci à Marie-Laure, Virginie et Stéphanie d'avoir été particulièrement présentes lors de la genèse de ce roman. Merci pour les rires, les fleurs, les livres, les discussions enflammées, et de partager les bons comme les mauvais moments.

Merci à mon fils d'avoir inventé le terme Ephmed, et pour tout le reste aussi : ton intelligence, ta tendresse, et le regard que tu portes sur le monde qui t'entoure.

Merci à Christophe pour les sangliers. (Eux ne le remercient pas, en revanche.)

Merci à mon père pour sa documentation, son temps et son aide.

Enfin, merci à vous qui avez pris le temps de vous asseoir un moment à l'ombre de cet Abribus.

Bien sûr, bises sur la truffe des Louves du Polar, une meute à nulle autre égale.

Note de l'autrice

Si vous êtes curieux d'en savoir plus sur les lectures de la bande de l'Abribus, voici quelques titres dont ils ne se séparent pas.

Yves est un adepte de plusieurs livres de citations latines comme *Les 100 Citations et locutions pour ne pas perdre son latin*, par Élisabeth Daumesnil, Éditions du Figaro littéraire ; *Les Expressions grecques et latines*, de Marie-Dominique Porée-Rongier, chez First Éditions ; ou encore *Ce que nous devons au latin*, d'Olivier Bertrand, dans la collection « Les petits guides de la langue française », éditée par Le Monde. Il s'est aussi plongé dans Nietzsche (la biographie écrite par Stefan Zweig consacrée au philosophe lui a beaucoup plu). Surtout, il aime particulièrement les *Pensées pour moi-même*, de Marc Aurèle, *La Vie heureuse*, de Sénèque, et les ouvrages d'André Comte-Sponville (*Le Bonheur, désespérément* ; *Petit Traité des grandes vertus*, pour ne citer que ceux-là).

Viviane se consacre de préférence à la presse spécialisée, mais il lui arrive de temps à autre de s'attacher à un roman ou à un auteur. Ce sont Russell Banks et Hemingway qui ont sa préférence.

Aurore, par son travail, lit beaucoup et de tout. Pour les ados (et leurs parents), elle recommande vivement *Vango*, de Timothée de Fombelle, qui lui a laissé une impression durable et qu'elle a offert à maintes reprises. Elle aime, en vrac, Conrad, Brigitte Aubert, Gabrielle Massat, Mary Higgings Clark, le manga *Death Note*, la série *Percy Jackson* (merveilleusement bien traduite de l'américain par Mona de Pracontal), et ne boude pas un bon *feel good* de temps à autre.

Valérie lit beaucoup en anglais, notamment les ouvrages de l'auteure danoise Tove Ditlevsen (tous ne sont pas traduits en français). Elle s'est aussi intéressée pour sa thèse à des ouvrages comme *The Other Hollywood*, qui évoque la naissance de l'industrie pornographique dans les années 1970 en Californie.

Amélie Bescotte a une préférence pour les ouvrages professionnels (Jung, Freud et les autres), mais aussi pour les polars comme *Shutter Island*, qui se passent dans des environnements lui rappelant son espace professionnel. Quant à son auteur préféré, David Widlöcher, je ne l'ai personnellement jamais lu.

Enfin, c'est grâce aux ouvrages suivants que j'ai tout appris (ou presque) de l'art de tuer avec les plantes ou de comprendre leur langage :

Le Langage des plantes, des fleurs et des couleurs, édition de 1821.

La Mort par les plantes, glossaire des plantes toxiques et de leur utilisation à l'usage du malfaiteur asthénique, Helmut Eisendle, traduit de l'allemand par Catherine Fagnot, Éditions Vies parallèles (en plus, l'ouvrage est très joliment illustré, n'hésitez pas à vous le procurer !).

Les Plantes de la Bible et leur symbolique, Christophe Boureux, Éditions du Cerf.

Je dois aussi beaucoup au *Livre des saints et des prénoms*, d'Alain Guillermou, aux éditions Desclée de Brouwer, et au merveilleux *Livre des superstitions*, d'Éloïse Mozzani, dans la collection « Bouquins » chez Robert Laffont.

Bonnes lectures !

De la même autrice

Vue mer, Black Lab, 2023.

hachette s'engage pour l'environnement en réduisant l'empreinte carbone de ses livres. Celle de cet exemplaire est de :
600 g éq. CO_2
Rendez-vous sur
www.hachette-durable.fr

PAPIER À BASE DE FIBRES CERTIFIÉES

Photocomposition Nord Compo

Imprimé en Espagne par Rodesa
Pour le compte de Hachette Livre
(58, rue Jean-Bleuzen, 92178 Vanves)
Dépôt légal : janvier 2024
ISBN : 978-2-501-171-809
2414328